DELIVERY ROOM NISIOISIN
講談社

装画　さめほし

ブックデザイン　祖父江慎＋藤井瑶（コズフィッシュ）

登場人物紹介

儘宮宮子(ままみやみやこ)——妊婦。女子中学生。

妻壁めしべ(つまかべ)——妊婦。現役アイドル。

嫁入細(よめいりささめ)——妊婦。未亡人。

母屋幸美(おもやこうみ)——妊婦。無職。

産越初冬(うぶごえうぶゆ)——妊婦。詳細不明。

咲井乃緒(さいたいのお)——妊婦。建設会社渉外係。

令室爽彌(れむろそうや)——甘藍社ＣＥＯ兼デリバリールーム室長。

進道(しんどう)——甘藍社職員。宮子担当。

選道(せんどう)——甘藍社職員。妻壁担当。

近道(こんどう)——甘藍社職員。嫁入担当。

逝道(せいどう)——甘藍社職員。母屋担当。

遊道(ゆうどう)——甘藍社職員。咲井担当。

秩父佐助(ちちぶさずけ)——小説家。宮子の父。

儘宮澪藻(ままみやみおも)——倫理学准教授。宮子の母。

デリバリールーム

プロローグ

入室前

「赤ちゃんができたの。パパの子だよ」

ファミリーレストランで向かい合い、アイスコーヒーを口に含んだ瞬間にそんな爆弾発言を投げかけてくるあたり、母親の性格を如実(にょじつ)に引き継いでいる宮子(みやこ)である。心得ている、段取りを。冒頭から、活字離れが悲痛なまでに叫ばれて久しい現代では非常に貴重な読書人口を減らさないために秒で否定しておくが、ここで言われた『パパ』という単語に、いかがわしい意味はない。そもそも『パパ』にいかがわしい意味などない。断じて。宮子はまごうかたなく、ぼくの娘である。ただし、宮子にとってぼくが親であるかどうかは、議論の分かれるところだ。少なくともぼくはこの十五歳児の親権を有してはいないので。

本日は月に一度の面会日だった。

これも秒で誤解を正しておくが、刑務所に収監されているぼくに、孝行娘が甲斐甲斐(かいがい)しくも差し入れを携えて会いに来てくれたわけではない。繰り返すが、ここはファミリーレストランの一角だ。ぼくと宮子が、たとえ戸籍上は家族(ファミリー)ではないにしても、びっくりドンキーの定義までは変えられない。

ここで言う面会とは、親権を有さない親が、それでも有する、我が子と交流する権利だ。弱いながらも日本にもあるこの権利を持っているのは、親ではなく子のほうだと定める向きもあるだろう。だとしてもぼくはこの権利を放棄するつもりはない。たとえ宮子自身が嫌がったとしても。

と言いたいところだが、実際のところ、本日の『月に一度の面会日』は、まさかの六ヵ月ぶりだった。念のために述べると、六ヵ月というのは地球では半年にあたる。世の中には養育費を払い渋る父親もいれば、娘に会わせてくれない母親もいるのだ。特に、宮子の母親であり、ぼくの元妻である儘宮澪藻(ままみやみおも)は、その傾向の強い女性だった。

そこが魅力だった。

頭ではそうわかっていても、ひょっとすると十代半ばの宮子自身が思春期の娘らしく、ぼくとの面会を拒否しているんじゃないかと、この六ヵ月、パパは気が気でなかったし、ことは気分の問題では済まず、明確に仕事に支障を来(きた)したくらいだった。誰かから嫌われることがこんなに怖いなんて、実に久し振りの感覚だった。まさしく十代半ば以来と言ってもいい。パパが思春期か。だから、半年ぶりとなるこの面会に、ぼくは年甲斐もなく心躍った。正直、今やデートでだって、こんなに心は躍らない。何が辛いかと言って、娘の成長を見守れないのは、何より辛い。むろん、見放したのはぼくだと言われれば、返す言葉もない。

それだけに、『あれ？　ぼくの愛娘はふくよかになったかな？』と思いはしても、ここまで彼女の体形の変化については触れてこなかったが（血を分けた娘でなくとも、中学三年生の女子に、振っていい話題ではなかろう）、注文した料理がすべて来るのをまって、宮子は本題に入ることにしたようだ。

「パパが名前、考えてね。小説家でしょ？　秩父先生」

「宮子。押し切ろうとするな。月に一回、まして半年に一回、最終日曜日に昼食を共にするだけじゃ、赤ちゃんはできない」ぼくは言って、そもそもの問題に立ち返る。そもそも。

「そもそも、親子間では赤ちゃんはできない」

「娘に間違った性教育を施さないで」冷めた顔で宮子。「わたしはパパの娘だし、パパの読者だよ。近親相姦くらいは知ってる」

日曜日、昼間のファミリーレストランで交わすには若干際どい会話だが、しかし残念ながら、これに関しては、正すべき誤解がない。ぼくの職業は小説家で、かつ、読書家が読まない、いかがわしい小説を書いている。我ながら、これが本当にいかがわしい。真面目な話、『趣味は読書です』という人がいたら、その人はぼくの著した本を読んではいない。昼間のファミリーレストランではタイトルが挙げられないくらい、秩父佐助の著作は、十五歳の娘が読むには問題がある。夫婦仲が悪化した原因のひとつだが、もっとも彼女の養育費がそういった書物の印税から発生していることも事実だ。

いかがわしい本にはいかがわしいなりの需要があるのだ。嘆かわしい。

ただし、そんなぼくでも、伝統ある女子中学校の指定セーラー服を着用した妊婦を、作中に登場させたことはない。登場させた瞬間、作家生命が終わりかねない。そんなキャラクター、登場人物ではなく危険人物だ。

「だいたい、パパに子供の名前を決めさせたら、えらいことになるぞ。ネーミングセンスの異様さには定評があるんだ」

「わたしは気に入ってるよ、宮子って名前。離婚して儘宮宮子になって、みやみやってなっちゃったけれど」

「それは申し訳なかったが、お前に名前をつけたとき、離婚することは想定していなかった」

「しておくべきだったね」

厳密に言えば離婚して母親に引き取られても、手続きをとらなければ、子供は父親の名字を名乗り続けることになるけれど、それは法律の話だし、またあの母親が、そんな状態を許すはずがない。ぼくが教えてあげるまで、プライオリティシートを自分の予約席だと勘違いしていたくらい、彼女はすべてにおいて、己が優先されると思っている。そうでなければ、あの年齢で大学准教授など務まるまい……、ちなみに研究領域は倫理学だ。倫理とは何か、深く考えさせられる。

「だけど、ちぇ。駄目か。押し切れたら、ベストだったんだけどなー」上目遣いのおしとやかな態度を翻し、宮子はふんぞり返り、足を組んだ。いや、組もうとしたが、腹部を気にしたのか、途中でやめた。「じゃあプランBだね。元々こっちが本命だし」

「プランB？　おい宮子、どこまで冗談なんだ？」

「『どこまで』と訊かれたら、わたしの人生、すべてが冗談みたいなものよ。ずっと神様の爆笑を攫っている」

「じゃあパパは『どこから』と訊くべきだったのかな。そのおなかは、えっと、成長期か？　それとも食べ過ぎか？」

「いくらわたしでも、こんな冗談は言わないし、いくら成長期でも、こんな食いしん坊じゃない。赤ちゃんがいるのは本当だよ」

宮子は自分の腹部を撫でた。『満腹』のボディランゲージにも見えるが、まだテーブル上の料理は、お互い手つかずだ。こんな冗談は言わないも何も、今、ほぼ言っていたようなものだと思うが、揚げ足は取るまい。妊婦の揚げ足なら尚更だ。

「しばらく会わない間に、いったい何があったんだ？」

我ながら馬鹿なことを訊いていると思った。そんなもの、不純異性交遊があったに決まっているじゃないか。この六ヵ月間の空白は、決してママに軟禁されていたわけではなく、そんな諸事情があったというわけだ。安定期に入るまで、母体を保護するための……、いや待てよ、六ヵ月？

確か中絶が可能なのは、21週6日までじゃなかったか？　いつ妊娠したかにもよるが、その腹周りのサイズはどう見ても……、安定期に入ってどうする？　何も保護されていないじゃないか。保護者は何をやっている？

「堕ろせなんて言わないでよね。お説教は御免だよ。親権ないんだから」先手を打つように、宮子が言ってきた。保護者ならぬぼくに。「今までは無軌道に生きてきたわたしだけれど、己の胎内に小さな生命を宿したことによって、人間的に成長したの。母としての自覚と、親としての責任を持って、これからは地に足をつけて生きていこうと誓ったんだから。無責任に離婚したパパや、新しい男の家に入りびたりのママとは違うの。わたしはたったひとりでこの子を育てていくと誓ったの。お金ちょうだい」

いろいろ決意を、そして幾許かの当てこすりを述べたあと、ラストに足されたのはいつもの台詞だった。もっとも、含有される意味はいつもとは違うだろう。

月一回の面会日は、同時に養育費の支払い日でもある。あの業突く張りの澪藻に、少なくとも書類の上では、父と娘との交流を認めさせることができたのは、ぼくが養育費の取り立て人に宮子を指定したからだ。協議の際、養育費は現金で宮子にしか渡さないと、蛮勇を奮って宣言した。宮子のためのお金なのだから宮子に渡すのが当然だと。ちなみに慰謝料は生じていない、一銭も。控え目に言って、ぼくがもらってもおかしくないくらいだった。慰謝料、もしくは賠償金を。そんな取り決めは、親権を剥奪されたのちも娘に会い続けるための口実でしかなかったし、また、そんな小賢しい策を弄しても、この六ヵ月のように、面会が実現しない月もこれまで多々あったが。一枚どころか、二枚も三枚も、向こうが上手なのだ。

結局のところ、ぼくは親ではないが、しかし鬼でもないので、たとえ約束された交流が実施されなくとも養育費を払わないということはなく、何らかの形で辻褄は合わせていた。澪藻もそれは承知している。宮子も幼い頃は、託される大金におののいていたが、すっかりすれた今となっては、『お金ちょうだい』と、手を差し出してくる。だが、宮子が今回、欲しているのは己の養育費ではない。中絶するつもりがないのなら、さしあたっては出産費用か。

ぼくは嘆息した。そんな知識もなく、この十五歳児は子供を産むつもりなのだ。この分じゃ、意地になっている彼女は、今となっては、堕ろしたくても堕ろせなくなっていることも知らないんじゃないだろうか。気が変わったらやめればいいとか、失敗したらやり直そうとか、やって後悔するほうがいいとか……。

確かに親権のないぼくには、娘に説教をする資格も、まして怒鳴りつける資格もないが、ママの性教育はどうなっている？　新しい男の家から帰ってこないママの。古い犬には見当もつかない。

「今すぐ役所に妊娠届を出しに行って、母子健康手帳をもらってこい。それで健診費はだいたいまかなえるはずだから。あとは健康保険から、五十万円くらい支給されるので……」

いかがわしい小説家にはあるまじき道徳的な意見を言わせてもらえるなら、相手の男に責任を取らせるべきなのだが、こうしてぼくを頼ってきている時点で、そちらの望みは絶たれているのだろう。

父親としてはぶちのめしたい。どころか、これがぼくの書く小説内での出来事だったら、間違いなく、娘を傷物にした男を殺害している。できる限り凄惨な方法で、しかも完全犯罪で。

「傷物って言いかたはやめて欲しいなー。むしろ恥ずべきだよ、その発想。家父長制の幻想に囚われている」

なぜかぼくのほうが窘められた、十五歳で妊娠した娘に。ただし、娘が正しい。相手の男がどんな男でも、ぼくに彼を殴る資格はない。家父長制も何も、親権がないのだから。たとえそんなつもりはなくても、娘を捨てたも同然のぼくに、何が言える？　学歴コンプレックスの末に澪藻と関係を持ち、儲けた娘を捨てたも同然のぼくに……。

ぼくにできることは粛々と養育費を払うことくらいだ。元妻に払う慰謝料はなくとも、養育費は、娘に捧げる慰謝料みたいなものである。ただ、出産費用となると、また話は変わってこないか？

「五十万円。まさにわたしが欲しいのはぴったりその額だけれど、健康保険からいただくんじゃ、ちょっとばかり遅いの。あれって、受け取れるのは出産後でしょ？」どうやら知識に欠けているわけではないようで、宮子はそう言った。「今すぐ必要なのよ。五十万円。売れっ子小説家のパパなら余裕じゃん」

娘から、親の仕事に敬意を払ってもらえるのはことのほか嬉しいものだ、仮に実態が伴っていなくとも。仮にと言うより、事実である。はっきり言っておくが、五十万円が余裕な小説家など、現代日本の文壇には存在しない。たぶん。海外で自作が映像化されたこともあるので誤解されることもあるけれど、未だクレジットカードの審査に通らないのが、秩父佐助という、読書家は読まない、文学賞どころか批評の対象にすらならない、いかがわしい小説家の実態なのだ。

それにしても、養育費の三倍以上を澄ました顔で求めてくるとは、年々ママに似てくる。見た目も中身も。いっそぼくに代わって、出版社と原稿料の交渉でもしてもらおうか。馬の骨との性交渉ではなく。ともあれ、今すぐ必要というのは解せない。

「まさか、ぼくと違って、元パートナーから慰謝料でも請求されているのか？　道ならぬ恋に身を落として」

「ただの不倫に修辞的表現を用いないで、作家先生。そんなことはしないって。わたしは母からは愛を、父からは恋を教わっている。それを他人から奪ったりしない」

お前のほうがよっぽど修辞的表現を用いていると言いたい。原稿料の交渉どころか、代筆をお願いしたいところだ。ぼくは今、締め切りを無視してここに座っている。この六ヵ月、まるで仕事にならなかった。半年振りに娘に会えばモードも切り替わるんじゃないかと期待していたが、その望みはなさそうだ。より手につかなくなること請け合いである。

「慰謝料じゃないならなんだよ」

「参加料（アンティ）」

出産費用と言えば出産費用なんだけれど、わたしは母親として、もっと先のことまで考えているのよ、先の先までね。

そんな策士みたいなことを言って、宮子は、ぼくに一通の封筒を差し出してきた。なんだこれは。まさか結婚披露宴の招待状？　光栄にも、母親と離婚した父親に、バージンロードを共に歩けと申し出てくれている？

違った。

そもそも、その封筒はぼく宛のそれじゃあなく、宛先は『儘宮宮子様』だった。そしてその中身はと言うと……。

デリバリールームへのご招待

Congratulations & Hello sweet baby!!

当選番号 6680081 様

　本状は新しい生命を授かった特別な女性達の中から、更に厳選された方々へと送られる、理想郷・デリバリールームへの入室案内となります。選ばれた素晴らしい入室者の皆様には、幸せで安全な出産と、愛らしいお子様の輝かしい将来が約束される未曾有のチャンスを進呈いたします。

　入室される場合は、十月十日、十時十分、空港へお迎えに上がりますので、参加費50万円をご持参の上、楽しみにお待ちください。ご期待を上回る支援を必ずやお約束します。このチャンスを逃したい場合のみ、同封の書類にその旨（むね）をご記入の上、返信用封筒でご郵送ください。

株式会社甘藍社（かんらんしゃ）CEO
デリバリールーム室長　令室爽彌

— 甘藍社はすべての妊婦さまとあらゆるご出産を応援します。—

すごい。中身を読んでも何もわからない。何ひとつ文意が伝わってこない。たとえ読書家に読まれていなくとも、ぼくはれっきとした小説家なので読解力はあるほう、とは言わないにしても、それでもあるかないかで言えば、あるはずなのだが……、興味がない家電の説明書を読んでいるときのように、書かれている文章が頭に入ってこない。

「そりゃそうでしょ。所詮パパは当事者じゃないもん」

あっけらかんとした口調だったが、それだけに切り捨てるような言葉だった。割り切るのではなく、切り捨てる。否、切りつけるような、か。娘から所詮と言われると悲しいけれど、確かにぼくは当事者ではない。父ではあっても、親ではない。所詮。

宮子は続けた。

「だけど、この一通は、わたしにとっては蜘蛛の糸なの。誰になんと言われようと手放すつもりはない。お金ちょうだい」

繰り返されると相沢すずの台詞みたいだな、と場違いに思う。宮子の場合、同情はされまいが。

それにしても、出産費用ならまだしも、たとえ中絶費用であったとしても、支払うことは、なんだかんだでやぶさかではない。自分にそう言い聞かせるのは何度目になるか、わからないけれど、ぼくにできることはそれくらいしかないのだから。喜んでATMになるべきだ。しかし、だからと言って、こんな怪しげな手紙に五十万円も支払うだなんて、正気じゃない。ATMだってセキュリティは働く。

一円だって払うべきじゃない。

宮子の通う女子中学校は大学付属のはずだが（そしてその大学に、パパの元妻こと母親が勤めている）、経済の授業は受けていないのか？　あのお受験はいったいなんだったんだ？　ぼくがあろうことかネクタイを締めて、まともな人間の振りをしたんだぞ？　……ぼくが教えるしかないのか。まともでないぼくが。娘に恋しか教えなかったぼくが。

「宮子。こういう手紙は典型的な詐欺なんだ。嘘っぱちなんだよ。お前が不幸な妊娠をしたという個人情報が管理の不徹底でどこかに漏れて、ハイエナみたいな手練手管の詐欺師にターゲットにされたんだ」

「不幸な妊娠って決めつけないで。程度が知れるわよ。たとえそうだとしても、不幸を幸福に引っ繰り返すために、わたしはデリバリールームに挑戦するんだから。あと、ハイエナは誇り高い動物よ、腐った肉を食べるだけで。人間がヨーグルトやチーズや納豆を食べるのと同じ」

「ぼくの新作を読んでくれたようで嬉しいよ」まったく同じ文章を、最新刊に書いた。出版されたのは去年だが、最新刊は最新刊だ。「挑戦？」

「入室と言ったほうがいいかな。ルームなんだし。お金ちょうだい。……ください。お願いします、こんなこと、ママにはとても頼めないの」

絶妙のタイミングで頭を下げてくる。これは母親似とは言えない独自の処世術。およそ他人に、家族にも頭を下げたことのない母親似とは。離婚した父親への甘えかたを熟知している、娘のオリジナリティだ。特に何もなくても、五十万円払ってしまいそうである。厄介なことに、今この瞬間、持ち合わせがないわけではなかった……、未払いになっていた六ヵ月分の養育費、つまり通常の六倍の養育費が、今のぼくの懐（ふところ）には入っているのだから。まさか狙ったわけではあるまいが……、うち一ヵ月分は右から左に、娘から母に、澪藻の懐へと移動するとしても、残る五ヵ月分があれば、五十万円はまかなえる。余裕で。まるでこのときのためにこつこつ積み立てていたようなものだ。

だが、澪藻の洋服代に消えるくらいならまだしも、詐欺師の豪遊費に消えるかと思うと、出所が娘の養育費だけに、抵抗が強い。摩擦熱で煮えたぎる。豪遊費どころか、次なる詐欺の資金になりかねない。

「宮子、この文面をよく読め。『空港へお迎えに上がります』って言いながら、それがどこの空港かも書いていないだろう？　『特別な』とか『厳選された』とか、巧みに自尊心をくすぐっておいて、用意された五十万円を騙取（へんしゅ）しようって算段なんだ」

そう考えると、五十万円という額は絶妙である。おそらくたまたまではなかろう。出産一時金の額に色をつけて、マタニティブルーにつけ込んでいる辺り、非常に悪質だ。よりにもよって内密出産を詐欺の題材にするなんて。

「マタニティブルーは正確には産後鬱を意味するブルーだよ、パパ」

「その豆知識はどの本に書いたっけな？　ペダンティックを売りにしていない。第一、株式会社甘藍社？　聞いたこともない。ペダンティックを売りにしていないから」

「だからそれは、パパが当事者じゃないからだって。所詮」

「二度も所詮と言われちゃ、返す言葉がないな。払うお金も」

「ごめんなさい。二度と生意気を言いません。でも本当に、ソーシャルメディアでは有名な企業なんだよ」

「ソーシャルメディアで得た知識は情報とは言わない、噂と言う。パパはラジオで聞いたことしか信じない」

「ラジオ？　あれ午前しかやってないんでしょ？」

父と娘の情報格差が半端ではない。父と娘はこうしてすれ違う。むしろAM放送のほうが、もうすぐなくなる。だが、災害が起きたとき、泣きを見るのはどちらかな？　娘が十五歳で妊娠したこと以上の災害が、今後起きるかどうかは、ラジオを聞いてもわからないが。何にせよ、ネットのチェーンメールみたいなものを鵜呑みにしているのだとしたら、ますます、払うお金はない。びた一文。

「ネットには嘘が多いんだぞ」

「テレビやラジオとやらだってそうでしょ。一番多いのは小説だし。嘘しかないじゃん、小説。そして、パパ。空港の場所なら明記してあるじゃない」

「何？　どこにだ」

「文面によ」

いかがわしいとは言え小説家らしく、一字一句追うように詐欺師の文章を解説したつもりが、思わぬしっぺ返しを食らってしまった。いや、そう言われても、どこに書いてある？　縦から読んでも横から読んでも、裏から透かしても、曖昧模糊に、『空港』としか書いていない。

「やだ、その程度の謎かけも解けないの？　こんなにはっきりと集合場所を示してあるのに。パパは推理小説も書いているんでしょう？」

　パパが書いている小説が推理小説の棚に陳列されていること以上のミステリーはないよとは、父の威厳にかけて断じて言えない。しかし、謎かけだと？　つまり、この文面に含まれているその謎が解けた妊婦だけが、デリバリールームとやらに入室できると、この招待状は仰っているわけか？　招待と言いながら、試すような真似を。

　悪質と思ったが、それ以上に、悪趣味にもほどがある。

「仮に、百歩譲って。一万歩譲って、この招待状に書かれている内容が真実だったとしよう。だが、それでもなお、五十万円をただ失う公算は大きいぞ。だって、『チャンスを進呈いたします』としか書かれていない……、他にも参加者がいることを匂わせているし、つまり、競争させようってことじゃないか。妊婦同士を」

「そうよ。デリバリールームは、妊婦のデスゲームがおこなわれる会場を指すんだから」

　何を今更と言いたげに、宮子。

　しかしぼくは言葉を失う。小説家なのに。すべてを失ったのと同じだ。娘を含め。

「出産が命がけなことくらい、当事者じゃなくても常識でしょ？　わたしは命をかける。

パパは孫の顔を見たくないの？」

「孫の顔どころか、しばらくは娘の顔も見たくない気分だよ。謎かけとか、デスゲームとか……、勢い嬉しいとは言ったものの、お前、パパの小説の読み過ぎじゃないのか？」

フィクションの影響で事件を起こす犯罪者の存在を、立場上、なかなか認めるわけにはいかないのだが、こうして実例を目の当たりにしてしまうと、振る舞いの難しいところである。幽霊の小説を書いているからと言って必ずしも幽霊を信じてはいないように、デスゲームを書いているから、デスゲームの存在を肯定していると思われては敵わない。命がけのギャンブルなんて、馬鹿馬鹿しいを通り越して、愚かしいとさえ思う……、そんなことをする人間がいるわけがない。お金より命のほうが大事だ。そんな不文律は明記されている。

唯一、あるとすれば……、我が子のためなら、人間は、どんなゲームにも参戦するか？ どんな怪しげな部屋にでも這入るだろうか。

人は、命のためなら命をかける。まして妊婦なら。

デリバリールーム。

ただ、ここでがつんと言わなければ、それこそ馬鹿な娘が、幼子を抱えて路頭に迷うことになりかねない。詐欺師に狙われ続ける人生だ。たとえそれで嫌われてしまって、二度と会ってもらえなくなるとしても、養育費が振り込み形式や、もっと味気なく定額自動送金形式になるとしても、ぼくが言わなければ誰が言う？　少なくとも濡藻ではない。

親権がなくとも、親身にはなれる。

そう意を決したぼくの機先を、またも制するように、

「ねえパパ。犯罪者の手口について、懇切丁寧に説明してくれてありがとう。たっぷり父性を感じたわよ」

と、宮子は、一旦俯けてから、顔を起こした。

しばらくは見たくないと失言してしまった娘の顔は、このとき、能面みたいな様相を呈していた。

「でも、ママと離婚した直後に、パパが生理も来ていない当時のわたしに対してしたことも、今だと犯罪になるってことは、知ってる？　父性の不正は、今のところソーシャルメディアでは噂になっていないけれど、バズれば広告費が五十万円くらい入ってくるかしら？」

あるいは。

それは我が子を思う般若の面だったのかもしれない。

ぼくが今、できていない顔だ。

「……親を脅すとは、母は強いね」言ってぼくは、懐から封筒を取り出す。そう言われれば、もう言うことはない。「だが、ここまでする以上、プランがあるんだろうな？　幸せで安全な出産のための、バース・プランが」

能面は答える。ぶ厚くも薄っぺらい封筒を手にして、自信たっぷりに。

「ある」

第1室　性別当てゲーム

1

「性別当てゲーム。なんてのはどう？」

待合室で一緒になった相手、にして最初の対戦相手となる咲井乃緒（さいたいのお）にそう申し出られてようやく、儘宮宮子は、もはや抜き差しならないほど、ゲームが始まっていたのだと実感した。はっきり言って油断していた。まだ十分に巻き返せると思っていた、しかしその実態は、いきなり脱落の危機にあった。

そんな狼狽（ろうばい）を大上段から見透（みす）かしたように、咲井は開いた両手で、己の腹部を誇示してみせた。十五歳の妊婦というのがこの恵まれた国では非常に稀であることは自覚していたので、その特異性をここで活かさずどこで活かすとばかりに、宮子はこの部屋（ルーム）までセーラー服で乗り込んで来たけれど、しかし考えることは相手も同じで、咲井はいかにもやり手のキャリアウーマンといった風情(ふぜい)のパンツスーツ姿だった。働く女性の妊娠がまだまだ必ずしも応援されていない、この恵まれない国においては、それはそれで特異だった。ちなみに、彼女の腹部は、宮子よりも明らかに大きい。八ヵ月なのか九ヵ月なのか……、出産間近にさえ見える。

「私のおなかにいるベイビーが、男の子なのか、女の子なのか、当ててみて。二分の一。デリバリールームのデモンストレーション、エキシビションマッチにしては、お互い、悪くない確率じゃやなくて?」

言われなくても、確率計算くらいできる。馬鹿な小娘だと思われていることは明白だ。通信簿でも持ってくればよかったか、数学の成績は5だ。なんならオール5だ。それに、(おそらくは故意に)軽く言ってくれているが、この申し出はデモンストレーションでもエキシビションマッチでもない。

デリバリールームの予選である。

ここで二分の一を外せば、本選に入室することすらできず、選ばれし妊婦ならぬ者として、すごすご帰るしかない。

(こういうときどうすればいいのかな、パパ。わたしがパパの小説の登場人物だったら?)

2

思えば予兆はあった。

当日の十月十日は、生憎（あいにく）の雨模様だったのだ。これは、招待状に書かれていた集合場所はという意味で、宮子の住まう関東甲信越地方は快晴だった。地理の授業で、日本の国土は世界で六十位以下くらいに狭いと習っていたので、地域によって天候が違う場合があることを、宮子は実感できていなかった。こんなの、天気予報を見ればわかるようなことなのに。

（学校の授業なんて、教室（ホームルーム）を一歩出たら、全然役に立たないわね）

そんなオール5にして世間知らずの自分がデリバリールームに挑戦しようというのだから、我ながら嫌になる。どれだけ籠（かご）の中で育ってきたんだ。と、うっかり反省しそうになったが、すぐに思い直した。

反省なんてするな。雨が降ったら傘を差せばいいだけだ。傘なんて、コンビニでいくらでも売っている。いくらなんでも日本国内で傘の買えない地域はないだろう。

宮子は父親から五十万円をせしめている。これはデリバリールームへの入室料で、または傘が千本以上買える額である。既に後戻りはできないのだ。雨が降っているからという理由でやる気をなくしたら、単に親権のない父親から、五十万円を引っ張っただけの娘だ。実際、雨が降っているからという理由で学校に行かないことも多い奔放な宮子なので、これは真面目な話である。

七十センチサイズのビニール傘を買って、当該の空港に向かった。小柄な宮子には、規格外のサイズの傘ではあったけれど、膨（ふく）らんだ腹部が雨に濡れることが胎児にとっていいとは思えなかった。ここは奮発しないとまずかろう、自覚の芽生えた母として。

　空港ロビーで迎えを待つ間も、決して心穏やかであったとは言えない。まず、例の招待状に関する自分の謎解きが必ずしも正鵠（せいこく）を射ているとは限らない。ミステリー作家先生に対してマウンティングをかましてしまったが、ぜんぜん的外れな場所に参上してしまっている可能性は依然としてある。

　もっと言えば、例の招待状が、ミステリー作家先生が仰る通りの詐欺である可能性も、まったく考えないわけにはいかなかった。平静を装ってはいるものの、今自分が、まともな精神状態であり、正しい判断ができているかどうか、完璧な自信があるわけではない。用意させた五十万円を、空港に潜んだ悪漢がひったくろうと目論（もくろ）んでいるかもしれないと思うと、身が引き締まる。半ば脅迫するようにパパからひったくってきた五十万円を、更にひったくられるなんて洒落（しゃれ）にならない。父親からひったくってきた時点で、十分洒落にならないが。

　とは言えあれは決意表明でもあった、自分を追い込むための。あんなあからさまな脅しをかけなくても、あのまま平身低頭粘っていれば、なんだかんだで娘に甘い父は、と言うか、たまに会う娘を無責任に甘やかせる親権のない父は、五十万円程度のはした金、支払ってくれるに違いなかった。

　左様に（右様だが）、幼い頃から自身の養育費の取り立て役を担っていた宮子の金銭感覚は、やや狂っている。この点に関しては自覚が芽生える気配もないが、それでも、娘は父がどういう人間かは知っている。愛されている自覚は、何よりある。だけど、宮子はあえてああいった、脅迫まがいの行動に打って出た。共に暮らすことの叶わなかった父に対して反抗期を楽しみたかったのもあるが（母への反抗はありえない。逃走こそあれ）、退路を断ちたかった。

いざというとき、パパがスーパーマンみたいに助けに来てくれるなんて望みを持っていたくはなかった。

助けは求めない。パパには。誰にも。

それでも空港内に父の姿を探してしまったのは、我ながら往生際の悪いことだ。ファザコンにもほどがある。六ヵ月ぶりに面会する娘に五十万円（プラス、通常の養育費）を持ち去られたパパに、追いかけてきてもらおうだなんて。単にミステリー作家先生には、あの案内状が読み解けなかっただけかもしれないけれど……、それでも、

「儘宮さまでございますね？」

と声をかけられたとき、相手が父でないかと期待してしまったのは事実だ。振り向いたときそこにいたのは、父とは似ても似つかない、丈の長い白衣をマントのように靡かせた、若い男性だった。

医者？　それともナース？　どちらにしても、雰囲気からして、いかにも医療従事者といった風情の男性がにこやかに、『儘宮宮子さま　甘藍社』というフリップを持って立っていた。

なるほど、迎えだ。国際空港におけるお出迎えという感じではあるけれど……、宮子は（がっかりしたことを悟られないように、むしろ自分でも認めたくなくて）、咄嗟にへらっと愛想笑いを浮かべ、「はい。宮子はわたしです」と応じた。

儘宮という名字は嫌いだ。たとえ『みやみや』と続かなくとも。宮子という名前が好きだから、上下でとんとんだけれど、どうせなら秩父宮子のままがよかった。秩父親子でもいい。まあそれは言っても仕方ないことだし、まさかあの母に、言うわけがないとして。

「承知いたしました、宮子さま」

一瞬でこちらの意図が伝わったようで、迎えの男性は、即座に呼びかたを変えた。この男、できる。そう思わされた。もっとも、デリバリールームからの使者としては、当然の気遣いなのかもしれない。日本は先進国では唯一、夫婦同姓を法制化しているので、新姓やら旧姓やらの問題は、入室希望の妊婦と接するにあたって、多くの場面でつきまとうのだろう。

「宮子さま、このたびはご懐妊、おめでとうございます。甘藍社からの使者として、心からお祝い申し上げます」

使者は深々と頭を下げた。あまりに深過ぎて、宮子のおなかに紳士的なキスでもするつもりかと咄嗟に身構えたくらいだった。白衣が白スーツに見えてくる恭しさだ。この折り目正しさ、パパの小説に登場する老執事みたいと、宮子は思った。あるいはこんな非日常感を演出するというのも、使者としての仕事の一環なのかもしれない。いささか演出過剰のきらいはあるにしても……。

「わたくしは光栄にも宮子さまのサポートをさせていただきます、進道と申します。以後お見知りおきを。では、早速ですが、こちらにどうぞ。お車を用意しておりますので」

「あら。空港から飛行機で移動するわけじゃないのね」

「もちろんでございます」

そう言われて、どうしてもちろんなのだろうと宮子は首を傾げたが、すぐに納得した。妊婦の航空機への搭乗は、様々な面から見て、必ずしも推奨されるものではないのだ。生まれて初めて飛行機に乗れるかも、なんて期待していたことが、まるで不謹慎である。

どこまでも行き届いたこの気遣い。とても妊婦にデスゲームをやらせようという秘密結社の方針とは思えない。デスゲームというのはいかにもソーシャルメディアチックな、批判的な物言いであって、一方では、リブゲームとかバースゲームとか呼ばれてもいるのだが……、その実態は知れない。参加者以外には。

「わかったわ。えーっと、でも、他の参加者は？　招待状では、入室者は他にもいるみたいに仄めかしてあったけれど……」

ぱっと見た限り、空港ロビーに、他に妊婦は見当たらない。だからこそ、この白衣の使者、進道は、すぐに宮子を特定できたというのはあるだろう。もちろんセーラー服も目立ったはずだ。妊娠していることを隠すつもりが一切ない宮子は、分厚いコートで腹部を覆い隠すようなコーディネートは採用していない。十月十日って、まだまだ暑いし……、そう思っていたら、この空港のある地域は、もう結構寒くなっていてびっくりさせられた。つくづく、天気予報は見るべきだ。セーラー服はともかく、せめて冬服にすればよかった。

「失礼しました、宮子さま。我々の説明不足でした。説明不足は我々にはよくあることなのです。この空港にお招きいたしましたのは、宮子さまおひとりなのでございます。プライバシーは何よりも大切でございますので、他の皆様は、それぞれ別の空港へとお招き申し上げております。また、入室人数にも若干の変更がございましたので、そちらは車内にて説明させていただきます」

(別の空港……)

折り目正し過ぎて、若干、何を言っているのかわかりにくい進道の言葉だったが、翻訳すると、デリバリールームに到着するまで、参加者同士が顔を合わせないように配慮しているらしい。プライバシーは元より、変に情報交換をされたり、入室前に結託されたりするのは避けたいわけだ。

これがデスゲームの雰囲気を高めるための行き過ぎた演出であってくれれば、むしろいいくらいなのだが……、自分は今、詐欺やひったくりに遭うよりも酷(ひど)い犯罪被害に遭おうとしているのかもしれない。それも望んで。ノリノリで。ノリノリではないかもしれないが、少なくとも送迎車には自ら乗ろうとしている。

だがあとには引けない。退路は断った。自ら。

(なんでもする。ひとりでこの子を育てるためなら)

誰にも頼らない。まあ五十万円はもらったけども、これは奪ったとも言える五十万円なので、自分で育てた野菜をもぎとったみたいなものだ。それと同じように奪う。おそらくは同じように困窮している他の参加者、他の妊婦から、チャンスを。

幸せで安全な出産のために。

3

空港の駐車場に停められていたのは、カーブを曲がりきれないんじゃないかと心配になるくらい、胴体の長い黒塗りの高級車だった。自動車に興味のない女子中学生である宮子は、『霊柩車(れいきゅうしゃ)みたい』という感想を持ったが、それを言うのが失礼だと思うくらいの分別は持っていた。もっとも、それを失礼だと思うことは、霊柩車に失礼かもしれないと考える程度には、ひねくれている。

(妊婦はお葬式に出席しちゃ駄目って迷信があるけれど……、霊柩車に乗るのはどうなのかしら?)

「宮子さま。こちらの装着をお願いします」

後部座席、と言うより、後部の部屋に乗り込む前に、進道から渡されたのはアイマスクだった。道中、ゆっくり休めるように配られたアメニティ、というわけではないのだろう。目隠しをさせることで、宮子に移動先を特定させまいとしているのだ。

パパの小説で読んだことがある。未成年を誘拐するときの常套(じょうとう)手段だ。いや、現実には、別に被害者は未成年には限るまいが、秩父佐助先生の小説においては、誘拐されるのはいつも未成年だった。我が父ながら、なんらかの根深い心的外傷を感じさせる。さすがにちょっとたじろいだし、うまく目隠しをした振りをして、かすかにでも隙間から見えるようにできないかと考えたが、すっぱり諦めることにした。余計なことをして、心証を悪くするほうがまずい。

（目隠しをされるってことは、生かして帰すつもりがあるってことだ……、って、パパの小説に書いてあった）

なのでここは切り替えて、これはもうマッサージチェアなんじゃないかというような、高級車の高級シートの、高級寝心地を楽しもう。目隠しをした振りをするよりも寝た振りをして、『お、このふてぶてしさ。こやつ、他の妊婦とは違うな』と、白衣の使者に思ってもらおう。あくまで使者であり、また運転に集中してもらいたい進道に、そう評価される意味がどれだけあるのかは定かではないけれど、できないことをするんじゃなくて、できることを全部しようじゃないか。

そう思っていたら、宮子は本当に寝てしまった。

車中はそれくらい快適だったし、実際のところ、宮子は本当にふてぶてしかった。それこそ父、秩父佐助のいかがわしい小説では、目隠しをされて誘拐された未成年が、外部の音や車の速度、揺れ、信号で何度止まったか、高速道路を走っているか、あるいは脈拍で計測した経過時間を頼りに、誘拐された先を突き止めていたものだが、そんな非現実的なアイディアは、宮子は試みることさえしなかった。

現実と妄想の区別はつく。

こんがらがるのはせいぜい、現実と拡張現実までにしておきたい。

なので、どんな道をどのように経由して、どれだけ時間がかかったのか不明と言うしかないけれど、ともかく、

「お疲れさまでございました、宮子さま。デリバリールームに到着いたしました」

と、運転席から呼びかけられるまで、宮子は夢の国にいた。

それだけに、落差はすさまじかった。

デリバリールームについては、ソーシャルメディア内でも様々な噂話が飛び交っていて、その会場の立地についても語り尽くせないほど語り尽くされている。高級ホテルを借り上げてとか、巨大遊園地を貸し切りにしてとか……、だが、どうやら宮子は、それについては景気のいい噂ばかりをピックアップしていたようだ。

インターネットでは自分に都合のいい知識ばかりを集めてしまうとパパが口を酸っぱくして言っていたけれど、まさにその通りだった……、こんなことならラジオとやらを、もっと聞いておけばよかった、午前中に。それでも、思い出してみれば確かにあった。デリバリールームがそのもの病院だったこともある、という発言も、ソーシャルメディアには。

しかもただの病院ではなく、廃病院だった。

普通は肝試しで来る場所である。

（あれ？　今回、ハズレ回？）

幸せで安全な出産を応援するというデリバリールームの方針を考えれば、場所が病院であることは、もっとも理に適っていると言えなくもないが……、いかにもなインビテーションと胴長の高級車で煽ってきたところに、この落差は酷い裏切りだ。危惧していた以上の詐欺だ。

よかろう。落差には慣れている。落ち度にも。

それに、廃病院と言えど、大病院だ。この規模の医療施設を丸々借り上げるとなると、ホテルや遊園地を貸し切りにするのと、大して変わらない費用が必要になると思う。だったらホテルや遊園地を借りて欲しいところだが、これで、デリバリールームのスケールは、保証されたようなものである。

それにしてもここはどこだろう？

ふと思いついて、スカートのポケットからスマートフォンを取り出してみた。地図アプリを起動させてみたが、当然のごとく圏外で、もっと当然のごとく、Ｗｉ－Ｆｉは飛んでいなかった。そうでなければこんな通信機器、空港の時点で手荷物検査を受けて、没収されているだろう。

そのための長距離移動か？　携帯電波が行き届いていない地域まで……、ひょっとすると、もっと直截的に、妨害電波でも飛ばしているのかもしれないけれど。

それでも時間だけは確認できた。

十二時過ぎ。約二時間の旅路だったわけだ。

「こちらでございます。先程ご案内いたしました通り、最初は待合室で、参加人数の調整をおこないますので」

先程ご案内いたしました通り？　いつ？　ああ、そう言えば、参加人数に変更があったとか、それは車内で説明するとか言っていたような……。しまった、完全に寝ていて、聞き逃してしまった。

ふてぶてしいにもほどがある。

仕方ない、もう一度聞かせてもらうしかない、草がぼうぼうに生えた駐車場から、今にも崩壊しそうな病棟までの、わずか数十メートルの移動時間で、コンパクトに。

「進道さん、人数の調整ってどういうこと？　念のためにもう一回、確認させてもらえる？」

見栄を張っていることは見え見えだろうが、進道は失笑することもなく、

「もちろんでございます」

と、ホスピタリティたっぷりに頷いた。

「我々は世界中のすべての妊娠を祝福する者です。本来ならば、生きづらい思いをされているすべての妊婦さまを救済したい。デリバリールームへの入室を心苦しくも厳選するのは、理想に遠く及ばぬ我々の力不足に他なりません」

「はあ」

妊婦さま、と来たか。宮子がこれまでの十五年で、一番受けてきた質問は『お前、何様のつもりだ⁉』だけれど、これからはそう答えよう。ちなみにこれまでは、おあいにくさまと答えてきた。

「また、我々からの援助を必要となさらないかたもいらっしゃいます。そんな妊婦さまに誤って招待状をお送りしてしまうケースを、想定しないわけにも参りませんし、また、病欠や忌引き(きびき)もございますでしょう。ですので、招待状はどうしても、多めに発送しなければなりません」

オーバーブッキングって言うんだっけ。

宮子は航空機に乗ったことはないが、それもパパの小説で読んだことがある。航空会社は、搭乗可能人数よりも多く予約を受け付けるのだとか……、つまり今回、デリバリールームの入室可能人数を、入室希望者が上回ったということか？　返信用封筒の使用率が低かったと？　病院で予約が混雑するのは、そりゃあ産婦人科に限るまいが……、それにしても。

「その通りでございます、宮子さま。冴え渡っていらっしゃる。つきましては、我々、デリバリールームは無念にも辞退者を募らねばなりません」

「じ、辞退者？」

「はい。入室を希望なさる妊婦さまに、二人一組になって平和的に話し合っていただき、どちらが降りるか、譲り合いの精神を発揮してもらえればと存じます」

なるほど、妊婦に席を譲るのは常識だ。飛行機でオーバーブッキングが生じた場合、席を譲ればマイレージがもらえるらしいが、たとえマイレージがもらえなくとも。ただしそれは、自分が妊婦じゃない場合に限るのではなかろうか？

4

というわけで儘宮宮子は、廃病院の待合室で、事実上の予選の対戦相手となる咲井乃緒と向き合うことになったのだった。崩壊寸前の仄暗い建物というシチュエーションもあったのだろうが、覚悟していたつもりでも、いざ他の『妊婦さま』に対面してみると、あからさまに気後れする。同級生を相手取ったディベート大会とはわけが違う。

対照的に向こう、咲井は拍子抜けしているようにも見えた。猛犬が現れると構えていたところに、ぷるぷる震えるチワワが現れたかのような緩急に。

せんかたない。向こうは大人でこちらは子供だ。労働者と学童者だ。

宮子にも伝統的な進学女子校の伝統的な階層社会を約九年にわたって生き残ってきた自負はあるけれど、自分の母親くらいの年齢に見える大人と一対一で対峙するというのは、なかなか新鮮な体験である。

厳密には一対一とは言えない。

宮子には進道というセコンドがいるように、咲井のほうにも、白衣の若い男性が寄り添っていた。名前は遊道というらしい。もしかしたらデリバリールームのコンセプトのひとつに、妊婦のサポート役は若くて顔立ちの整った、見目麗しい男性に担当させるという謎めいた条項があるのかもしれない。

ただ、彼らは話し合いには参加しないようで、

「それでは、わたくしどもはいったん失礼致します。おふたかたの平和的な話し合いのお邪魔にならないよう、すぐ近くに控えておりますので、辞退者が確定しましたら、いつでもお知らせください」

とのことだった。

「なお、話し合いの制限時間は一時間となります。それを過ぎられますと、デリバリールームの扉は閉ざされてしまいますので、両者ともに入室資格喪失という形を速やかに取らせていただきます。悪しからずご了承ください」

慇懃ながら、有無を言わさぬ口調だった。要は一時間以内に決着をつけろ、と。

ここはどうやら放射線科の待合室のようだけれど、この廃病院の、どこか違う待合室で、同様の『話し合い』、妊婦同士の対決が、同時進行でおこなわれているのだろうか。想像するだにぞっとする。

ハンサムふたりが姿を隠したところで、

「よその『平和的な話し合い』がどうか知るよしもないけれど、私達はラッキーよね。こんなの、最初から答、出てるようなものだから。えっと、儘宮ちゃんだっけ？」

と、軽い調子で切り出してきた。

最初の十分くらいは様子見と言うか、にらみ合いの沈黙が続くと決めてかかっていたので、その先手に宮子は、

「名字で呼ばれるの嫌いなんで。下の名前で」

と答えるのがやっとだった。

「そう。私は下の名前のほうが嫌いだから、咲井でいいわ。乃緒って。否定から入ってるじゃない、私の人生。このベイビーが産まれたら、もっと素敵な名前をつけてあげるつもり」

「……答が出てるようなものって？」

「ああ、それね。宮子ちゃんはまだ若いんだから、次のチャンスもあるだろうし、やり直しも利くでしょう。私は年齢的にもキャリア的にも、これが最後のチャンスだから。どちらが優先されるべきなのかは、ちゃんとわかるわよね？　いくら若くても、そのくらいの分別はあるものね？」

驚いた。

こんな堂々と、てんとして恥じることなく、『自分に席を譲れ』と意見を表明してくるとは……、もちろんそのためにここまで足を運んでいるのだから、恥じるようなことはひとつもない。電車の中でしんどいときは、席を譲ってほしいと、はっきりお願いできる世の中であるべきだ。とは言え……、宮子も自分自身、相当図太いつもりだし、『何がなんでも』という心づもりでいたはずだったが、どっこいまだまだだったと思い知らされた。

初手から勢いで押し切ろうというのは、宮子も父に仕掛けたことではあったけれど、ここまであからさまにするべきだったのか。そうしていれば、あんな脅しをかけずに済んだのだと思うと、後悔すらする。

これが大人のネゴシエーション。

パンツスーツの咲井がなんの仕事をしているのかまではまだ聞かされていないけれど、普段、会社間の主導権争いでも担当しているのだろうか？　プロのネゴシエーター？　危うく、早くも負けが決定するところだった。うっかり頷いてしまっていたかもしれないくらいだ、

「宮子ちゃんはそんなに可愛いんだから、きっとパパがなんとかしてくれるわよ」

という、無神経な発言が続かなければ。

煽ったつもりだろうが、敵失だった。

ここで言うパパが、どちらの意味だったのかは不明である。宮子の父親という意味なのか、それとも宮子の、おなかの子の父親という意味なのか……、たとえどちらの意味だったとしても、これが宮子の闘志に火をつけた。闘志と言うより、単なる怒りに火がついたきらいもあるが、とにかく、土俵際ぎりぎりで、宮子は押し切られなかった。

覚悟はあったが、ためらいもあった。

己の『幸せで安全な出産』のために、他人を、しかも自分と同じように、事情とおなかを抱えた妊婦を押しのけるイベントに参加しようなんて、悪徳の極みなんじゃないかと。

二度とお天道様の下を歩けないんじゃないかと。だが、相手がそういうことを、何の躊躇(ちゅうちょ)もなくしてこようというのであれば、話は別だ。

　妊婦さまは、お互いさまである。

「生憎だけどね、わたしにとってもこれが最後のチャンスなの。このチャンスを逃したら、わたしはこの子と死ぬしかないんだから」宮子は咲井を睨(にら)んで言った。「この席は譲ってもらうわよ、おばさん」

「そう呼べば私が傷つくと思っているのであれば、あなたは最高に可愛いお嬢さんよ、宮子ちゃん」煽り返しにも似た宮子の宣戦布告にも、咲井はまったく動じなかった。「逆に、私を油断させて軽んじさせようとしているなら、成功ね。評価を改めなきゃ。死ぬしかないだなんて、いかにも将来のある若者が言いそうな言葉。まさかデリバリールームがデスゲームだなんてネット上の風説を、鵜☒みにしてる？　ならば尚更帰ったほうがいいわよ。ここですんなり帰れば、むしろ死なずに済むんだから」

「………」

　鼻で笑われても、大仰(おおぎょう)なことを言ったつもりはない。パパにあれだけのことをしておいて、デリバリールームに這入ることもできなかったなんて、それだけでも恥ずかしくって、死ぬしかないのに。しかし、挑発に乗って、怒り顔を見せてしまったのはまずかった。それこそ、感情的な人間だと、軽んじられてしまう。

　もっとも、このやり取りで咲井が宮子に見せつけたのは、働く大人の貫禄だけではない。

年齢的にもキャリア的にも、なんて物言いをするのなら、反発を招きかねない、実際に招いた言いかたを避けることも、彼女はできたはずだ。己の窮状を訴え、同情を誘うような言いかたもできた……、が、彼女はそれをしなかった。十五歳の女の子相手に、泣き顔、負け顔は見せられなかった。

（壁のようなプライドの高さを感じるわね。高さと、それと厚さを）

その壁こそがとっかかりになる。ボルダリングしてやる。

と言っても、宮子の頭の中に具体的なアイディアがあるわけではなかった。あるのは、今のところ、制限時間だけだ。黙り込んでしまうのが一番まずいと、とりあえず何か喋ろうとした宮子だったが、

「どうやら話し合いじゃあ決まりそうにない、この譲り合い」

またも先手を、咲井に取られた。

先手と言うか、いかにもやり手だ。

これでは手を拱いていたも同然である。

「でも、席の譲り合いって言っても、お互い妊婦じゃ、どたばた椅子取りゲームをするわけにはいかないわよね。ふーむ、ゲームか」

そして、いかにもわざとらしく考え込むような仕草を見せたあと、

「性別当てゲーム。なんてのはどう？」

と、ネゴシエーターは提案してきたのだった。

5

「本当なら、旦那さまにしたい質問よね。こんなうらぶれた廃病院じゃなく、正規の産婦人科で診察を受けたあと、『男の子だと思う？　女の子だと思う？』なんてね」

まさか今になって雰囲気を和らげようとしているのか、うってかわって甘えた口調で、そんなことを言ってくる咲井。気が付けば、そんな『性別当てゲーム』なんてふざけたレクリエーションで、進退が決まってしまうことが既定路線にされている。

突っ撥ねるか？　それもありだ。

ただし、二分の一の勝ち目がある提案を、単に主導権を握られたのが嫌だからという理由で退けるのは、次なる『レクリエーション』での宮子の勝率が五割を切るのを容認することと同義である。

少なくとも確率的にはフェアである提案を蹴るためには、それなりの大義名分が必要となる。あるいは代案が。そんなことを考えているうちに、

「ちなみに、宮子ちゃんのベイビーは男の子？　女の子？　興味あるわあ」

などと、振ってきた。

興味などあるはずないのに。おそらく、どうでもいい質問をすることで、宮子の思考を妨げようという算段だ。一言一句がトラップのようである。ナーバスな被害妄想だとしても、そう思わせられている時点で、既に罠に捕われていた。

「正規の産婦人科で診察を受けてないし」嘘をついたり、誤魔化したりするのが手間だったので、宮子は真実を即答した。「だから男の子か女の子かなんてわからないわ」

これには、ここまで大人の余裕を崩さなかった咲井が、目を丸くした。よかった、とりあえず宮子は彼女の、大上段に構えたスタンスを崩すことはできたわけだ。彼女の半生で、これまで会ったこともないような馬鹿娘を目の当たりにしているという意味の瞠目だとしても。

「そんなに重要？　男か女かなんて。どちらでもわたしは愛するわ」

わかっている、この蛇足は論点をずらしている。本当に我が子を愛するなら、一も二もなく、正規の病院にかかるべきだ。ただ、宮子としては、抱える事情を深掘りされたくないので、そんな浅い主張を表明せざるを得なかった。

くそう。気が付けばじわじわと不利な立場に追い込まれていく。仮にこのやりとりを、招待状にその名を記していたデリバリールームの室長が聞いていたとしたら、話し合いの結果を待たずして、宮子を『入室資格なし』と判断してもおかしくない。

そうされないためにも、今は敵の案に乗るしかない。乗る、あるいは、乗じる。それが案ではなく、策だったとしても。

（やられっぱなしにならないために、せめて何らかの譲歩を引き出したいところだけれど……、たとえば）

パパの小説で、『ケーキの公平な切り分けかた』が紹介されていた。ふたりいて、ケーキが一個しかないときは、ひとりがケーキを切り分けて、もうひとりが、切り分けられたケーキから、好きなほうを選ぶ。公平だ。

応用すると、性別当てゲームを提案したのが咲井なら、出題者は宮子のほうであるべきだ。だがついさっき、おなかの子は男女どちらかわからない、どちらでもいいとまで言ってしまった。現実問題、妊娠六ヵ月の宮子では、エコー検査を受けても、性別が確定できるかどうかは怪しいところだ。それこそ半々である。これでは宮子は出題者たり得ない。

言われるまま、問われるがままに答えるしかない。

(返す返すも、車中で寝ちゃったのがよくなかった。オーバーブッキングの話をもう一時間早く聞いていれば、きっとそれなりに対策を練れたのに。あのときはふてぶてしさを見せるのがベストだと思ったとは言え)

むろん、咲井はそうしたのだろう。まるでその場で思いついたみたいな提案だったが、あらかじめ様々なシミュレーションを済ませているからこそ、彼女は主導権を握っている。己で切ったケーキを己で選んで、宮子に差し出すことに成功している。

「いいわ。そのゲームで。ケーキを食らわば皿までね。でも、咲井さん、当然、こちらからもいくつか質問させてもらうわよ。まるっきりのノーヒントじゃ、いくらなんでも運否(うんぷ)天賦(てんぷ)過ぎるでしょ」

「『二十の扉』ってわけね。でも、二分の一を当てるのに二十は多いでしょ。問診は、切りのいいところで、全五問でどう?　壁新聞のインタビュアーさん」

これもまた、多いとは言えないが、ぎりぎり文句の言いにくい線を提案してくる。シチュエーションが大して似てもいない『二十の扉』を引き合いに出して、宮子でも多いと思う質問数を先に例示されてしまうと、相対的に、五問が妥当に思えてしまう。最初から五問と制限されたら、少ないと感じたはずなのに。感覚をいいように操られて、危機感がうまく働かない。

（パパを相手にするみたいにはいかないわけね。双方、人生かかってるわけだし）

自分の人生だけでなく、我が子の人生まで。

「じゃあ第一問。おなかの子の」

「性別は男の子ですか？　女の子ですか？　ってのはなしよ。あくまでヒントなんだから」

「馬鹿にしないで。それくらい弁えてる」

「弁えていたら」と、すぐに咲井。「無責任な妊娠なんてしないでしょ」

「おっと……」

大変結構。攻撃的になってくれればなってくれるほど、こちらも遠慮会釈なく反撃できる。妊婦と席を取り合っているという罪悪感を、つかの間、忘れられる。

（残りの人生、一生後悔してもいいから、今だけ容赦を排除しろ。不寛容な時代の申し子になれ）

「改めて第一問。おなかの子の性別は、咲井さんの希望通りだった？」

「ん」

咲井は目を細めた。想定問答集に載っていない問いだったのかもしれない。宮子としては、質問数をぐっと制限され、振りとなるいくつかの質問をすっ飛ばすしかなかっただけだが……、だとすれば、ここで畳みかけるべきだ。

「わたしみたいに、男の子と女の子の、どちらでもいいってわけじゃなかったんでしょ？お医者さんにそれを訊ねたってことは」

一概には言えまいが、基本的にはそういうのは、訊かれなければ教えないはずだ。

「希望通りだった、と答えておくわ」と、咲井。「私の思った通りの性別だったと」

「……なんか、残してる？　余地を。疑問の」

「気持ちの問題だから。人間の気持ちは割り切れないわよ。男の子だったらこんな風に育てよう、女の子だったらこんな風に育てようって、それぞれに期待するわ。どちらでもいいなんて、私は言わない。どちらならどうするか、完全にシミュレーションするもの」

説得力をもってはぐらかされたという印象だ。お前とは違う、一緒にするなというマウンティングをすることも忘れていない。ただ、揺さぶりとしては上首尾に運んだか？　大人びた態度を一貫させていたプライドの高い彼女に、十五歳の女の子を、わざわざマウンティングするという、大人げない真似をさせたのだから。

単に勝率二分の一のゲームを提案したかったなら、コイントスでも、いっそじゃんけんで決めても同じなのに、どうして性別当てゲームを提案したのか？　もしかして、本人も気付いていないコンプレックスみたいな深層心理が、その素地にはあるんじゃないのかと推察したのだが、その過剰反応からすると、当たらずといえども遠からず、か。

　別段そう考えて『五つの扉』の譲歩を引き出したわけではなかったが、ならばこのアプローチのほうが、見込みがあるかもしれない。まっすぐ解答を求めるよりも、動揺させて、失言を誘う。問うて落とさず、語るに落とす。

「……咲井さんはおなかの子を、ずっとベイビーって呼んでるけど、それって女の子に対しての呼びかけかたっぽいよね」

「何、それ。質問？」

「いえ、独り言。感想。所感」

　眉を顰めたそのいいリアクションをいただけただけでも十分だ。もちろん、男の子をベイビーと呼んでも、ぜんぜん問題はない。

「第二問。咲井さんがデリバリールームに入ろうとしている理由は何？」

　性別当てゲームの解答者役を担うことになったのを、ババを引いてしまったみたいに思っていたけれど、この質問をされる側じゃなかったことはラッキーだったと宮子は感じた。事実、咲井のほうは、出し抜けに頬をはたかれたみたいな顔になった。

　答えにくい、答えたくない、という以前に、そんな質問をされること自体が心外で、プライバシーの侵害で、不愉快だというように。

（わかるよ。わたしも学校で、下着の色まで管理されていることを、快くは思っていな

い）

今なら、マタニティインナーの色を答えることになるので、あながち無意味な管理でもなかろうが。

「そりゃ、招待状が来たからよ。あなただってそうでしょ?」投げやりな風に咲井。「甘藍社がどうして私に招待状を送ってきたか、その選定理由は知らないわ。向こうの事情なんだから。それも、あなただってそうでしょ?」

「仲間みたいに言ってくれるなんて、嬉しいな」宮子はそれを受ける。「でも、それじゃ答になってない。招待状が送られてきただけじゃ、こんなところに来ないわよ。普通は詐欺だって思うもの。送られてきた理由を、あなたは知っているはず。心当たりはあるに決まっている」

「あなたみたいなお子ちゃまがいると知っていたら、来てないわ」

お子ちゃまじゃなくて妊婦ちゃまだと反論しようかと思ったが、やめておいた。相手も妊婦じゃ、何のアイロニーにもならない。

「わたしには天から垂れてきた蜘蛛の糸にすがりつく理由があった。咲井さん、あなたには?」

「蜘蛛の糸。自分は地獄にいたとでも言うつもり?　まともに考えたら、蜘蛛の糸に絡みつかれたら、蜘蛛に食べられるだけなのに」そこで少し黙ってから、「食い物にされたくて、あなたはここにいるのかしら?　参加費を巻き上げられるために?」

「質問する権利を有しているのはわたし」

「確かに。私には何の権利もなかった。それにしては頑張ったほうよ」咲井は仕切り直すように、肩をすくめた。「仕事と家庭の両立とやらをね。だけど、そんな十年以上に亘る努力を、この可愛いベイビーが台無しにしてくれるの」

「………」

「一から十まで詳しく話してもいいんだけれど、時間切れで共倒れじゃあ面白くないわよね。それに、残念ながら業務上、私には守秘義務があるから、やむなく端的に答えておくと、私は国家の存亡にかかわるようなお仕事をしている」

国家の存亡？　いかにも大袈裟な表現だ。『死ぬしかない』と同じくらいに。だが茶化しはしない。ここは聞きの一手だ。

「ぼやかして言うと、とある建設会社勤務よ。現場じゃなくて、渉外係。学生時代から語学が得意だったからね。東京オリンピックに絡むプロジェクトに関わってきて、いよいよここからが本番といったところで、チームから外されることになった。理由は妊娠したから。働き方改革」

産休か。まあ、宮子の母親、儘宮澪藻のように、『出産するその日まで研究室に籠もっていた』なんて姿勢が褒められたのは、過去の話だろう。渉外係ならば、ネゴシエーターという宮子の読みは、大きくは外していなかったわけだ。

（東京オリンピック……、国家の存亡ね。なるほど）

満更大仰でもない。いかにもそれっぽいイベント名を挙げてきた。

「懐妊したことで解任されたの。責任あるプロとして妊娠するタイミングをコントロールしろと言われてもね」

無責任な妊娠。まさか自分が言われた台詞を、宮子にも言ったのか？

「もっとも、渉外チームの名誉のために言っておくけれど、不当な扱いを受けたってわけじゃない。それほどは。でも、まるで腫れ物に触るような扱いよ。取り扱い注意な社会問題。腫れ物って言うか、爆弾かしら。破裂なんてしないってば。いいところ破水で」

「……その辺は、同意できるわ」

「あっそう。でも命を授かったことで、家庭が崩壊するって感覚はわかる？　愛する旦那さまに、性別を訊かれるんじゃなく、堕ろせって命じられる気持ちは。戸惑っているだけで、そのうち気が変わるだろうと軽くとらえて、中絶できなくなるまで粘ってみたら、離婚だって言い放たれる気持ちは」

淡々と語られると、相槌も打てない。土足でずかずか相手の心の中に踏み入っていったら、割れたガラスが撒き散らされていたかのようだ。よく聞く話と言えばよく聞く話でもある。妊娠・出産で仕事を外れなければならないことも、たとえ結婚しようと夫婦生活を営もうと、必ずしも、親になるのを望む人間ばかりではないことも。

親権を持たない父親もいるし。

「おかしな話よね。ベイビーが宿ったことは、パパにも責任があるはずなのに。そもそも、昔は男の子が欲しいって言ってたはずなのに。でも……」

　言いかけて、口をつぐんだ。

　感極まったから、ではないだろう。愚痴のリズムのままに、『昔は男の子が欲しいって言ってたはずなのに』なんて言葉を漏らしてしまったからだ。いや、そうとは決めつけられない。診断できるようになってみれば赤ちゃんが女の子だったから、夫が、堕ろせとか、離婚だとか喚いているだなんて。今時、そんな極端な思想を持つ男が……、ただし、最初にあった『パパがなんとかしてくれるわよ』という言葉の裏には、案外、そんなやっかみがあったのかも……。

　教師まで女性で固められた女子校に通う宮子からしてみれば、性別による差別が、仕事のみならず、赤ちゃんにまで及ぶというのは、想像を絶してくる。死語を通り越して、パパの小説にも登場しないようなファンタジーだ。『どっちでもいい』なんて、お子ちゃまの意見だったか。ただし、それを言ったら、女子校という組織体だって、性差で成立していると言えなくはない。なんでもかでも、男女を一緒くたにするのが正しいとは、宮子は思わないけれど、しかし。

「秘密保持契約と個人情報保護法に反しない範囲で、もうちょっとだけ話そうかしら？　デリバリールームが入室を締め切るまでの残り時間は三十分を切ったけれど、宮子ちゃん、私と共働きしてくれるつもり？　ああ、共倒れか」

　もうそんなに？　ストップウォッチで計っているわけではないので、厳密に一秒二秒、一分二分を争ってはいないが……、焦るな、焦らされるな。むしろ急いだりせず、与えられた時間は、目一杯まで使い切るべきだ。

残り三問。何を訊く？

感情抜きで大まかに整理すると、咲井は、赤ちゃんができたことで、仕事も家庭も失いそうだから、デリバリールームへの参加を決意した。あくまで、同情を誘うような言いかたはしなかったが、追い詰められていることは確かだ。宮子と同様に。

生きるか死ぬか。

「……第三問。咲井さんは、迷わなかったの？」

「あやふやな質問ね。私が答えたら、『今のはそういう意味で訊いたんじゃない』って、問いの意図を変えようって、一石二鳥を企んでいるわけ？」

「その手があったかと深く反省したわ。迷わなかったの？　旦那さまの言う通りにしようかどうか。今は仕事や家庭を優先しようって」

「殺すかどうか迷ったかってこと？　殺すかどうか」

咲井は『堕ろす』と言わず『殺す』と言った。二回も。

わざと強い言葉を使って、罪悪感を与えようという魂胆……、なのだろうけれど、しかし、『堕ろす』だって、考えてみれば、ずいぶん強い言葉だ。使っている漢字も、堕天使の『堕』で、あるいは『殺す』よりも怖いかもしれないのに。

だが、咲井の魂胆はもっと深かった。根深かった。

「迷わなかったと言えば嘘になるわね。これは二問目の答になっちゃうかもだけれど、そんな逡巡が生じたからこそ、出席にマルをして返信したのだから」

出席にマルをして返信？　集合場所のみならず、招待状の形式も、参加希望者それぞれによって違うのかな？　と、宮子が考えていると、

「ただし」そう咲井は続けた。何の含みも持たせず。「殺すかどうか迷ったのは、ベイビーをじゃなくて、旦那さまをだけれど。死でふたりを分かとうかと悩んだわ」

「…………」

何の含みも持たせず、と表現したものの。

膨らんだ殺意は残っているのかもしれない。まだ、彼女の心にこびりついて。

「年齢的にも最後のチャンスって言ったの、聞いてなかった？　思っていた感じと違うから、タイミングを見て産み直そうなんて、できないのよ。宮子ちゃんはまだまだいくらでもやり直せるだろうし、妊娠して、楽だから生理なんてこのまま一生来なければいいと思っているかもしれないけれど」

「思ってない、そんなこと」勝手に気持ちを代弁されることに堪えられず、宮子は反射的に遮った。「つわり、生理よりもきつかったし。わたしの人生に楽なんてない。ただ、もしそんな風に聞こえたのなら、悪かったわ。ごめんなさい」

「誤解させてしまって申し訳ないなんて、まるで記者会見の答弁ね」

皮肉られたが、咲井は、宮子が謝ったこと自体は意外だったようだ。宮子自身も意外だ

った。なぜわたしは今、ただ遮るのではなく、怒るのでもなく、謝ってしまったのだろう？　とても不思議だ。

考えるな。仕切り直せ。

自己分析をしている場合じゃない、分析すべきは、咲井乃緒の胎内だ。『思っていた感じと違う』という発言は、仕事のフェイズや夫婦仲といった置かれた環境のことのみならず、赤ちゃんの性別のことも含んでいると考えていいか？　それともただの誤解を招く表現か？

わからない。一石二鳥どころか、半端なことを訊いて、質問を一問、無駄にしてしまった。動揺させて失言させようと、パパの小説に登場する悪徳警官の取り調べみたいな手法を採用したけれど、それは口実で、ただ単に、訊きたいだけのことを訊いてしまったかも……、同じ妊婦として、先輩妊婦に。

「猫」ぽつりと、咲井が呟いた。宮子はまだ四つめの問いを発していないのに、自発的に。

「猫だったのかな。あのね、欲しかったベイビーがなかなか授からなかったから、私達夫婦は、猫を飼ったの。二匹。ミケタとミケアキ。両方オス。増えないように。手術は、可哀想だからどうしてもできなくて、でも、子供が生まれたら、共働きじゃ面倒を見切れないから」

人間のエゴの塊みたいなことをいきなり言い出したが、何の話だ？　猫の話で時間を稼ごうとでも？　見ているだけで一日がすぐに経ってしまう投稿動画ならまだしも、音声のみじゃあ、かなりの話術が要求される時間稼ぎだ。

「そんな猫を、旦那さまは猫可愛がりしていて。今更、人間の赤ちゃんはいらなかったのかな」ふっと微笑んだ。「なぜなら、面倒を見切れないから。三匹目なんて」

子供代わりのコンパニオンアニマルが、ついに授かった赤ちゃんに、席を譲らない。いや、猫に責任はない。猫は生きているだけだ。だから咲井も、猫を殺すか迷ったとは言っていない。ただ、それで夫を殺すというのもえらく極端である。動物愛護が過ぎて、人間なんて絶滅すればいいと言っているのと変わらない。

追い詰められている。どいつもこいつも。

「……第四問、いい？」

人間らしい気持ちを己の中から排除した宮子は、しかし同時に、その猫トークで思いついた。思いつかされただけかもしれない。唐突なエピソードトークは、愚痴でも、まして在りし日ののろけ話でもなく、誘い水としての囁き作戦であった疑いは強い。

ミケタとミケアキ。両方オス。

繁殖したら困るというのであれば、両方メスでもいいのに、あえて両方オスにしたのは、『男の子が欲しい』という無意識の願望の表れ……、そう思わせようとしている？　咲井の返答から宮子が深層心理を読み取ろうとしていることを察して、あえて隙を見せてきたのだとして、だが、あえて『両方オス』とまで言及したところもまた、誘導だろうか？

ミケタとミケアキなら、わざわざそう言わなくとも、両方オスなのは、瞭然なのに。

「わたしの宮子って名前はパパ……、父がつけてくれたのよ。とても気に入ってる」

「？　下の名前で呼んでって言ってたわね。でも、若い子が気に入るにしては、よくある名前に聞こえるけれど」

「よくある宮子とは意味合いがまるで違う。わたしの場合、子宮を引っ繰り返して、宮子だから」

「……宮子ちゃんのお父さん、正気？」

「変な人だけれど、父の正気を疑ったことはない。この由来に関しては、愛情しか感じていない。どちらかと言うと……」

おっと。そちらに逸れると、この話は長くなる。猫動画よりも長くなる。悲しいことに、宮子は咲井と心中するつもりはない。獅子は我が子を千尋の谷に突き落とすと言うが、宮子は初対面の妊婦を突き落とす。宮子が名前の由来を持ち出したのは、要するに、パパは娘に、女の子らしい名前をつけてくれたと言いたかったからだ。

「はっ。私は愛情は感じないわね。生まれて即座に、ノーを突きつけられた気分。これ、さっきも言ったっけ？」

「似たようなことは。その件、よっぽど腹に据えかねているのね、ベイビーと違って。でも、咲井さんの名前の由来を聞きたいわけじゃないのよ、第四問は。問四、ベイビーの名前、もう決めてるよね？　さっき、ゲームが始まる前だっけ、素敵な名前をつけてあげるつもりって言っていたもの。じゃあ、どんな名前をつけるつもりなのか、具体的に教えて」

「…………」

不意を突かれたように、咲井は宮子を二度見した。問二のように不愉快だったわけではなく、一瞬、何を訊かれたのかわからなかったようなその反応は、賭けに勝ったと思わせてくれた。そのリアクションが演技なら、この人は建設会社のネゴシエーターではなく、劇団員だ。

おなかの子は女の子だと、宮子が考える方向へと道筋を立てようとしていたようだが（あるいは、その方向へ道筋を立てようとしていると推理する方向へと導こうとしていたようだが）、この質問は、完璧に心外ならぬ意外だったと思ってよさそうだ。

いくら男社会でのし上がってきた自負のあるキャリアウーマンでも、女の子に太郎、男の子に花子とはつけるまい。

男の子なら〇〇、女の子なら××というどっちつかずな逃げかたも許さない。このゲームを提案してきた以上、宮子と違って正規の病院で診断を受けている咲井は、赤ちゃんの性別を知悉(ちしつ)しているのだから。素敵な名前をつけてあげるつもりと言ったところからが既に引っ掛けだったならばお手上げだが、それでも候補くらいはあるはずだ。むしろいくつか候補があるなら、その傾向を元に、性別を容易に特定しやすくなる。ひとつの質問に複数の解を齎(もたら)してくれるのは、むしろ願ったり叶ったりだ。

「遥(はるか)」

「ん？」

「『遥か遠く』の『遥か』って一文字で書いて、『ハルカ』よ」澄ました顔を作って、否、開き直ったような顔で、咲井は言った。「いい名前でしょ？　咲井遥」

……わかった。それでわかった。わかってしまった。

ベイビーの性別がじゃない、自分の愚かさが。

わたしはなんて馬鹿なんだ、こんな、二重の意味での『腹の探り合い』に、誠実に取り組んでしまうなんて。こんな様で、わたしのどこがひねくれ者なのだ。ここで開示される赤子の名前が『遥』なんて、男でも女でも、どちらでもありうる名前だなんて不都合があるわけがないのに。

宮子からの五つの質問に、正直に答えなければならないという、言わずもがなの取り決めは、確かになかった。嘘はつき放題で、でっち上げの余地も無限大だ。

そしてその無法状態は、『五つの扉』のみならず、最終解答にだって適用される。宮子が男の子だと予想すれば、咲井は女の子だと答えればいいし、宮子が女の子だと指摘すれば、咲井は男の子だと答えればいい。

母親しか知らないことなのだから。

嘘をつけと糾弾(きゅうだん)することに意味はない、胎児の性別にしろ、名前にしろ、腹の中のことだ。いくらでも言い逃れできる。制限時間内に、彼女の主治医を問いただすことなど不可能である。圏外だし、宮子にはここがどこかもわからないのに。

性別当てゲームなんて表現に誤魔化されていた。あえてゲームと、レクリエーションっぽく表現することで、プレイヤーは対等だという、少なくとも勝機はあるはずだという公平感が演出されていた。

あくまで譲り合いであり、審判なんていないのだ。

ゴルフじゃあるまいし……、何が五分五分だ。

ケーキを平等にわける方法は、片方が切って、もう片方が選ぶ。だが、平等でなくてもいいならば、先にナイフを手にしたほうが、すべてを手にする。だってナイフを持っているのだから。そういうことだった。

（童話じゃあ、斧を手にするのは、正直者の樵のはずなのに……）

このままだと、手ぶらで帰ることになる。嘘つき樵のように。

「……第五問」

「どうぞ。引き続き、なんでも訊いて」

思いもよらぬ質問を、軽やかな虚言で躱したことで余裕を取り戻したのか、鷹揚に構える咲井。己の優位を、もう取り繕おうともしない。平等な振りもしない。気付かれないいま勝利できたらそれがベストだっただろうが、咲井としては、嘘つきとして勝っても、何の問題もないのだ。

（招待状は詐欺じゃなかったのに、こんな手口に引っかかるなんて……産褥。じゃなくて、屈辱）

でも、わたしのパパは小説家だ。

詐欺師よりも嘘つきなんだぞ。

(もしもこれが、パパの小説の一場面だったら……、主人公はどうやって、このしょっぱなのピンチを乗り切るの？)

「集合場所、どこだった？」

「……え？　なんて？　集合場所？」

「招待状よ、招待状。文面からして違うのかなって思って……、考えてみたら、あれが最初の篩だったのよね」宮子は、父親との会話を思い出しながら、言う。詐欺だとさんざん解説された文面も。「謎かけを解いて、集合場所に辿り着いた妊婦だけが、デリバリールームに入室できるっていうシステム。咲井さんも、招待状の謎を解いたからこそ、どこかで待ち合わせて、イケメン白衣にここまで連れてきてもらったんでしょ？」

「まあ……、そうね。その通りよ。参加希望人数が主催の予想よりも多かったオーバーブッキングは、謎を解いた妊婦が予想よりも多かったってことでもあるんでしょうね」

「わたしは但馬」宮子は言った。「但馬空港。別名、コウノトリ但馬空港。謎を読み解く鍵は、当選番号だった。当選番号６６８００８１様って書いてあった。文面でいくら煽てられようとも、わたしは自分が特別で、選ばれているなんて思っていない、これっぽっちも。わたしを誉めてくれるのは親くらいのもので、それも大半は皮肉なの。いくらでもいる若造よ。お嬢さんでお子ちゃまだわ。妊娠のことに限らず、『同じように苦しんでいても、まっとうに頑張っている人がいくらでもいるよ』って、わたしはこれまで何回言われたことか……、でも、それらを重々承知の上で、いくらなんでも、同じような窮状にある妊婦が、百万人単位でいるとは思えない。だったら少子高齢社会になんてならないでしょ」

宮子はパパの書く推理小説の解決編のように謎解きを始めた、と言いたいところだが、残念ながら宮子の父、秩父佐助は、不様にもこの謎を解けなかった。なので、独自の方針でやるしかない。

「ＺＩＰコードよ」咲井からのリアクションが鈍いままに、宮子は続ける。「郵便番号。七桁のあれ。葉書の右上の、四角の中に書く数字。６６８―００８１の地域にある空港は、コウノトリ但馬空港だけだった。空港のある豊岡市が、コウノトリの郷として有名なのよ。まあわたしはネットで検索するまで知らなかったけれど……、それでも、赤ちゃんを運んでくるのがコウノトリであることは知っていた」

「コウノトリ以前に、十代の子が郵便番号なんてよく知っていたわね。メールアドレスならともかく。私のほうは、実際、そうだったし」咲井は、宮子の真意を計りかねるのか、怪訝そうにしつつ、しかし最後の質問に答え始めた。「公平になるよう、同ジャンルって言うか、謎かけを似せてはいるのかしらね。文字化けを装って、＠が含まれていた当選番号を、アスキーコードでアルファベットに置き換えて、そのアドレスに空メールを送ったら、またも文字化けを装って、座標が返信されてきた。中部国際空港セントレアの座標が」

「……愛知県。それを聞いてほっとしたよ」

出席にマルをして返信した云々というのは、どうやら比喩と言うか、軽口だったらしい。公平になるようとか、どの口で言っているんだとは思うが、それはともかく、謎解きの難易度は、確かに同じくらい……、いや、それはともかくとはできない。してはならない。

完全なる公平などないし、その不公平こそ、第五の質問で、宮子が欲しかったものなのだから。中部国際空港セントレアに行ったことはないけれど、東京住まいの儘宮宮子は、但馬まで移動するにあたって、新幹線でそこを通過している。具体的に言うと、品川から新大阪まで新幹線自由席、新大阪から豊岡までJR西日本の特急こうのとり、豊岡からコウノトリ但馬空港までリムジンバスという経路だった。

「それを聞いて本当にほっとした。鳥取砂丘コナン空港や米子鬼太郎空港だったら、確信が持てなかったから」セントレアというのも、たぶん漫画のキャラクターの名前か、そうでなければ鳥の名前なのだろうと思いつつ、宮子は言う。いずれにせよ、進道が匂わせていたよう、待ち合わせ場所は空港縛りで、『コウノトリ』だったことに深い意味はなかったわけだ。いや、空港で縛ったのは、飛行機を『コウノトリ』に見立てたと言えなくもない……、但馬なら牛でもよかったわけだし。愛知県には、そう、あの間々観音があるのだっけな？　これが新潟県の胎内市でもやはりお手上げだった。「でも、愛知県なら確信できる。通過って言うか、実は名古屋駅で降りて、キヨスクでういろうを買ったから」

「何を駆け込み乗車をしているのよ、妊婦が。確信？　確信って、何の確信？」

「お天気の確信よ。お隣の鳥取県あたりじゃ、兵庫県の但馬と同じで、雨が降っていたかもしれないでしょ？」

「但馬って兵庫県なの？　兵庫県の隣って、島根県じゃなかった？」

最後まで噛み合わない会話だった。蜘蛛の糸にすがりつかざるを得ない、苦境にある妊婦同士だからと言って、わかり合えるとは限らない。わかり合えた気分にさえなれないものにならないもの別れだ。

「途中までは快晴だった。つまり、名古屋はいい天気だった。だから咲井さんは、いい、いい、いい、いい。傘を持っていいない」

そう言って宮子は、そばに立てかけていた傘を手に取った……、ケーキを切り分けるナイフのように、その先端を、妊婦に向ける。

妊婦の腹に。

「予想外の雨降りを、幸先が悪い生憎だとばかり思っていたけれど、そうでもなかった。あれはあれで、いい天気だった。雨の降る日は天気が悪いと決めつけちゃ駄目ね……、未成年の妊娠が無責任だと、決めつけちゃ駄目なように」

「宮子ちゃん……、イケメン白衣に、平和的に話し合えって言われたの、もしかしてだけれど、聞いてなかったの？」

ゆっくりと、そろそろと、両手をあげる咲井。宮子を刺激しないように……、刺激されないように。

「平和的よ。暴力をふるうつもりなんて更々ない、それを決めるのはあなただから。なぎなた部のわたしは、雨漏りのしそうなこの廃病院で、傘を差そうとしているだけだし。核の傘ってわけでもない、ビニール傘だし」『差そう』の字が違うかもしれないが。「もしも折りたたみ傘を持ってるなら、今のうちに鞄から出してもいいよ。この七十センチ傘と、長さをくらべっこしてみよう」

「……聞かれてもいないのに、郵便番号の謎解きをこれ見よがしに語ったのは、私が但馬住まいじゃないことを確認するため？」

「鳥取県と島根県の区別もついてなかったしね。ちなみに隠岐島（おきのしま）があるのが島根県と、わたしは授業で教わったわ。地理の授業で」

役に立つじゃない、ホームルーム。

続けて隠岐島と沖ノ島の憶えかたも教えてあげようかと思ったが、それこそこれ見よがしだ。制限時間もあるし、決着をつけよう。たとえタイムリミットがなくても、妊婦に尖ったものを向けるストレスに、宮子が耐えられそうにない。

「咲井遥くんは、男の子」宮子は言った。「答は？　嘘をついてもいいよ。どうせ腹の中のことなんて、本人にしかわからないんだから。エコー検査だって、百パーセントじゃないし」

穿刺（せんし）検査でもしない限りは。

第2室　産道ゲーム

1

「お疲れさまでございました、宮子さま。国際的に活躍する熟練のネゴシエーターを相手取った、見事な交渉術でした。では、改めて、デリバリールーム本会場へとご案内させていただきます。つきましては、ここから先は、お荷物を預からせていただきます」

要するにビニール傘を回収するということだ。狂犬みたいに扱われるのは本意ではないが、反則負けの退場扱いにされなかっただけでもめっけものである。どのみち、同じ手を二度使うつもりはない。頭脳戦を力業で脱していいのは一回だけだ。パパの小説のメソッドによると。その一回を初っ端に使ってしまったのはいかにも軽率だったが。

宮子は傘と、スマートフォンを含むすべての手荷物を、進道に手渡した。

「確かに。おや、浮かない顔ですね、宮子さま。劇的な逆転勝利を収められましたのに」

「いえ、こうしてみると結構際どかったなって。傘を持っていなくても、普通にバッグの中に、スタンガンなり催涙スプレーなり、もっと直截的にナイフだったり、大人の女性のたしなみとして、護身用のグッズが入っていても不思議じゃなかったんだから」

「何を仰います。だとしても、宮子さまには、なぎなた部所属の技量があったではありませんか。バッグやポケットに入るような短い得物など」

「珠算部の幽霊部員なの、わたし」

妊婦さまなのもお互いさまなら、嘘つきなのもお互いさまだ。

だから、あの場で降参されず、咲井にがむしゃらに飛びかかってこられたら、どうなるかわからなかった。取っ組み合いの末に相打ち……、どころか、おなかの子に危険が及んだかもしれない。

（かもしれない、なんて……、抜け抜けと我ながら嫌になるな。それも含めた脅しだった。言うことなすこと嘘ばかりでも、男の子だろうと女の子だろうと、咲井さんがベイビーを大切に思っていたことだけは間違いなかったから）

仕事よりも家庭よりも……。

宮子の浮かない顔の真の理由は、そこにあった。リスクを冒(おか)したことじゃない。それを言うなら、デリバリールームに入ろうとすること自体がリスクだ。そうじゃなくて……。

「このあと、どうなるんだろ？」

「はい。まずは入室する妊婦さま同士の、顔合わせをおこなわせていただきます。ママ同士の交流はとても大切ですので」

「交流？　交渉じゃなくて？」

「そののち、弊社ＣＥＯであるデリバリールームの室長から、皆様にご挨拶をさせていただければと」

偉人にお会いできるわけだ、立志伝中の。だが、宮子が訊きたかったのは、そういう『このあと』ではない。宮子の今後ではなく。

「咲井さん。このあと、どうなるんだろ」

「それは宮子さまがお考えになることではございません。どうかご心配なさらず。むろん、我々が妊婦さまをお一人で帰すようなことを致すはずがありません。遊道が責任を持って、自宅までお送りさせていただきますので」

アフターケアも万全みたいなことを言っているけれど、裏を返せば、家に帰して、あとは知らんと言っているに等しい。知らん顔で、知らん腹だ。

（……咲井さん）

私の分まで頑張って、などと、別れ際に咲井は言わなかった。恨み言すら言わず、無言で待合室から立ち去った。あんな負けの認めかたをさせられて、なお勝者を称えることができたら、それはお人好しという病気だ。それでも。

（勝手に頑張ろう。あの人の分まで。遥くんの分まで）

「……ねえ、進道さん。咲井さんの言ってたこと、どこまで本当だったの？　妊娠したことで仕事も家庭も失いそうになって、パートナーを殺したいって思うくらい、追い詰められているって――」

「彼女の担当はあくまで遊道でございますので、わたくしからは確かなことは申せませんが、そちらもどうか、ご心配なく」進道は恭しく言った。「咲井さまには素封家のご両親がおられますので、デリバリールームに入れずとも、破滅することなどありえません」

「……ご両親って、生まれた直後の咲井さんにノーを突きつけたご両親？」苦笑。「わたしからは確かなことが申せそう。白衣を着ている進道さんは、お医者さんなのかナースさんなのか、ずっと考えあぐねていたけれど、前者が正解なのね。あなたはわたしの主治医ってわけだ」

「おや。どうしてでございましょう？」

「嘘が優しい。白々しいほど」

ホワイト・ライは、医者の専売特許である。

2

先述の通り、登校するわけでもないのに宮子がセーラー服でここまで来たのは、一種のパワードレッシングだった。就学義務年齢での妊娠という、普通に考えて己を窮状に追い込む要素を前面に、否、全面に押し出すことによって、他を圧倒する迫力を演出しようという目論見のコーディネートである。悪目立ちをするリスクもあったが、まあ、『もしもこれがパパの小説だったら』、見た目にわかりやすくキャラが立っていたほうがいいだろうという読みもあった、読者だけに。五十万円を出資してくれたパパへのサービス精神である。『もしもこれがパパの小説だったら』、単行本の挿画をどんな絵師が描いてくれるのか定かではないけれど、セーラー服の妊婦を、可愛く描いてくれたらいいな。

そのためにも優勝しなきゃ。

しかしながら、そんな孝行娘の父親思いな決意は、身重の身体で廃病院の廊下を進む途中であえなく瓦解した。

（所詮、わたしの読みなんてその程度だ。小説も、世間も読めていない）

進道の職業についても、『嘘が優しい』なんて、ばっちりしたり顔で決めたつもりでいたけれど、『いえ、わたくしは助産婦でございます』と、あっさり否定された。助産婦。正確には、看護婦が看護師となったように、助産婦も現代では助産師というそうだが、ナースと違って、その職業を習得する資格は女性にしかない。現代では希少とも言える、女性しかなれない職業を、若くハンサムな男性に担わせ、かつ古代の呼称を名乗らせているのは、デリバリールームなりの風刺なのだろうか。

要するにドゥーラみたいな立場だろうか？　ドゥーラも原則、女性のイメージが強いが。それはともかく、また、セーラー服もともかくとして、当然のように、入室希望者の中でもっとも年下なのは、十五歳の自分だと決めつけていた。その特異性を頼りにしていたし、咲井は、それで宮子を軽んじてくれたからこそ、その隙をつけたと言える。騙されたことに気付いてキレた十代が何をするかわからないという恐怖も、キャリアウーマンにはあったろう。

だが、上層階に向かう階段のところで（エレベーターは動いていない、当然ながら）ばったり遭遇した、ツインテールの妊婦は、どう見ても同世代の未成年だった。

（中学二年生、一年生、いえ、もしかしたら……、六年生？）

体軀が小さいためなのか、胴回りが相対的に膨らんで見える。むろん、たまたま診察を受けに来た、まったく無関係の妊婦であるはずがない。この廃病院の産婦人科は、永遠に休診日だ。それでも、どう見てもわけありの妊婦である彼女が、デリバリールームへの入室希望者『ではない』と、直感的に思ってしまう理由があった。モンティ・ホール問題のように、事実は直感に反するとしても。

そんなはずがない。だって……。

だって、その特徴的なツインテールも、顔立ちも……、芸能エンタメ系ニュースにさほど興味のない、すれた宮子だって知っている。女子中学生なら、知らない者はいない。宮子に進道という助産婦の道案内がいるように、彼女の隣にも、顔で選ばれたとしか思えない白衣の美形がつき従っているけれど、しかし、そんなハンサムをも圧倒する輝きを、ツインテールの所作は放っていた。

「あ、あの……、もしかして、妻壁めしべ？　二十二人からなる大所帯のアイドルユニット『ツインツインツール』の第二センター……」

「ん」

向こうは向こうで、ばったり遭遇したセーラー服の妊婦を、まじまじと観察していたようだが、思わず宮子がそう呼んでしまった途端、

「はーい！　そうなのだ！」

と、勢いよく右手を挙げた。弾けるようなスマイルで。

「ついついみんなに恋しちゃう！　好きと大好きのツインテール、妻壁めしべなのだー！」

本物だ。いろんな意味で。

熱烈なファンの完コピにしては、満面に溢れるその笑みは、あまりに堂に入っていた。薄暗い階段の踊り場とは言え、よく見れば、彼女が着ている、綿菓子でできているみたいなふわふわのドレスも、マタニティドレスと言うよりは、衣装だった。踊り場で躍動しそうな、ステージ衣装だ。

「妻壁さま。おなかのお子さまに障りますので」

「あ。ごめんなのだ、選道さん」背後のイケメン白衣（選道という名の助産婦？）に窘められ、ツインテールの妊婦はばつが悪そうにした。頭をこつんと叩いてみせる仕草はさすがにやり過ぎだが。「妻壁は、ついつい、条件反射で、名前を呼ばれるとレスポンスしちゃうのだ。もう『ツインツインツール』のメンバーとして、三ヵ月も舞台に……、表舞台に立っていないのに」

「………」

小説の中にあれだけヒーローがいるのに芸能人なんて興味ないと、普段は斜に構えている宮子ではあったが、しかしいざ目の前に現れられてしまうと、普通に圧倒されてしまう。しかも、繁華街で見かけたとか、通りすがりにドラマのロケを見学したとかじゃなくて、デリバリールームの『同室』、相部屋の妊婦として登場したのだ。若年層からすさまじい支持を得ている、今もっとも旬なアイドルユニットの一員が。

（頭ちっちゃ……、なんで妻壁めしべがここに……、三ヵ月も表舞台に立っていない……？）

宮子は、ここ数ヵ月はそれどころじゃない慌ただしさだったので、ただでさえ疎い芸能ニュースから、更に遠ざかっていたけれど……、今をときめく国民的アイドルの、おめでたいできちゃった結婚のニュースとか、報道されていたのかな？　いや、いくらなんでもそんなセンセーショナルなニュースがあったなら、まるっきり知らないということはないだろう。ソーシャルメディアから離れていたわけではないのだから。

戸惑っていると、妻壁のほうから、

「握手してあげるから、病気療養中のアイドルとこんなところで会ったっていうのは、どうか秘密にしておいてほしいのだ」

と、屈託なく、右手を差し出された。

急遽開催された握手会である……、ツーショットでも撮ってサインをもらえば、クラスメイトにさぞかし自慢できそうだ。違う、秘密にしておかなければならない。頼まれなくとも。

（どういった事情で、歌って踊れるアイドルがデリバリールームに入室しようとしているのか、どんなのっぴきならない理由で妊娠したのか、想像を絶するけれど……、ひとつだけ間違いないことがある）

もしこの遭遇がパパの小説の一場面だったとしても、わたしが単行本の挿画を飾ることはない。デリバリールームの本選で誰が優勝しようと、表紙はツインテールのマタニティフォトで決まりだ。

オーラが違う。たぶん売り上げも。

そう諦念にかられながら、宮子は妻壁の右手を取った。

「初めまして、こんにちはなのだ。お名前は？」

「……儘宮宮子。宮子って呼んで」

「宮子ちゃん。正々堂々、妻壁といい戦いをするのだ」

痛いほどではないけれど、思いのほか、ぎゅっと強く握ってくる……、可愛らしい外見に反して、戦うことに慣れている感じだ。戦って勝つことに慣れている。そりゃそうか。生き馬の目を抜く芸能人なんだから。椅子取りゲームはお家芸と言っていい。すべてがぎりぎりだった宮子とは違い、予選は楽勝だっただろう。

（でも、この子が『ツインツインツール』の妻壁めしべなら、こんなに幼く見えても十八歳か、十九歳のはずよね……、高校生以下のメンバーはいないはずだから……）

ならば、とりあえず宮子は、最年少の看板だけは維持できそうだ……、しかし見た目がもっと幼い妊婦がいるのでは、その看板こそ、とんだ見かけ倒しだ。アドバンテージをあらかた失ったことに変わりがない。

（でも……、てっきり相対的にそう見えているんだと思ったけれど……、こうして間近で見ると……、妊娠五ヵ月前後なんだとしたら、やっぱりおなか、大き過ぎない？　妊娠六ヵ月過ぎのわたしよりも……）

「あの、妻壁さん」

「めしべえでいいのだ。大食いキャラだし」

「妻壁さん。もしかして、そのおなか……」

「ん。あ、うん、そうなのだ」と、妻壁。「双子（ツインズ）なのだ」

3

宮子も、咲井も、それにステージ衣装の妻壁もそうだが、普通にマタニティドレスを着用するような妊婦は、端（はな）からデリバリールームに入室しようとは思わないらしい。パワードレッシングと言うより、一同、勝負服なのかもしれない。どころか、この分じゃ、きちんとマタニティインナーを装着しているのは、宮子くらいだ。

進道と、そして選道に案内された先にあった大部屋の病室に先着していたひとりの妊婦も、やはりそうだった。

いわゆる四床室で、古びた部屋には古びたベッドが四つ。

そのひとつに、和服の女性が腰掛けていた。入院患者が着るような浴衣(ゆかた)っぽい患者衣とは違う、正式な和服と言うか、もっと有り体(てい)に言えば、真っ黒な喪服である。洋服で言うところのダークスーツだ……、妊婦はお葬式への出席は控えるべきなんて迷信に、真っ向から逆らっている。

その黒が、ベッド脇に立つ、また新しいイケメン白衣の白さとの対比で、より際だって見える。白衣の白が際立つとも言えるが、彼も進道や選道同様に、気配は控えめだった。美形も過ぎると個性が消えるいい例で、もしかすると、そんな基準でも、セコンドは選ばれているのかもしれない。妊婦を引き立てるために。

「あら。随分お若い妊婦さん達なのね。可愛らしい」そう言って、「心配しないで。その昔、亡くした我が子を弔(とむら)うために、こんな格好をし続けているわけではないから」

じゃあどうしてだと訊きたくなるが、喪服以上に、そんな野暮な追及を許さない上品な雰囲気を、彼女は纏(まと)っていた。神聖にして侵すべからずという雰囲気を。

もちろん単純な年齢差もある。

女性は宮子を『お嬢さん』『お子ちゃま』扱いした咲井よりも、更に年上と見え、頭に白いものが多く混ざっている。咲井を『おばさん』と呼ぶのは、まだしも挑発や煽りとして戦略的に有効だっただろうが、ここまでの年配者をそう呼ぶのは、単にこちらの至らなさを示すだけだ。

（咲井さんは、自分のことを、妊娠できるのは年齢的に最後のチャンスって言ってたけれど……越えてきたね）

いかにも高級そうな帯の巻かれた彼女の喪服は、大きく膨らんでいる。妊婦帯という感じではないにせよ……、あの帯だけで、わたしの養育費、何ヵ月分だろう？　着物一式となると、一年分に匹敵しかねない。

（お金じゃない、ってことだ）

喪服の彼女がデリバリールームに参戦する理由は……、もっとも、それはセーラー服の宮子とて同じだ。

お金で済むなら、それで済ませていた。

「妻壁は、こっちのベッドもらうのだー」

一人称が自分の名字である国民的アイドルは、喪服の妊婦にさして興味がわかなかったようで、空きベッドのほうへと移動した。さすが芸能界で、色んな人物像を見ているだけのことはある。少なくとも高級な着物に目がくらんだりはしないらしい。そして例の元気のいい挨拶は、ファン相手にしか披露しないらしい。確かに、『ツインツインツール』は中高生向けのアイドルなので、白髪交じりのこの女性は、そのターゲットから大きく外れている。事実、喪服の妊婦は妻壁を知らないようで、エキセントリックな態度に眉を顰めこそすれ、宮子のように、彼女がこの場にいることに、さして驚く様子はなかった。

（まあ、わたしも別に、ファンってほどじゃないんだけれど……、よくも悪くも、現金な

アイドルだ）

素直とも言える。それとも、そう装っているだけか？　表舞台から離れて久しいと言いつつ、そもそも現実は、虚構に生きるアイドルにとって、すべてがステージみたいなものなのかもしれない。

もっとも、宮子はそんな自由には振る舞えない。ベッド争いなんて。第一、こんな廃病院の古ベッドを取り合ってどうする？　ほぼ廃品じゃないか。スプリングが効いているはずがない。シーツだって、いったい何年替えられていないのか……。

「初めまして、ご婦人。わたしは宮子。儘宮宮子よ」

「あら。あなたはちゃんと挨拶ができるのね。偉い偉い」感心したと言うより、まるであやすように言う。「でもご婦人って。古典小説じゃないんだから。私は嫁入細よ。よろしく」

咲井にされた以上の子供扱いだが、これは仕方ない。マウンティングだとも思わない。わたしが読んでいるのは古典小説じゃなくて退廃小説ですとも反論するまい。

「妻壁は妻壁めしべ。ですのだ」ベッドを確保した妻壁も、おざなりにそう名乗った。

「今回のデリバリールームへの入室者は、この三名ってことなのだ？」

「ベッドは四台あるんだし、誰かしら、あとひとりは来るんじゃない？」

言いながら、宮子も空いているベッドに腰を降ろした。妻壁の隣で、嫁入の正面という位置取りである。若者枠と言うか、ティーン枠と言うか、あまり妻壁とひとくくりに思われるのは、今後の展開を思うと得策ではないかもしれないけれど、とりあえず今は、嫁入を視界の中心に配置しておきたい。

(普段、何をしている人なんだろう……、何らかの富裕層であることは間違いないにしても、それ以上に、家の外でばりばり働いているって印象は受けないわよね)

咲井のように、仕事と家庭の板挟み、あるいは挟み撃ちにあって、デリバリールームにすがりついたわけではなさそうだ……、ある意味で、妻壁が抱える『事情』は、芸能人ゆえのトラブルに端を発しているのだろうとなんとなく洞察できるとしても……、嫁入の場合、着ている喪服が無関係であろうはずがなかろうが、それ以上の推理を許さない。

(それを言うなら、わたしの抱える事情だって、嫌気が差すほど複雑怪奇なんだけど)

幸い、今のところ、妻壁も嫁入も訊いてこない。それがマナーだからではなく、たぶん咲井同様に、一般的な未成年が無軌道に妊娠し、途方に暮れているというような事情を、勝手に汲んでくれているのだろう。

その誤解を、あえて解こうとは思わない。

それよりはこの時間を利用して、こちらの情報を伏せたまま、相手の情報を引き出したいところだが、ふたりに非公式に、例の性別当てゲームを申し込んでみようか？　それで五つの質問を投げ掛けて……、正直に答えるというルールを課した上で……。

そんな悪だくみをしたところで、

「…………」

と、新たなるイケメン白衣の助産婦に寄り添われた、第四の入室者があった。

4

寄り添われたというのは、これまでとは違って比喩ではなく、極めて実際的な表現だった。四床室に入室してきた第四の妊婦は、白衣の青年にもたれかかるような姿勢で入室してきた。しなだれかかるようと言ってもよい。肩を借りて、それでも足下がおぼつかなく、見るからにふらふらのコンディションで登場した。青ざめていて、自分の意志で歩いている風には見えない。妊婦ならぬ患者のようで、『満を持してやってきた』と言うより、『かろうじて搬送されてきた』という感じだ。

「うー……、うーうー」

唸(うな)っている。ので、生きてはいるのだろうが……、ふたり分生きているはずの彼女はむしろ半死半生で、第一印象は、はっきり言って酔っ払いだった。ピンク色でだるだるの、部屋着にしてもだらしのないオーバーサイズのジャージに、ソバージュのロングヘアと言えば聞こえはいいが、伸ばしっぱなしでセットもしていない、かつては茶髪だったのであろう、根元の黒いプリン髪という見た目が、そんな印象を後押ししていた。後押しどころか突き落としている。

(妊婦なのに飲酒しているの？　そんなコンディションで、デリバリールームに来たの？)

そもそも、そうもべろんべろんでどうやって予選を勝ち抜いたんだといぶかしんだが、

「うー……うー……」

と、苦しげに唸り続ける彼女に、すぐに気付いて、宮子は腰掛けていたベッドから立ち上がった。

「こ、ここにどうぞ。わたし、あっちのベッドに移動するので」

「あー……、あんがと……」

空きベッドまで、わずか数メートルの違いではあるが、一秒でも早く座ったほうがいいだろう、そんなにもつわりが酷いなら。宮子も妊婦なので、妊娠初期のつわりの辛さは知っているつもりだけれど（生理よりもきつかった）、酷い人はもっと酷いということも聞いていた。

垂らされた髪の毛で半分隠れて、表情はよく見えないが、二十代前半と言ったところか。しかし全体に漂う疲労の色は、そんなヤングなイメージを感じさせない。まだ安定期じゃないにしても、いかんせん不安定過ぎる。

「あたい、母屋（おもや）……、母屋幸美（こうみ）……」ぼそぼそと名乗りながら、つわりに苦しむ妊婦は、イケメン白衣の手を離れ、宮子が譲ったベッドに座った。否、倒れ込み、まだ膨らみの小さく見えるおなかを庇（かば）うようにして、横たわった。「この恩は一生忘れねぇ……」

（あたい？　平成一桁？）

そこまで優しくしたつもりはないが。

いや、甘いところを見せてしまったのは、失敗だったかも……、反射的にベッドを空けてしまった。ピンクジャージの妊婦、母屋のみならず、ツインテールと喪服にも、与（くみ）しやすい甘ちゃんだと思わせてしまったかもしれない。

だけど、まだ勝負も始まっていない段階なのに、つわりに苦しむ妊婦を見過ごすべきだったかと言われれば、首を横に振らざるを得ない。パパからそんな教育は受けていない、と言いたいところだが、そもそもパパから教育は受けていなかった。甘やかされただけだ。儘宮『弱っている犬は叩け』澪藻は、むしろ娘の浅慮（せんりょ）を恥じるに違いない。待合室で咲井に席を譲らなかった償いを、こんな形でしても何の意味もないのに。

「困ったことがあればいつでも相談に来い……」

そんな横臥（おうが）の姿勢で姉御肌を発揮されても、お肌のコンディションだって、決してよさそうには見えない。宮子の通う進学校には、エスカレーターのどの段を見渡しても不良と呼ばれる生徒はいなかったので（強いて言えば、在学中に妊娠した宮子が該当するだろう）、そういう人達とかかわったことはなかったが、それこそ平成一桁の表現で言えば『ヤンママ』といった感じだ。

（既婚者とは限らないけれど……、なにせ、こんなぼろぼろの体調で、なおデリバリールームに這入ろうとしているくらいだし）

妻壁も、嫁入も、遠巻きに見ているだけでノーコメントを貫いている。宮子を甘いと評価しているというより、シビアに、最初の脱落者は決まったと見ているのかもしれない。

だが、それを言うなら、酔っ払いでなかろうと、こうもつわりに苦しみながらも、母屋が予選を突破していることだけは間違いない。

　油断はならない。

（うがった見方をすれば、過度につわりが辛い振りをして、他の妊婦を出し抜こうとしているのかも……）

「逝道さんもありがと……」

　重たそうにまぶたを閉じて、ここまで運んできてくれたイケメン白衣（逝道さんっていうのね）にも、礼を言う様子からは、そんな高度な策略は感じ取れないが……、いずれにしても、今はわたしも様子見と言うか、そっとしておこうと、宮子は空きベッドへと移動し、腰掛けた。

「これで皆さま、お揃いになりましたね」と、宮子と共に移動してきた進道が言った。

「選ばれし五名の素晴らしい妊婦さまをこうしてご招待できたことを、我々助産婦一同、光栄に思います」

（五名？）

　その言葉に進道を振り返った宮子だったが、すぐにその視線は、ベッドからぶら下げた己の足下へと切り替えられた。

　なぜなら。

「ひゃあ⁉」

　おなかに赤ちゃんがいるのに、飛び上がりそうになってしまった。アイドルでもないのに。甘さではなく弱さを晒してしまった、だけどこれは誰だって驚く。移ったベッドの下から、さながら斧男のように、人間が這い出してきたのだから。

斧こそ持っていないものの。

人間どころか、妊婦だった。

針金みたいな細い身体にカジュアルな服装、ベリーショートのヘアスタイルは、真上から見れば、男性のようでもあった。しかし、息を呑んで見守っていると、立ち上がった長身の彼女の腹部は、明確にぽっこり膨らんでいた。だとすれば、ベッドの下に潜んでいい時期じゃない。まあ、ベッドの下に潜んでいい時期など、人生にはないが。

「産越初冬っす。変人じゃないっす」

嗄れたようなハスキーボイスで、しかしはっきりと、彼女はそう言って、上着のポケットから取り出した丸眼鏡を装着した。

（丸眼鏡なのに変人じゃない……？）

待て待て、それはただの偏見だ。丸眼鏡をかけた常識人だってきっといる、会ったことはないけれど。ただし、ベッドの下に潜むのは、変人か、そうでなければ殺人鬼だ。

目をつむってぐったりと、半分寝ている（半分死んでいる）母屋はともかく、這い出てくる様子を砂かぶり席から目の当たりにした妻壁はもちろん、宮子のように声をあげこそしなかったものの、嫁入もベッドの上で後ずさって、驚きを隠していないので、どうやら丸眼鏡でベリーショートで斧男な妊婦……、変人じゃない彼女、産越こそがこの相部屋への、一番の先着だったらしい。

それは取りも直さず、予選をもっとも早く勝ち抜いた妊婦であるとも言える。スタート時間がまちまちだろうから、一概に言えないにせよ……、一番の先着で、そしてベッドの下に隠れていたとなると、その意味合いもやや変わってくる。

身を潜めて、あとから来る入室者を、音も立てず密かに観察していたのだとすると……、宮子は改めて、産越を見遣る、まじまじと。独特のヘアスタイルや丸眼鏡、長身痩軀も手伝って、さながらファッションモデルのように見えなくもないが……、しかし、スキニージーンズにピタTというファッションに独自性はないし、妻壁と違って、見覚えがある感じではない。宮子はファッション業界に詳しくはないのだけれど……、しかし、奇矯な振る舞いを切り離して見れば、全体的に知的なその顔立ちは、インテリ風のインテリ風を吹かせている。

不良こそいなくとも、授業中内職してばかりで、教科書を開いている様子もないのに、あっさりテストで学年一位を取ってしまうような生徒が、宮子の通う女子校にはいる。例外的な生徒と言うか……、ある意味ではどこの学校にでもいるマジの天才だが……、それがそのまま三十歳を迎えたらこうなるという、実例のようでもある。

案外、と言うより順当に、潜んでの観察とかではなく、ただ隙間があったから、ベッドの下に潜り込んでいただけかもしれない。

「お隣、失礼しますっす。あ、その制服……」言いながら、産越は宮子の座るベッドの空きスペースに登って来て、長い足を折りたたむように、あぐらをかいた。「……可愛いっすね」

パワードレッシングをものともせず、あっさり宮子のセーラー服に言及してくる。あぐらという座りかたも……、あぐらはむしろ、妊娠中は推奨される座りかたなのだっけ？　むろん、元々このベッドを確保していたのは産越のほうなのだから、横に座らないでとも言えない。あとから移動してきたのは、宮子のほうだ。

（四つのベッドに、五名の妊婦……、病床不足は、こんな廃病院でも同じってことね）

「あ、あの……、産越さん。あなたの助産婦は？」

「助産婦？　追い返したっす。自分、男に診られたくないんで」そのまま胸の前で手を合わせ、ヨガか、さもなくば禅みたいなポーズを取る産越。「女医希望っす」

古めかしい性差にとらわれないような髪型なのに、案外きっちりしたことを言っている。ベッドの下から、続けてイケメン白衣が這い出てくるんじゃないかと危惧しての質問だったので、そうでないなら、ぜんぜんそれでいいのだが……。

いずれにせよ、では、これで今度こそ、デリバリールームへの入室者、本選進出妊婦が、全員集合のようである。

休養中のアイドル、ツインテールの妊婦、妻壁めしべ。

気品溢れる富裕層、喪服の妊婦、嫁入細。

つわりに苦しむ、ジャージの妊婦、母屋幸美。

丸眼鏡の変人ではない、ベッドの下の妊婦、産越初冬。

そして……、若手の最年少、セーラー服の妊婦、儘宮宮子。

（やっぱり、わたしが一番、キャラが立っていない……）

落ち着け、敗北感に囚われるな。この際、他のすべてで負けていい。キャラでも、個性でも、表紙でも。わたしはデリバリールームの勝者であれば、それでいいのだ。第一、わたしは勝つために来たんじゃない。

産むために来たんだ。生きるために。

「皆さま、よろしいでしょうか？」宮子が決意を新たにしたところを見計らったわけではあるまいが、進道が改めて宣言した。「それでは、選ばれし素晴らしい妊婦さまがたに、デリバリールーム室長である令室爽彌（れむろそうや）より、開室のご挨拶をさせていただきます」

5

「選ばれし素晴らしい妊婦の皆さま、このたびはご懐妊、および、デリバリールームへのご入室、おめでとうございます。心よりお祝いを申し上げさせていただきます。また、デリバリールームに関する心ない流言飛語に惑わされることなく、こうしておいでいただけたことを、甘藍社を代表して、御礼申し上げます。代表取締役だけに」

ＣＥＯであり、デリバリールームの室長である令室爽彌が、てっきり回診のごとく姿を現し、壇上に登るのだと思っていたが、そうではなかった。そもそも病室内に演壇などない。

ただ、天井にスピーカーがあった。

最初はエアコンと勘違いしたくらいのサイズの年代物の埋め込み式で、ただしエアコンだとしてもほぼ錆びてしまっていて、とても生きているとは思えないそれだったし、実際、そこから放送される音声も、匿名性を守るためのデジタル処理がなされているんじゃないかと思うほどに聞き取りづらかったけれど、一応、機能はしているらしい。

(電気が通っているの？　この廃病院……)

だったらまず、部屋や廊下の明かりを復活させて欲しいものだが……、いけない、設備に愚痴や不満を言っている場合じゃない。朝礼の、校長先生の挨拶は全力で聞き流すことにしている宮子だが、この開室式の挨拶は、一言一句、聞き逃すわけにはいかない。どこにどんなヒントがちりばめられているかわからないのだ。空港からここまでの車中で寝てしまい、オーバーブッキングにかかわる事情を右から左に聞き流した予選での失態を、無能にも繰り返すわけにはいかない。考える時間は一秒でも多いほうがいいに決まっている。

「ご存知、令室爽彌です」

放送は続いた。ご存知？　パパは知らなかったぞ。

「本来、皆さまの前でご挨拶をさせていただくべきですし、またそれは僕の大いなる喜びでもありましたが、わけあってそれが叶いませんでした。深くお詫びさせていただきます。しかし優秀なスタッフが、僕以上に、僕の代理を務めてくれるはずですので、どうかご安心ください」

　優秀なスタッフとは、進道達、個性なき美形の助産婦チームのことを指すのだろう。他にも部屋の外に、スタッフが控えているのかもしれない。美形の。

「もちろん、皆さまが賢明にも信じてくださっているように、デリバリールームは、世間で口さがなく言われているような、デスゲームなどではございません。我が甘藍社のささやかな社会貢献であり、また、命がけで出産に臨まれる偉大なる女性達への、できる限りの応援支援でございます。皆さまの一助になりたいという僕達の望みを、どうかお叶えください」

（パパならこれも、詐欺師の常套句と言うかしら？）

　まあ、胡散臭いのは確かだ。たとえ声がナチュラルに加工され、匿名性が高められていなくとも……、他の妊婦はどう聞いているのだろう？　信じているのか、半信半疑なのか、それとも、宮子同様に、縋っているのか。

　信じるしかないのか。

　蜘蛛の糸をつかんでいるのか、搦め捕られているのか、果たしてどちらだ？

「悲しいことに、世の中に百パーセント安全な出産というものはございませんが、デリバリールームで死人は出ないと、ここに断言致します。妊婦さまはもちろんのこと、おなかの大切なお子さまにも、リスクはまったくございません」

　放送は力強く言う。あまり力強く言われると、錆びたスピーカーが天井からごとんと落下してきそうで、怖くもある。そうでなくとも、怖い断言だ。

「また、デリバリールームの優勝者、選ばれし妊婦さまがたの中で更に選ばれし妊婦さまには、既にご案内いたしました通り、幸せで安全な出産と、大切なお子さまの素晴らしい将来を保証します。我々は嘘をついたことがありません」

(……パパじゃなくても怪しむか。百パーセント安全な出産なんてないと言った舌の根も乾かないうちに、『幸せで安全な出産』を保証されても)

　同じことを思ったのか、

「質問、いいでしょうか?」

　と、喪服の妊婦、嫁入が品よく手を挙げた。

「具体的には何をしてくださるのかしら。他のかたがたはいざしらず、私は、お金の問題ではないのですけれど……」

「これまたご存知の通り、思えば我が甘藍社のスタートも、ほんのちっぽけな、吹けば消えてしまう、幻想めいた儚い命からでした。それが憚りながら世界で戦える企業になったのは、皆さまのお陰でございます。皆さまに育てられたと思っております。僕は皆さまの息子です」

　嫁入の質問を無視するように、主催者の『ご挨拶』は続く。品の良さを差し引くと、そりゃあ演説を遮ろうとした嫁入のほうがマナー違反ではあるものの、これは単に、令室室長が質問を無視したのではなく、スピーカーはあってもマイクロフォンがないという、技術的な問題である。

嫁入も遅まきながらそれに気付き、挙手した手を決まり悪げに降ろした。

（あるいは、下手にここで質疑応答タイムを設けないための、スピーカー放送なのかも……、もっと言えば、これが生放送とも限らない。この形式なら、あらかじめ録音した音声データを漠然と流すことも可能だ）

この廃病院までいらしているのであれば、もったいぶらずにひょいと顔を出せばいいのだから、生放送だとすれば、どこかから遠隔で通信していることになるけれど、用意された原稿を読み上げているようなこの感じなら、ご多忙な中、ＣＥＯに時間を合わせてもらう必要はない。

（もっともっと言うなら、別人が朗読してもおんなじよね、これ。ここまで音が割れたスピーカーじゃ、本人確認なんてできないもの）

令室爽彌が喋る映像は、動画サイトで見たことがあるけれど、この放送がそのとき見た初老の男と同一人物なのかどうか、宮子には断定できない。もっとも、だからどうと言うこともない。録音だろうが、代読だろうが、影武者を使っていようが……、口上を述べる室長が偽物でも、デリバリールームさえ、本物であればいいのだ。

令室爽彌は、あるいは令室爽彌の影武者による録音データかもしれない放送は、株式会社甘藍社のこれまでの歩みと概要を手短に、しかし漏れなく語ったのちに、

「……不本意ながら、僕達がお力添えできなかった妊婦さまには、丁重にお帰りいただく

いただきたいと思います」

だけであり、ペナルティや罰ゲームのようなものは生じません。いただいた参加費をお返しすることは叶いませんが、ノーリスク、ハイリターンであることは、あえて強調させていただきたいと思います」

と言った。

五十万円を失う時点でノーリスクではなかろうに。

「しかし、場合によっては、お集まりいただいたすべての妊婦さまに、幸せで安全な出産のチャンスを提供できる場合もございますことを、併せてお伝えさせていただきます。勝者はひとりなどと、吝嗇なことは申しません」

さらっと重要な情報を織り交ぜている。『全員がチャンスを獲得できる可能性がある』とは……、確かにそれが本当なら、ネット上で得た情報など、すべてが流言飛語だった。それが本当なら。

「僕はすべての妊婦を我が妻と、すべての胎児を我が子と思っております。ですので、お産に立ち会わせていただきこそすれ、悪趣味にも妊婦を競わせたりなど、絶対にするわけがありません。天地神明に誓って」

天地神明に誓うのはいいが、今、ちょっと行き過ぎた発言があったな……、僕は皆さまの息子ですくらいなら定型句として聞き流すとしても。すべての妊婦を我が妻と思っているというだけでも十分危ういのに、すべての胎児を我が子と思うというのは、悪趣味というより狂気の域だ。

だからこそのデリバリールームだと言われれば、むろん、返す言葉もない。ここでドン引きするくらいだったら、図々しくも予選を突破するべきではなかった。今からでも咲井に席を譲るべきだ。妊婦を押しのけてここにいる時点で、同じ穴のむじな、否、同じ穴の虫螻蛄(むしけら)である。

(共犯者……、どこまで共感できたものか)

考えてみれば、こうしてスピーカーを見上げ続けることには、令室室長の表情が読めない以上、首を痛める以上の意味がないので、宮子は相部屋の四人の妊婦を、観察する方針に切り替えた。目と耳で、違う情報収集をするのだ。

先程、スピーカーに質問をするという失態を演じてしまった喪服の妊婦は、まだ気恥ずかしさが抜けないのか、宮子同様にスピーカーから目を外し、己の助産婦のほうを向いていた。まるで質問はあなたにしたのだと言わんばかりに。

(自分のミスを認められないタイプかしら?)

もっとも、それでも放送を聞いていないということはなさそうだ、彼女の正面のベッドに横たわる、ジャージの妊婦と違って。

宮子がベッドを譲った程度でどうにかなるつわりではなかったようで、母屋はぐったりとしたまま、微動だにしない。寝返りを打つことさえできないように、横臥している。つわりじゃなくて妊娠悪阻(おそ)なんじゃないのかと心配になる。

(病院に行ったほうがいいんじゃ……、ここも一応、病院だけれど)

そして話を聞いていないのは、宮子とベッドをシェアしている、変人じゃない妊婦も同じだった。あぐらをかいたまま、そわそわと落ち着かないように、あっちを向いたりこっちを向いたり、挙動不審に部屋中を眺め回している。しかも、宮子のように、他の妊婦を観察しているというわけでもなさそうだ……、この距離でも目が合わないいんだもの。クールに見えて、その実ただの落ち着かない人なのか、それとも。

唯一、ツインテールの妻壁だけが、スピーカーをじっと見上げたままで、室長の放送に聞き入っていた……、あぐらをかいている産越と違い、ベッドの上で正座をしている。元気いっぱいのアイドルのイメージに反して、意外と礼儀正しい。生き馬の目を抜く芸能界でそんな素直では、死んだ馬の目も、怖くて抜けなそうだが……、守ってあげたくなってどうする？　意外と甘いのか、芸能界？　わたしでもいけるか？

「いやはや、皆さまに思いの丈を伝えようとするあまり、僕としたことが、感極まって長くなってしまいましたので、ここで切り上げましょう。スピーチとスカートは短いほうがいいと申します」

最後の最後でとんでもなく前時代的な発言があり、これにはさすがに、妊婦全員がスピーカーのほうを見た。最初からスピーカーを見ていた国民的アイドルだけは手を叩いていたが……、もしかすると、ＣＥＯ的には妊婦達の散漫になった意識を覚醒させ、注目を集めるためのジョークだったのかもしれないが……、そういうのが許される時代はもう終わったはずだ。

「しつこいようですが、妊婦さまがたに、権利を巡って醜く争わせるような、悪趣味な真似は致しません。するわけがございません。デリバリールームへの入室者は、全員が瀟洒な勝者です。競争どころか、逆に皆さまには、協力態勢を取っていただきたいと思っているのです。そう、これは母親学級だとお考えください」

母親学級？　ああ、そう言えばあるらしい、そんなのが……、妊娠した母親達の互助会と言うか……、意見交換会と言うか……、正規の病院に通っていない宮子には、望むべくもないエリートクラスだ。

「そしてデリバリールームでおこなわれるのは、レクリエーションではなくレクチャーなのです。我々は皆さまに、幸せで安全な出産をお約束しますが、そのためには前提として、皆さまの積極的な向上心が不可欠でございます。学ぶために、意識を高く持ってください。手を取り合い、互いを高め合う姿勢を、決して忘れないでください」

待合室の予選で、妊婦同士の譲り合いを強制したのをお忘れなのだろうか？　あの予選の『譲り合い』も、そんな『授業』の一環だったというつもりだろうか？

「宣言致しました通り、場合によっては、この場の全員が、幸せで安全な出産の権利を手にすることもあるかもしれません……、逆に言うと、うまく協力しあうことができなければ、全員がすべての権利を失います」

前者は可能性のように、後者は確定事項のように言ってから、

「産道ゲーム」

令室爽彌は告知した。

重病患者へのインフォームドコンセントのように。

「これから母親となられる皆さまには、その胎内におられるお子さまがたの気持ちを学んでいただきたいと思います。ゆえにその病室の扉を、堅く、頑なに施錠させていただきました。一時間以内にその『胎内』から『誕生』することができなければ、皆さま全員が『死産』と相成りますので、どうか悪しからず」

皆さまの一致団結に期待します。集団自決ではなく。

6

「要するに脱出ゲームをやれってことかしら?」

「元々脱出ゲームはコンピューターゲームで、それを現実に拡張したアトラクションのことは、リアル謎解きイベントと言うんじゃなかったっけ」宮子は嫁入の疑問に応えるように、おぼろげな知識を披瀝する。「遊園地とかにもよくあって……、ほら、それこそ廃病院を舞台にした脱出ゲームとか……、産婦人科だったかどうかはわからないけれど……」

閉鎖空間からの脱出と言えば、いかにもデリバリールームらしくはあるが、しかし基本的には、いかなる脱出ゲームにも、以下のような注意書きがあるはずだ。

体調の優れないかた、心臓の弱いかたや疾患のあるかた。

そして妊娠中のかたは参加しないでください、と。

もっとも、偉そうに講釈を垂れたものの、宮子自身は脱出ゲームの経験があるわけではない。あれは友達がたくさんいる人間の、しかも集団で行動できる人間の遊戯である。残念ながら父からも母からも、そんな遺伝子は受け継いでいない。

にもかかわらず、ついさっきまで『競争相手』と見なしていた四人の妊婦と、手を取り合って共闘……？

見ると、いつの間にか四人の助産婦が、這入ってきた病室のドアの前に並んでいた。施錠したと言っても、実際に鍵をかけたわけではなく、あの四人が通せんぼをするという展開らしい。堅く、頑なに。

（そう言えば、実際の脱出ゲームもそうなんだっけ……？　参加者が、ドアをこじ開けたり、窓を割ったり、ルールを逸脱した行動を取らないよう、主催者側のスタッフも閉鎖空間に同席するって……）

言わば審判だ。『譲り合い』にはいなかった審判。

場合によってはゲームの進行状況を見てヒントをくれたりもするらしいが、そんな甘さがデリバリールームにあるかどうかは、今のところ不明だ。ハンサム四人が並んで、あからさまに口を一文字に結んでいるさまは、妙にフォトジェニックだが、その列に見とれている場合でもない。

（一番年下のわたしが指揮を執るのはいかにもまずい……、でも、こういうゲームは、協力しなきゃクリアできない仕組みになっている……、のよね？　一匹狼の独壇場じゃあ、

クリアできない仕組みに設定されている……、はず）

「ねえ、誰か、この中に脱出ゲームの経験がある人はいる？」言って宮子は一同を見回す。「いたら、リーダーになって欲しいの」

まず協調の姿勢を見せる。下手に出過ぎるのもまずかろうが、出過ぎた真似をするつもりはないことも示す。

挙手したのは妻壁ひとりだった。

ただ、これをもって他の三人に、脱出ゲームの経験がないとは言い切れない。様子見の姿勢なのかも知れないし、宮子のいい子ちゃんな申し出をただ無視しているだけかもしれない……、母屋に限って言えば、ただ苦しんでいるだけのようだが、否定も肯定もしない嫁入と産越の真意はわからない。

まあいい。なし崩し的に話を進めよう。

なにせ今回も、制限時間は一時間しかないのだ。予選のときよりも、ゆとりを持って挑みたい。

「じゃあ妻壁さん。指示をちょうだい」

最年少の自分が仕切るのもヒエラルキー的にまずいが、しかし見た目が完全に年下の子に全権を委任するのも悩ましいところだった……、しかし休養中だろうと、痩せても枯れても妻壁はアイドルユニットの第二センターだ。痩せても枯れてもどころか、今はふくよかである、胴体に限って。

「はーい！　妻壁も、ＴＶショーの企画で似たようなのをやったことがあるくらいなのだけれどー、そういうことなら、務めさせてもらいますのだー！」

元気潑剌に請け負ってくれる。頼もしいと言うより、なんだか軽はずみで、危なっかしい。一方で感心もする。年配である嫁入は当然としても、体調不良の母屋も、変人じゃない産越も、どうやら『ツインツインツール』を知らない様子で、つまりちやほやされることが仕事であるはずの彼女にとって、この相部屋はまったくホームではないというのに、可愛い系のスタンスを崩さない。アウェイでもマイウェイを行く。

仮に宮子の通う女子校の教室内でそのような振る舞いをしたら、妊娠が発覚するよりもハードな窮地に追いやられるだろうことを思うと、すさまじい度胸である。

「ああいう風に、人間が通せんぼをするパターンなら、鍵を探すと言うより、合言葉を探す脱出ゲームだと思うのだ」妻壁は立ち並ぶイケメン白衣四人を順繰りに指して、言う。「四人いるから、きっと四つのキーワードが、この部屋の中に隠されているはずなのだ」

「隠されているって言っても……」

具体的なルールの説明がないままに制作者の意図を読む、上級者のプレイスタイル。多額の予算をかけたＴＶショーでの脱出ゲームを経験しているというのは、虚言ではないらしい。だけど、この簡素な、ベッド以外はほとんど何もない、そのベッドを仕切るカーテンレールにも何もぶら下がっていないような大部屋の、どこに何が隠されている？

「なぞなぞとか、数独とかクロスワードとか、そういう謎っぽいものを探せばいいのよね？　その謎を解けば、あらまほしきキーワードが……」

（だけど、そこまで脱出ゲームのフォーマットに沿った形式でおこなうなら、あえて産道ゲームなんて、意味深なネーミングをする必要はないんじゃないのかしら？　医療関係者でない男性なら、そりゃどきっとする際どい命名かもしれないけど……、女性の、特に妊婦にしてみれば、産道なんて究極的には自らの器官だし）

念押しをしていると、ゆるゆると、ベッドで横たわる母屋が、右手を挙げた。まさか今更、自分も脱出ゲームには一家言あると言うつもりだろうか？　影の指揮官として、意見は歓迎したい。

「何？　母屋さん」

「ポケット……、ジャージのポケットに、薬が……、飲ませて……」

体調の更なる悪化のようだった。薬？　ニトログリセリンか？　だとすれば、それを使えばこんなオンボロな部屋からは、瞬時に脱出できるけれど……、いや、常識的に考えて、暴力は禁止だろう。

宮子は予選で非常識な真似もしたけれど、あれはそれこそ、相手が女性で、しかも妊婦という、同条件だったから成立した裏技だった。たとえ長傘を持っていたとしても、若い男性四人を相手に力業で挑むなんて、狂気の沙汰である。わたしが本当になぎなた部でも無理だ。

（せめて珠算部の実力がクイズで発揮できたら……、幽霊部員だけど……、でも、こういうのは閃き次第で誰でもクリアできるようなクイズに、難易度が設定されてるんだっけ……、いや、ぎりぎりクリアできないくらいな歯応えが、一番ゲーム性が高いのか……）

思いつつ、宮子は母屋のベッドに寄っていき、ジャージのポケットから小瓶を取り出した。さして残念でもないが、ニトログリセリンではなく、しかも厳密には薬でもなく、葉酸サプリだった。

（わたしが何の達人でも、葉酸サプリでは、破壊工作はできない）

「お水、ないけど飲める？」

「飲める……、あたい、唾液は多いほうだから……」

進んで聞きたい個人情報ではないし、そんな理屈で大丈夫なのかよとも思ったが、母屋はサプリを三粒口に含むと、がりがり噛み砕き出したので、横臥の姿勢で嚥下しても、喉に詰まるということはなさそうだ。

なぜ妊婦が妊婦の介護を……。

さながら老老介護みたいだが、しかし先程まで甲斐甲斐しく母屋に肩を貸していたイケメン白衣、逝道が、ここでは手を貸してこないことを思うと、産道ゲームはもう始まっているらしい。やはり、助産婦軍団のサポートは望めないのだ。

一致団結どころか、足手まといがひとりいるとなると、困難を極めてくるが……、いや、ここで、つわりに苦しむ妊婦を足手まといなんて考えかたをしてはならないというのが、第一の教えなのだろう。この母親学級とやらの。

（母親ねえ……、ママが体験すべきだわ、この授業）

葉酸にそんな効果はないはずだが、母屋がとりあえず落ち着いた様子なので、宮子は一同を振り返る。

が、ほんのわずか目を離した隙に、さっきまで宮子の隣に座っていたはずの、産越がいなくなっていた。次から次に、ゲームとは無関係のトラブルが……、それともまさか、早くもひとりで脱出してみせたのか？ 協力プレイが必要と言われているときに、そんな電光石火の出し抜きを？ でもいったい、どうやって……。

「宮子ちゃん。下、下。下なのだ。また」

妻壁が教えてくれた、今度はベッドの下を指さして。

何？ 再びベッドの下に潜ったの？ なんで？ あの人、そんなに隙間が好きなの？

「ちょっと、産越さん……」

「すぐ出るっす。自分、変人じゃないんで」

その言葉通り、十秒も待たないうちに、産越は這い出てきた。しかもお土産（みやげ）を持ってだ。針金のように細長いその両手でお皿のような形を作って、その上に何やら、紙吹雪のようなものを載せている。

（違う、紙吹雪じゃなくて……、ボール紙？）

でもなく。

それはどうやら、ピースのようだった。パズルのピースだ……、論理パズルとか数学パズルとか、そういったクイズじみたものではなく、まんまパズルと言うか、分類するなら、ジグソーパズルのピースである。

それを大量に、手のひらに載せている。

(何ピースくらい？　五十か、百か……、そのパズルを組み立てれば、キーワードのヒントが現れるってこと？)

「さ、早速、室内の捜索に打って出ていたの？　ベッドの下に、そんなにたくさんのピースが隠されていたの？」

なるほど、そういう視点で見れば、簡素な古病室にも、ものを隠す場所がないわけではない。これからの探索の参考になりそうだ。影の指揮官としては、チームワークをいきなり乱すフライング行為に苦言を呈したいところだが、もしかして、この変人じゃない妊婦は最初にベッド下に潜んでいたときに、もうそれらしきピースを見つけていたのかな？

「違うっす。これは自分が隠してたんっすよ。ベッドの下に」

「は？　産越さんが？」

「えーっと、じゃなくて。なんか噛み合わないっすね」やれやれと言わんばかりに、仕方のなさそうな笑みを作る産越。「伝わって欲しいなあ、皆まで言わなくても」

宮子に言わせれば、咲井とは噛み合わない感じだったが、産越とは、単に合わない感じだった。ただし、イラッとしても、表情には出すまい。えへへと愛想笑いを返すのだ。ピンチは大抵それで乗り切ってきた。

「ほら、自分、最初にこの病室に来たじゃないっすか。重役出勤ならぬ重役出産な皆さんを待っている間、マジで退屈だったんで、部屋の中、隅々まで探検してたんっすよ。そしたらあっちこっちにパズルのピースが隠されていたんで、一ヵ所に集めました。なんとなく」

上級者のプレイスタイルを越えて、ほぼ反則だ。フライングどころじゃない、ゲームが始まる前からひとりだけスタートを切っている。こうなると、担当助産婦のイケメン白衣を追い返したというのも、女医希望とかではなく、この部屋で自由に振る舞いたかったからなんじゃないかと、穿(うが)ちたくもなる。

「すごーい！　産越さん、天才なのだ！」

妻壁は素直に感心しているようだが、どうなんだろう、澄ました顔の変人じゃない妊婦だが、もしもこれが協力ではなく競争だったら、あっさりこの人の一人勝ちだったんじゃないのか……？　それこそ出し抜く気満々で、ピースをひとつ残らず、かき集めていたんじゃ……。

くそう、表情からじゃわからない。ぜんぜん目が合わない。

「じゃ、そのパズルは、私が組み立てようかしら」様子見を続けていた嫁入が、ここで静かに申し出て来た。「年寄りはアナログ玩具の担当ってことで。あなたがたファミコン世代の若者は、どうせジグソーパズルなんてやったことないでしょう？　その点、私はパズルとおはじきしか娯楽がなかった時代を知っているから」

自虐的なジョークを言っているのだとはわかるが、しかしファミコンとは何だ？　電子ピアノか何かか？　それに、馬鹿にしてもらっちゃあ困る。十五歳の宮子とて、ジグソーパズルくらいやったことがある。スマホでアカウント認証をするときに、自分がロボットじゃないことを証明するために。

　察するに、たぶん嫁入は、いきなりの産越の『大活躍（独断専行）』を、すごすご見過ごすわけにはいかなかったのだろう。確かに、この脱出ゲームでデリバリールームの『授業』がおしまいなはずもないし、ただ傍観しているわけにもいくまい。扉の前のイケメン白衣が、それぞれの担当する妊婦の貢献度に、逐一点数をつけていないとも限らない。

　仮に全員が『幸せで安全な出産』の機会を得られるとしても、順位はつくかもしれないわけだし……、妊婦の幸福度ランキング……。

「うん、わかったのだ。じゃ、嫁入さんはパズルを作ってほしいのだ。そんなのすぐだよね」

　表のリーダーが正式に、嫁入をパズル担当に任命した。しかし、あっけらかんと『そんなのすぐだよね』とか言っているけれど、本格的なジグソーパズルって、そうも簡単なものなの？　宮子が咲井にしたのとは違って、天然で煽っている感じだ。

（天然じゃなくて腹黒かもしれないけれど……）

　いずれにしても、そこは嫁入のほうが大人になって、煽りを受け流し、産越からピースの山を受け取った。鯔背（いなせ）だ。ベッドの上にざらりとばらまいて、ピースを種類に分け始める。

（パパの小説で読んだことがあるような……、ジグソーパズルって、確か、枠から作っていくのがいいんだっけ？　あとは、ピースをおおざっぱに色ごとにわけるとか……）

しかし、色と言っても、こうして遠目に見る限り、あんまりカラフルじゃないパズルと言うか、白と黒のピースしかないようにうかがえる。パンダのパズル？　それともシャチ？　色が少ないと、難易度が飛躍的に高くなりそうだ。

（いや、いい。任せると決めたんだから、任せなきゃ）

それも協力の姿勢だ。妻壁リーダーの読みが正しいなら、残る妊婦達は残るキーワードを、室内から探さねばならない。母屋は使い物にならないとして、三人の妊婦で、三つのキーワードを。

（産越さんのお陰で大幅に巻けているし、ぎりぎり光明が見えてきている？）

突如投げつけられたデリバリールームの初戦に、にわかに希望を抱いたとき、

「たびたびすまねえ……」

と、母屋がまたも手を挙げた。なんだ、今度は吐き気だろうか？　こんな閉鎖環境で嘔吐というのは、妊婦ばかりじゃなくても危険だが……、体調不良を理由に一時退室なんて、許されるわけがないよね？

「なんか……」しかし、元茶髪のプリン髪が訴えたのは、自身の変調ではなかった。「なんか、匂わねえ？　毒ガスみてーな……」

変調ではなく、空調だった。

7

毒ガスと断ずるのはさすがに大袈裟な物言いだったが、しかし言われてみれば明確にガスっぽい匂いが、いつからか、室内に漂っていた。のみならず、イケメン白衣の四人衆が、いつの間にか、その魅惑的な顔面を隠していた。無骨なまでのガスマスクで。さっきまでは、そりゃあ助産婦には見えないにしても、少なくとも医療関係者らしくはあったけれど、白衣にガスマスクは、一気にマッドサイエンティスト感が増大した。

（脱出できなければ『死産』……！　これぞ、デリバリールームって感じ……！　期待に応えてくれるじゃないの！）

タイムリミットに合わせて、壁にある通風口から都市ガスか何かを流し込んでいる、のか？　気付いてしまえば、明白ではあった。母屋が最初に気付いたのは、つわりが極悪にきつい彼女は、この中でもっとも匂いに敏感になっているからだろうか。

そんなフレグランスに、

「あー、テレビでもあったのだー、こういうやり過ぎなプロデュース」

と、妻壁は鼻をつまみながら、半笑いだった。

この匂いは無害な香水で、ガスマスクも雰囲気を盛り上げるための見せかけで、これもゲームの演出の一環だと思っている？　だとすればいくらなんでも暢気過ぎる……、表のリーダーとして、一同を落ち着かせるための発言と見るべきか。

あるいは単なる正常性バイアスかもしれない。

「そ、そうよね。毒ガスなんて……、私達、身ごもった野良犬じゃないんだから」

パズルに取り組んでいた嫁入が顔を起こし、自分を落ち着けるように言った。保健所の殺処分のことを言っているのだとすれば『野良犬』だけでよく、『身ごもった』は余計に思えるが、どんな深層心理の発露だ？

「とにかく、急ぎましょう。こんな匂いが着物についたら困るわ」

命の危機が迫っていると思うより、匂いが不快だという理由づけのほうがまだしも心穏やかに取り組めるようで、嫁入はパズルを再開した。通風口から、あるいは現実から、目を逸らして。

さすが年の功、というのも失礼かもしれないが、その姿勢には見習うべきものがある。目を逸らすと言うと後ろ向きだが、この状況でパニックになったり、ヒステリーを起こしても無意味だ。無意味で、無味無臭だ。成人男性四人組から妊婦五人組（うち一名はつわり）が、ガスマスクを奪うなんて、どう一致団結しても、現実的ではない。直視すべき現実的では。

「妻壁さん。産越さん。わたし達も」

「なのだ」

「りょ、っす。足並みを揃えるっす。変人じゃないっすから」

奇しくも危機感が増したことで、全員の目的が一致した。室長の、言わせてもらえるならば愚にもつかない挨拶から、何のブリッジもなく繋がった産道ゲームに、どこかふわふわした流れが、そして流されがあったけれど、いざ命の危険を肌で（鼻で）感じたことで、状況が本格的に動き出したと言ったところか……、実際、自分の命の危機というだけではない。

我が子の命もかかっている。

リーダーのツインテールに至っては、抱えている命はふたつだ。

「あたいも……、できることがあれば、なんでも言ってくれ……」

「母屋さんはそのまま安静にしてくれているのが、一番助かる」邪魔しないでの言い換えではあったが、小説家の娘として、言葉遣いには敏感でありたい。「じゃあ、手分けして、何らかのヒントを……、探せばいいのね、妻壁さん」

うっかり仕切りそうになっている自分に気付いて、慌てて軌道修正する。この辺の性格は、母に似てしまった。誇らしくはあるが、こういう局面では困る。妻壁のほうは、特にリーダーの立場にこだわるつもりはないようで「うん」と短く頷いて、まずは自分のベッドから調べることにしたようだ。まあ、大所帯のアイドルユニットのトップの座ならともかく、こんな寄せ集めのチームで指揮権を取り合うつもりはないだろう。

産越も同じように、自分のベッドのシーツを剝がしにかかる。そこは宮子のベッドでもあるのだが……、ふたりがかりでやる作業でもない。では、休養中の母屋や、パズルに取り組んでいる嫁入のベッド周辺を捜索することにしよう。

「十五分経過」

と。

そのとき、イケメン白衣の中の誰かが、ガスマスクの中で、くぐもった声で言った。ぎょっとしたが、なるほど、ああやって十五分ごとに制限時間の消費を、逐一教えてくれるわけか。審判であり、時計の役割も兼ねている。その上で助産婦だというのだから、マルチタスクである。

そう呆れながら、宮子は母屋のベッドから手をつける。残り四十五分。四分の一を消費。四つのキーワードが必要で、既にひとつは見つかっている……、なんとかチームワークも形成されたし、実は順風満帆なんじゃないか、これは？

この悪臭が、毒ガスでさえなければ。

しかし、仮に順風満帆だったとしても、いい風が吹いていたのはそこまでだった。二番目のイケメン白衣（ガスマスクでわかりづらいが、おそらく母屋に付き添っていた逝道）が、「三十分経過」と宣言するまではあっと言う間であり、また、何の成果も上がらなかった。何の展開もなかった。

考えてみれば、産道ゲームが始まる前に、病室全体を産越が一通り浚（さら）っているのだ。彼女はそのフライングによって、パズルのピースを集めている。本人はそうは言わなかったけれど、どころか軽く見回ったくらいの言い草だったけれど、どうもかなり徹底して収集をおこなったようで、新たなるヒントはおろか、ジグソーパズルのピースの集め残しさえなかった。

変人じゃない妊婦は謙虚なのか？　見つかるのはただただ塵埃ばかりだ。

「徒労でしたっすね」

謙虚かどうかはともかく、変人じゃない妊婦が、言わなくていいことを言った。どうせ言うなら、『もう何もないと思う』と、早めに言って欲しかった。

全妊婦がおなかを庇いながらの捜索だから、元より捗りにくいというのはあるが……、しかも、成果が上がらないのは宮子達だけではなかった。ひとり、パズルに取り組んでいた嫁入の進捗も、はかばかしくないようだった。ひとりで大丈夫だと、ああも大言壮語していたのに……、そりゃあ宮子だって、妻壁が言っていたように、すぐだとか楽勝だとかは思っていなかったけれど、それにしても、まだ枠さえ完成していないとは。

「何これ……？　難易度、無茶苦茶高いわよ……、ぜんぜん組み立たないわ」独り言のように、あるいは釈明のように、嫁入。「こんなの、一時間で作るなんて無理よ？」

タイムリミット内では不可能な難題をふっかけてくる、なんてことが、脱出ゲームで許されるのか？　宮子が妻壁を振り返ると、

「ダミーのヒントを混ぜるっていうのは、ままあることなのだ。でも、解けないパズルとなると……」

と、一転、確信なげに言う。

危機感の持ちようはまちまちではあるものの、こうなってくると、さすがにこれが、およそまともな脱出ゲームでないことは、一同の共通認識になっている。

「とにかくそのまま続けて欲しいのだ。たとえ制限時間内にパズルが完成しなくとも、一部だけでも仕上がれば、キーワードの当てがつくかもしれないのだ。『アタック25』のトップ賞クイズみたいに」

もしかして出演したことがあるのか、やけに具体的な名称を出してくる妻壁に、嫁入は「わかったわ」と、短く応じた。やはり長寿番組は強い。ジェネレーションギャップをいともたやすく結びつける。

（ただ、もしもそれができても、キーワードがひとつわかるだけ……、そのひとつをきっかけに、残る三つが芋づる式に判明するって仕組みならいいけれど）

しかし、そんな希望的観測はかなり不確かだし、逆に確実に言えるのは、室内に漂う鼻をつくような悪臭が、ますます強くなっているということだけだ。流れていくことなく、『毒ガス』が溜まっている。

まともな思考を妨げられるレベルだ。停滞している宮子達に対し、悪臭が悪化の一途を辿（たど）っている。母屋が葉酸サプリを飲んでつわりが落ち着いたように、これがただのプラシーボ効果なのか、それとも事実、母体に影響が及んでいるのか、判断がつかない。

（死産……、しかも、母子ともにって……）

幸せで安全な出産のちょうど正反対だ。

「ねえ、産越さん」と、そこでツインテールが、ガスの匂いにも平然としているベリーショートに身体を向けた。「ベッドの下に、パズルのピース以外にも、何か隠しているということはないのだ？」

宮子ならば『こんなことは訊きたくないんだけれど』と前置きを足さずには言えない台詞だった。これぱっかりは、妻壁も天然で言ったわけではないだろう。意を決しての発言だったはずだ、そんな疑心暗鬼。

「心外っす。自分がヒントを隠しているとでも？」

「実際、隠していたのだ」

「さっき提出したので全部っすよ。この上、これ以上、隠す理由なんてないっす」

特徴的な喋りかたのふたりの言い合いは聞いていられない。いや、言い合いと言うほどでもないのだが、一触即発の直前ではある。グループ内での喧嘩で、急に互いにですます調で喋り出すクラスメイトを思い出した。

「妻壁さん。根拠があって言ってるの？」

まったく得意分野じゃないとは自覚しつつ、宮子は仲裁に入る。ここでチームワークが崩れたら、残る三十分なんてないも同然だ。しかし、クラスでも、宮子が仲裁に入れば、むしろ状況は悪くなることが多かった。悪くなるというのは、喧嘩していた女子達は仲直りするが、結果、宮子が共通の敵になってしまうという展開も少なからず含む。こう言っちゃあなんだが、共通の敵としては、宮子はなかなかのものだ。

「悪意があるとか、邪魔しようと思っているとか、そういうんじゃなくて、実際にいるのだ。脱出ゲームで、協力プレイをしなきゃいけないのに、ゲームの進行をわざと妨げるプレイヤーっていうのが」経験者の語りで、妻壁が説明する。「トリックスター的って言うのか、ゲーム展開をより盛り上げようとしているのか、仲間と一緒に右往左往すること自体が楽しいのか、見つけたヒントを報告しなかったり、あえて的外れな推理をして場を混ぜっ返したり……」

「自分、そんなエキセントリックじゃないっす。疑われても仕方ないっすけど、変人扱いはマジ許さんっす」

淡々と言うので、怒っているようには見えないのだけれど、さりとて産越は、決してふざけているわけではないらしい。

(でも、そういうプレイヤーの存在自体は、聞けばわかるな。クリアせずに、いつまでもゲームを楽しんでいたいってプレイスタイルは、ゲームそのものも壊しかねない危うさは孕(はら)んでいても、反則ではないんだろうし……、TVショーなら、むしろ望ましいスタイルかな)

孕んでいても、か。

パパの小説で覚えて、好きな言葉だったけれど、自分が妊娠してしまうと、却(かえ)ってなんだか使いにくい言葉になった。

ともあれ、そうは言っても通常の脱出ゲームならまだしも、命がかかっている脱出ゲームで、そのプレイスタイルを自ら選ぶ人間はいないだろう。たとえ悪臭を放つ気体の件がなくとも、この病室からの脱出がままならなければ、幸せで安全な出産など望むべくもない妊婦の集合が、この新造チームなのだから。

「疑うんならどうぞ、身体検査でもなんでもしてほしいっす。なんなら内診台に座ってもいいっすよ」

そんな設備はこの古病室の、どこを引っ繰り返してもないけれど、なんだろう、クールな佇まい、それに奇妙な振る舞いに反して、産越初冬、意外と煽り耐性がない。咲井のようなわかりやすさとは違うし、妻壁もやはり、煽ったつもりはないのだろうが……。

（って言うか……、この人、変人呼ばわりされるのを、本心から嫌っている？　てっきり、一種の振りみたいなものなのかと思っていたけれど……）

ここまで来ると一種のトラウマめいたものを感じる。ベッドの下から這い出してくる妊婦という個性に、宮子は第一印象で敗北感すら覚えたものだったけれど、本人は決して、『天才の振り』をしているつもりはないらしい。

（そのほうがずっと天才っぽいんだけど……、でも、実際的に身体検査なんてするわけにいかないし）

そんな検査を実施すれば、でっち上げたみたいな出来合いの信頼関係は、跡形もなくがたがただ。妻壁もそれがわかっているのか、ツインテールをしょぼんとうなだれさせて、困ったような顔をしている。リーダーを任じられていようと、相手が年上であるだけに、強くも言えないだろうし。

（それでも、この場を収めるために、ジーンズのポケットくらいは裏返してもらうべきかしら……、ヒントを収集するためじゃなく、事態を収拾するために……、どうせあんなスキニージーンズじゃ、裏返すまでもなく、ポケットが空っぽなのは明白とは言え……、でも、それをするなら、産越さんだけじゃなく、全員の服を調べないと……）

待てよ。ポケット？　さっき、プリン髪の妊婦である母屋が着ているジャージのポケットから、葉酸サプリを取り出したが……、全員と言うのならば。

「ねえ妻壁さん。ドアの前で通せんぼしている助産婦の皆さんは、審判であって、監視員であって、錠前であって、時計であって、ものみたいなものなのよね？」

「うん。でも、ものみたいなものと言うと、人権的に問題があるかもなのだ。家具みたいなものとか、設備みたいなものとか言ったほうが適切かも……」

「病室の家具。病室の設備。いいでしょう。だったら、まず最初に確認すべきは」宮子は言った。「彼らの白衣のポケットなんじゃない？」

8

ガスマスクを装着したイケメン白衣の身体をまさぐるというのは、なんだか背徳的な行為のようにも思えたが、彼らのポケットは箪笥（たんす）の引き出しみたいなものだと割り切って、そんなタブーを犯した甲斐はあった。

うち一名、先程『三十分経過』を通告したイケメン白衣、もといガスマスク白衣（逝道ではなく、妻壁の助産婦の選道だった。勘が悪い、宮子）の白衣のポケットに、折りたたまれたA４の用紙が入っていたのだ。それは産婦人科の医療カルテだった。しかしそこに細かい文字で書かれていたのは、対象となる妊婦の経過観察ではなく……。

『妊娠妊

娠妊
娠妊
娠妊
娠妊
娠妊
娠妊
娠妊
娠妊
娠妊
娠妊
娠妊
娠妊
娠妊
娠妊
娠妊
娠妊
娠妊
娠妊

娠妊
娠妊
娠妊
娠妊
娠妊
娠妊
娠妊
娠妊
娠妊
娠妊
娠妊
娠妊
娠妊
娠妊
娠妊
娠妊
娠妊
娠妊

娠』

……そう、隙間なくびっしり書かれていた。

妊婦本人が見ても戦慄する怪文書だった。

「妊娠線っすね」

しかし、そのカルテをちら見しただけで、産越があっさり看破した。それが、お館さまの世継ぎに恵まれなかったことで婚家から放逐され井戸に身を投げた女性が遺したおどろおどろしい文書ではなく、無機質なクイズであることを。

「妊娠と、千回書いて、妊娠線」

五・七・五で解答する必要はなかっただろうし、まさか産越も、つぶさにひとつずつ数えたわけではなかろうが、どうやらそれが正鵠を射ていたようで、

「第一錠、解除でございます」

選道がそう言って、ドアの前から横にのき、病室の隅っこへと移動した。残る三人のガスマスク白衣は、生じた隙間を詰める。

イケメン白衣ひとりにつきキーワードひとつという経験者の読みもまた、正しかったようだ。残るキーワードは三つ。それも当てはついた。妊娠や出産にかかわる用語が、『開けゴマ』的な合言葉になっているようだ。コウノトリ但馬空港のときと同じで、それが正解だと確信しやすい。中部国際空港セントレアくらい遠かったらそれまでだが……。

ただ、逆に言うと、宮子の着想で開けることができた鍵は、あくまで四分の一だけだ。

他の三人のイケメン白衣のポケットは空っぽだった。念のために、と言うか当然の流れで調べた彼らのズボンのポケットも同じく……、このアプローチで開けられる鍵は、ひとつだけらしい。

「やっぱり産越さん、天才なのだ！　あ、天才も言っちゃまずいのだ？」

「天才は嬉しいっす」

基準も加減もわからなかったが、とりあえず妻壁と産越との間に生じかけた不協和音は、解消とは言えないまでも、先に持ち越されたようなので、そこもまたよしとして……、わたしを褒めてくれてもいいんじゃないかとほのかに嫉妬する気持ちも抑えつつ、まだはしゃいではいられないと、宮子は嫁入のほうを見た。

ジグソーパズルの進捗は？

変わらず、はかばかしくない。どう見ても、まだ全体の一割も完成していない……、全体図どころか、枠さえまるで未完成なので、パズルのサイズもわからない。

まさか令和にもなって、こんなアナログな遊び道具に振り回されることになるなんて……、そりゃ確かにちゃんと知っているわけじゃないし、妻壁は軽んじ過ぎだとは思ったけれど、ルービックキューブとかけん玉とかと違って、ジグソーパズルは攻略にそこまでの知性や技術が要求される遊戯ではないはずだ。基本的には地道な総当たりで解けるはず……、たとえば、宇宙飛行士の訓練生が挑むような真っ白いパズルとかでも、それは同じで……。

「やっぱりこれ、ダミーなんじゃないかしら」とうとう嫁入が、匙を投げるようなことを言った。「時間を溝に捨てている感がすごくあるわ。どう思う？　妻壁さん」

「うーん……、基本的に脱出ゲームでは、ダミーはダミーと、途中でわかるようになってると思うのだ。でも……」

なにせ審判であるイケメン白衣のポケットを盲点として利用してくるような産道ゲームだから、それくらい意地の悪いダミーもありうると、妻壁も考えているようだった。だとすれば先着の産越は、ダミーのヒントを、ベッドの下まで這い回って集めていた間抜けということになってしまうが……、彼女自身はどう思っているのか、特にここではコメントがない。あえて変人扱いして挑発して、意見を募ってみようか？　いや、折角復活したチームワークを乱したくはない。

（宇宙飛行士の訓練生みたいな白一色じゃなくてモノクロのパズル……、妊娠・出産に関係している用語で、白黒と言えば……）

「エコー写真！」

予選でやった性別当てゲームのことを思い出しながら、宮子はダメ元で、イケメン白衣四人衆、改め三人衆に向けて言ってみた……、が、傷つくくらいの無反応である。

駄目か。

まあ、妊娠・出産に絡む用語なんて、それこそ千はあるだろう。でたらめの当てずっぽうで当たるとは思えない。五分五分だった男か女かの二者択一みたいに、そう簡単には白黒つかない……、白黒つかない？

改めて、嫁入のベッドの上に散らばるピースを見直す。ざっくり、枠となるピースのグループと、あとは白と黒に色分けされたピースのグループ……。

「嫁入さん。そのジグソーパズル、もしかして、二種類、混じってない？」

「二種類？」

「たとえば、百ピースのジグソーパズルなんじゃなくって、五十ピースのパズルがふたつ……、白いパズルと黒いパズルが……」

自分の中でもまだ整理がついていない推理を、宮子が最後まで言い切るのを待たず、嫁入は瞬時に動き始めた。年配の女性とは、また妊婦とも思えない速度で、ベッド上にざっくり色分けされていたピースのカテゴライズを、更に進める。枠となるピースのグループも色に分けたのだ、白と黒に。

「なんてこと……！　こんなシンプルな罠に引っかかるなんて……！　四隅にあたるピースの数が多過ぎることくらい、馬鹿でも気付くことじゃないの！」

褒められるどころかもろに馬鹿にされた気もするが、緊急時の発言として聞き逃すことにしよう。確かに、パズルがふたつなら、四隅となる『直角』があるピースが四つどころか八つあったわけで、そこから気付くのが正当なルートなのだろうが……、『数の多さ』というのも、また盲点だ。

千回書かれた『妊娠』の文字をいちいち数えたりはしないように、四隅のピースなんて、四つ見つけた時点で、もう探すのはやめてしまうだろう。一刻一秒を争う、タイムリミットのある事態なら尚更だ。

毒ガスが蔓延している状況なら、更に尚更。

しかし、嫁入の速度は、そんな失態を補って余りあるものだった。幼少期にはパズルとおはじきしか娯楽がなかったというはったりめいた発言が、もしかしたら事実なんじゃないかと思わせるほど、白黒ふたつのパズルを組み立てる手つきは迅速だった。左右でふたつのジグソーパズルをみるみる構築していく。

「そう言えば聞いたことがあるっす。パズルの難易度を飛躍的にあげるプレイスタイルで、複数のパズルのピースをごちゃごちゃに混ぜるっていうの……、でも、混ぜられたパズルを、同時に攻略するなんて……、変な人っすね」

言われるのは嫌でも言う分には問題ないようで、産越はそんな感想を漏らした。妊娠線のクイズは、パパ風に言うなら秒で解いた彼女だが、そう言えばピースを集めておきながら、産越は自分ではそのパズルに挑戦しようとは考えてもいなかったわけで、やはり向き不向きはあるらしい。

それでいい。それがチームプレイの醍醐味だ。

「できた……、と、思うわ。これでどう？」

嫁入が、言って完成させたふたつのパズルを、他の妊婦に披露した。厳密には完成ではない、白と黒、どちらのパズルも、ひとつふたつ、まだピースが嵌まっていない。しかし確かに『アタック25』と同じく、パーフェクトじゃなくとも、それで十分だった。景品はハワイ旅行、ではなく。

ふたつのキーワードだった。

しかし、そうは言っても、そんなわかりやすかったわけでもない。なにせ、仕上がったふたつのジグソーパズルは、一見、真っ黒な四角形と、真っ白な四角形だったからだ。先程のカルテがA4サイズなら、こちらはB5サイズだが……、マジで宇宙飛行士の訓練生向けだし、それがふたつ、しかも混ざってなんて。

よくこれを一時間でやれと言ったものだ。

「その点については、本来、白一色のパズルと、黒一色のパズルを、別々のプレイヤーが担当するのが正解だったのだと思うのだ」妻壁が運営側を庇うようなことを言う。「なのにすごいのだ、嫁入さん」

すごいものはすごいという素直さもすごいと、ひねくれ者の宮子は思うが、しかし黒一色にせよ白一色にせよ、完全にノーヒントだったわけではない。

組み立ててみれば、黒一色のパズルは、黒の下地に黒のインクで、レタリングされたアルファベットが書かれていた。角度を変えて、光の反射を変えて見れば、ぎりぎり浮かび上がってくるような『二度書き』である。これはある程度、組み立ててみないとわからない。ピースひとつひとつを見ただけでは、単なる塗りムラだ。

『FIGARO』

暗闇の中には、そんな六文字が隠されていた。

「フィガロ……、日産の自動車？」

「ファッション誌じゃなかったのだ？」

嫁入と妻壁がそれぞれ所見を述べたが、しかし錠であり閂であるイケメン白衣達は微動だにしなかった。それぞれに解釈に個性が出た感じではあった……、父親に小説家を持つ宮子にしてみれば、『フィガロ』と言えば、劇作家のカロン・ド・ボーマルシェ一択なのだが、ここでその難易度を求められているとも思えない。フィガロ三部作全体ではなく、むしろキーワード『妊娠線』の流れに沿って……。

「『モーツァルト』……、じゃなくって、『胎教』、じゃないっすか？」ここも産越が、最終的には持っていった。「『フィガロ』って、『フィガロの結婚』のフィガロっすよね？」

またも目立てなかった。

採点制なら、今のところ産越の独走だ……、が、それはともかく、受けてイケメン白衣のふたり目が、

「第二錠、解除でございます」

と、ドアの前から部屋の隅っこへと移動した。

まだ（宮子にとっては）名前不明の、嫁入の付き添いの助産婦だった。彼のキーワードは、『胎教』……、妊娠中にモーツァルトを聴くと、子供の頭がよくなるとか、知能指数が上がるとか、まあ迷信と言うよりは疑似科学なのだが、プラシーボ効果ならありそうな、

基本的には害のない言い伝えである。信じたからと言ってそうそう破滅はしない。『妊娠線』に並ぶキーワードとしては、妥当な線だ。

ただし、白一色のジグソーパズル。

難易度はこちらのほうが高かった。と言うのも、こちらの塗りムラは本当に塗りムラだったからだ……、白地を白で塗り潰している。

「に……、妊娠検査薬……、とかだったりして……」

寝そべった状態から、母屋が発言したが、途中から自分でも自信をなくしたようで、実際、残るふたりのガスマスクは反応しない。発想としてはナシではないが、妊娠検査薬で真っ白だと、反応がなかったということになる。妊婦向けの、母親学級で出されるパズルだとするなら、やや趣旨が違うと言える。

母親で、真っ白と言えば……。

「『母乳』じゃないかしら？　違う？　『ミルク』？」

「『ミルク』。第三錠、解錠でございます」

嫁入の解答に頷いて、三人目のガスマスク白衣、母屋の担当である助産婦の逝道がドアの前から横へとどいた。遂に残る鍵は、宮子の助産婦である進道のみである。これはこれで暗示的と言うか、またも解答権を持っていかれてしまった。

難易度の高いジグソーパズルをほぼひとりでふたつ作った上に、現れた問題まで解いてしまうなんて、独走の産越に追いつきかねない活躍じゃないか。宮子はリーダーでもつわりでもないのに。

（『母乳』じゃなくて『ミルク』が正解だったのは、必ずしも赤ちゃんを母乳で育てなくちゃならないわけじゃない、そんなプレッシャーを感じる必要はないと、母親学級として教えるため？）

こんな悪臭に満ちた空間で、そんなまともなことを言われても……、授乳どころか、出産できるかどうかも怪しい状況なのに。

「白一色で出産関係の用語なら、『母乳』だけじゃなく『精子』もそうなんじゃないのだ？」

妻壁の疑問そうな言葉に耳を疑って振り返ってしまったが、しかし彼女は見た目こそプラトニックなツインテールでも、宮子よりも年上で、言うまでもなく妊娠している。取り立てて過激な発言をしたわけでもない。そりゃあキーワードが『精子』でもおかしくはなかった。考えてみれば、男女問わず、性別性を前面に出すことで売り出されているアイドルが、清純性を保つと言うか、性行為をイメージさせてはならないというのも、結構な矛盾だ。

（それでも正解が『ミルク』だったのも、母親学級の体裁を保つためかしら……）

解答権がエンドレスで、外しても何度でも挑戦できるのは、そういう事態を想定してのことかもしれない。それこそ『FIGARO』からの連想は、『胎教』じゃなくて『フィガロの結婚』でも、クラシックカーでもよかったわけだし。

そこで、

「四十五分経過でございます」

最後の鍵となる進道が言った。制限時間の四分の三が過ぎた時点で、鍵を三つ開けたのだから、遅れを取り戻した形ではある。パズルがふたつのキーワードを含有していたのは僥倖（ぎょうこう）だったが、違う言いかたをするなら、これで手持ちのカードを惜しみなく使い切ってしまった。

つまり第四の鍵に関しては現時点では、現時点に至っても、ノーヒントである。どうしたものか、途方に暮れたい気分になる……、そのとき。

「もうヒントを探している時間はないのだ」妻壁が一同に言った、リーダーの口調で。「当てずっぽ作戦でいくのだ、複数回答が可なら、出産関係の用語をいっぱい並べれば、どれかが当たるかも」

「そんなの、作戦って言えるかしら？」

反論しつつ、それもやむなしと思っている風の嫁入だった。千分の一の確率狙いで『エコー写真』を外した宮子も、喪服の妊婦と同意見だったが、もちろんリーダーもそれを想定していたらしく、

「だから、宮子ちゃん。宮子ちゃんは考えるの担当なのだ」

と、こちらを向いた。

「妻壁達が数打ちゃ当たる作戦をしている間に、宮子ちゃんは考えて。考えて。本当にヒ

ントが出尽くしているなら、現状からでも、正しく正解が導き出せるはずなのだ」

「え……、ええ？　いや、なんで？」

「タイムリミットを考えると、両面作戦で行くしかないのだ。数打ちゃ当たる作戦には人数が必要だし、チームワークで分担しなきゃ」

ダイヤル錠を延々と回し続けるような作戦に、多めに人数を割かなければならないことはわかっている。なんでと訊いたのは、なんで宮子が、頭脳労働担当なのかだ。むしろそれは、妻壁が二度にわたって天才と呼んでいる産越のほうが向いているはずだ。

「自分も宮子さんを推すっす。あ、推すって言っても、アイドル的な意味でなく」

変に、いや変じゃなく、妻壁を気遣うようなことを言ってから、産越は、「だって、ここまでで一番活躍してるの、宮子さんじゃないっすか」と、ついでのように付け足した。

「私も宮子さんに一票」嫁入も言った。「宮子さんの発想が必要よ、今は。今まで通りの発想が」

「……みんな」

影の指揮官を自負していたり、手柄を横取りされたような気持ちになっていた自分が恥ずかしい。主催がどう思っているかはわからないが、少なくとも、行動を共にしていたチームメイトは、内心で宮子を正当に評価してくれていたとは。

くそう。応えるしかない、その期待には。

どのみち、リーダーからの任命を、身の程を弁えて、しずしずと謙虚に辞退できる状況でもなかろう。

「ベッドの上に立って、背伸びして考えたらいいっすよ。どうもこのガス、空気よりも重いみたいなんで、上のほうが少しでも薄いと思うっすから」

そのアドバイスには従っておくことにした。寝そべっていた母屋も、それを聞いて、のろのろと身を起こす。毒ガスを避けるためかと思ったが、

「『つわり』……、『吐き気』……、『葉酸』……、『レモン』……、『酸っぱいもの』……」

と、進道に向かって、弱々しく言い始めた。

譫言（うわごと）のようでもあったが、ことここに至っては、彼女も『数打ちゃ当たる作戦』に参加するよう腹を決めたようだ。『腹を決める』は、妊娠用語ではないが。

嫁入、妻壁、産越も母屋に続く。

「『切迫流産』。『ピル』。『不妊治療』。『ヨガ』。『イクメン』。『養子』。『里子』。『一姫二太郎』。『逆子（さかご）』。『難産』。『ベビーベッド』。『棺桶（かんおけ）』」

「『双子』。『多胎』。『双生児』。『三つ子』。『できちゃった婚』。『授かり婚』。『ウエディングドレス』。『産休』。『スキャンダル』。『強姦』。『ブーケ』」

「『生命』。『進化』。『卵子』。『ＤＮＡ』。『ＲＮＡ』。『生殖』。『遺伝子』。『多細胞生物』。『胚』。『細胞分裂』。『英才教育』。『ＩＱ』。『セックス・エデュケーション』。『セックスとニューヨーク』」

進道はぴくりとも反応しない。妊婦達からの乱射を、聞き流している。むしろ宮子のほ

うが、発される用語に反応してしまう。『セックスとニューヨーク』は、アメリカのドラマ『セックス・アンド・ザ・シティ』の原作コラムのことだろう。ならば『セックス・エデュケーション』も、単に『性教育』という意味ではなく、Netflix発のオリジナルドラマを指しているのかもしれない。

こういうところでも個性が出ると言うか……、国民的アイドルが、『強姦』とか言っていなかったか？　それは『精子』とは違って、妊娠用語とは言いがたい。それに、嫁入の『棺桶』も……。

（でたらめに用語を並べているつもりでも、こういうのはついつい、深層心理に引っ張られちゃうから……、咲井さんなら、『性別診断』とかを入れてくるかしら？）

「『心拍』。『心音』。『たまごクラブ』。『胎嚢』。『家族』。『義母』。『絶縁』。『姑』。『離婚』。『マタニティフォト』」

「『姉妹』。『披露宴』。『愛』。『純愛』。『熱愛』。『ハグ』。『不倫』。『キス』。『みだら』。『印鑑』」

「『産婦人科』。『人工知能』。『人工生命』。『ホルモン』。『癌』。『デザイナーズベイビー』。『兎』。『クローン人間』。『バストアップ』。『ポルノグラフィティ』。『セックス・ピストルズ』」

うーん、『セックス・ピストルズ』は、バンド名にしろスタンド名にしろ、絶対にキーワードではないと思うが……、『ポルノグラフィティ』が先に来ていることを思うと、バンド名か？　しかし、見えてくるのは、三名の妊婦の背後関係ばかりだ。
正直、ぜんぜん集中できない。否、そちらに集中してしまう。
みな、それぞれの事情を抱えている。

　このまま鍵を開けられなければ、そんな事情を抱え続けることになるわけだ……、今ドアを守っているのは進道ひとりなのだから、母屋を除いた四人がかりでなら、押しのけ、こじ開けることができるか？

　頭脳労働を任されたはずなのに、またも暴力プランが頭をもたげてきた。結局、わたしはそういう奴なのかと思うと、心から落ち込む。知性派だと思っていたのに、まさかそんな野蛮人だったなんて……。

「『生理痛』……、『陣痛』……、『無痛分娩』……、『出血』……、『会陰切開』……、『帝王切開』……」

　暴力プランに参加させるわけにはいかない母屋も、こうして挑み続けているというのに。いや、それを言うなら、やっぱり誰ひとり、暴力プランに参加させるわけにはいかないのだ。やるなら共同作業ではなく、ひとりで挑むしかない。我が子とふたりで。傘も持たずに。乳母日傘、はキーワード？

（だけど、それにしても、聞いているだけで痛くなるような用語を並べてくるな……、母屋さん。苦しいときって誰でもそうなのかもしれないけれど……、特に『会陰切開』とか『帝王切開』とか……、産道ゲーム！）

「『産道』！」

　宮子は思わず口走ったが、しかし、それが正解だと思ったわけではないし、実際、進道の無反応からして、正解ではなかった。

　そもそも正解などないのだ。

　ヒントがないなら、解答もない。

（ダミーのヒント……、どころか、全部がダミーだった。四つの鍵のうち、外れるのは三つまでだった。ひとつは絶対に外れない。外れない鍵という、外れ）

　なんなら嫁入が最初のほうに言った『難産』のキーワードで閃いてもよかったくらいだ。立ち塞がる進道をどかすことは不可能なのだ……、そういう出産もある。このドアが産道であるなら、こだわらず、別ルートを選択するべきなのだ。『母乳』ではなく『ミルク』でもいいように、

（『会陰切開』は傘を持っていても無理だとして、『帝王切開』は……）

　窓から飛び降りるのは論外だ。ベッドシーツをロープ代わりにするアクロバットは、もしもシーツが女子の細腕でも引きちぎれそうな年代物でなければ、一考の余地があったかもしれないが……、それ以上にないのは、通風口である。

　パパの小説で読む分には、ダクトを移動するスパイごっこも楽しそうだけれど、それも一同のおなかが膨らんでなければの話だ。産越の細い手足だけならば、あるいは妻壁の小さな頭だけならば通らなくもないだろうが、そもそもその通風口から毒ガスが流れ込んで

来ていることを忘れてはならない。そこに自ら頭を突っ込むなんて狂気の沙汰だ。ならば……、毒ガスは、空気よりも重くって、上のほうが安全で……、上……、ドアが産道で、この病室が子宮ならば。

子宮を引っ繰り返して、宮子。

（ああ、そうか……、なんてこと。最初から脱出ルートは、見え見えだったんだ……）

見え見え……、もとい、聞こえ聞こえだった。

「スピーカー」

宮子は、人差し指で真上を示した。母親に躾（しつ）けられていなければ、中指で示した局面だろう。

「あの古めかしいスピーカーこそ、真のダミーよ。この廃病院に電気なんて通ってない。たぶん埋め込まれたスピーカーの内側に携帯電話とかが、ぽんと設置されてるだけで、蓋（ふた）が簡単に取り外せる……、わたし達の産道はそっちよ」

第3室　想像妊娠ゲーム

1

　病室からの脱出口が頭上に発見された時点で、産道ゲームは無事クリアという大団円を迎えたかと言えば、そうでもなかった。頭脳労働が済んだところで、そこからは肉体労働が待ち構えている。

　産道からの出産が難しかったからと言って、帝王切開がノーリスクでお手軽だなんて印象を、母親学級で学ばせるわけにはいかないと、デリバリールームは教導的な使命感に燃えているのか、この相部屋の天井はかなり高い。まず、（母屋以外の）四人がかりでベッドをひとつ、スピーカーの真下、部屋の中央まで運ぶだけでも、妊婦が避けるべき重労働なのだが、その上に乗っても、長身の産越でさえ、埋め込まれたスピーカーには手が届かない。

つまり、肩車なり騎馬なりサボテンなりピラミッドなり、誰かが誰かを持ち上げるしかない。最近は小学校でも禁じられがちな、組体操の時間だ。

躊躇している余裕はない。抗議している余裕と同じくらい。

制限時間はおそらくあと十分弱だし、それ以前に、毒ガスのほうももう限界だ。悪臭の濃密化が体感される。残り三分とか一分とかの段階では、まともな戦略行動は取れそうもない。影の指揮官ぶっている局面は、もう過ぎた。

「母屋さんから！」有無を言わせまいと、宮子は声を張り上げた。「みんなで母屋さんを抱えて、スピーカーのところまで持ち上げて！」

自身がスピーカーになったかのように必要以上のボリュームになったのは、産道ゲーム中、ほとんど病床についていた彼女が一番最初に脱出するというのはおかしいんじゃないかというもっともな疑問を、宮子自身も感じていないわけではないからだ。

ただ、現実問題として、ひとりで立つこともできない母屋が、低きに流れる毒ガスのダメージをもっとも深刻に受けているし、たとえこの場に二段ベッドがあろうと、どんなときでも病人が最優先だ。

（二段ベッドがあれば何の問題もなかったし、妊娠は病気じゃないけれど……）

懸念(けねん)していた反論はなかった。まあ、母屋もただ寝ていたわけじゃないし、ほぼ偶然みたいなものとは言え、ポケットの中の葉酸サプリだったり、『帝王切開』というワードだったり、プレイ中、何も貢献していなかったわけではない。

指名された母屋は、「わりい……、生きて帰れたら……、この恩は必ず……、必ずや……」と、瀕死みたいに言いながら、四人の妊婦が組んだ神輿にまたがる。胎児を含めて二人分だから、それなりの重量感がある。

果たして、スピーカーの蓋は、脆く感じるほどにあっさり外れた。そして宮子の読み通り、その蓋の裏に、スマートフォンが透明な釣り糸でくくりつけられている。

（ひょっとして、カメラも生きてた？　ここが圏外であるにしても、わたし達からスマホを取り上げたところでＷｉ－Ｆｉでも起動させて、室長は天井裏から覗き見ていた？　それを検証している時間はない……）

体調不良を押して、しかもおなかを庇いながら、母屋はぽっかりと生じた穴から、天井裏へとよじ登った。

「大丈夫だ……。十分な空間がある……、みんな助かるぞ……」

力ない口調で言われても死神に誘われているようで説得力はなかったが、もう信じるしかない。ジャージの臀部を押し上げて、彼女の姿が完全に天井裏に消えたところで、宮子は、

「次！　嫁入さん！　年功序列！」

と、喪服の妊婦を指名する。

「病人の次は年寄りが優先ってこと？　私の骨密度じゃ脚立にするのは不安かしら？」

嫁入自身が自虐的に言ったが、しかしこれには元より、文句の出ようもない。骨密度や

筋肉量をわざわざ聞き出そうとは思わないが、真面目な話、ここから先は脚立が崩れることを危惧しなければならないフェイズに入っている。その高さから落ちたら死にかねない、落ちた本人はともかく、おなかの中の胎児が。

本人もわかっているのか、それ以上は何も言わず、神輿から鼎の形態に変わった三人の妊婦に抱えられ、嫁入も無事、天井裏へと避難……、脱出した。どこまで助けになったかわからないが、先に登っていた母屋も上から、嫁入の手を引っ張ったようだ。

残る妊婦は三人。

国民的アイドルと変人じゃない人とわたし。

「ツインテ……、妻壁さん！」

「ツインテールって呼んでくれても、むしろ嬉しいくらいなのだ」妻壁はそう言ってから、「でも、なんで妻壁なのだ？　年功序列なら、次は産越さんなのだ。逆にお子さまだからってことなら、妻壁、こう見えてもサバを読んでて二十歳過ぎ……」

「双子だからに決まってるじゃん！」

（ああもう、パパの小説の愛読者じゃなければ、トリアージなんて小難しい用語は知らなかったのに……！）

抱えている命の数が違う。病人と年長者を救助したあとは、単純な人数だ。もちろんこれは、単純な体重の問題でもある。十九歳どころかサバを読んでいた芸能界の深部も垣間見えた、アイドルのウエイトは当然非公表だろうけれど、妻壁と胎児ふたりの合計ならば、宮子や産越をゆうに上回るだろう。

「異論ないっす。気をつけてくださいっす、妻壁さん。足場も軋んだベッドで、さして安定しているわけじゃないんで……」

もうそろそろ不満が出てもおかしくないタイミングだったが、変人じゃない妊婦は、この選別をすんなり受け入れて、宮子との体勢を、鼎から、互いの肩を持つ形の、架け橋へと切り替えた。こうなると、スプリングがぜんぜん効いていないベッドが、逆にありがたい。

「あ、ありがとうなのだ、宮子ちゃん。やっぱり妻壁、所詮は第二センターなのだ。リーダーの器じゃなかったのだ。みんな助かったら、そのセーラー服にサインするのだ」

謙遜みたいなことを言いながら、自分のサインに過大な価値を見出しているところはアイドル精神だが（そもそも『ツインツインツインツール』では、第二センターという立ち位置は、二十二番と同じくらいに名誉あるポジションだという見方もある）、とにもかくにも、双子を身ごもった妊婦を、天井裏に押し上げることにも成功した。彼女自身の体重が妖精みたいに軽く、そしてまだ妊娠五ヵ月前後だったからできたことだろう。もしも多胎妊娠の彼女が、宮子と同じ妊娠六ヵ月以上だったら、おそらく持ち上がらなかった。

さて、残る妊婦はふたり。架け橋からの肩車だ。

「産越さん。先に行って」

「え……」言われて、産越は丸眼鏡をずらすという、古典的なリアクションを取った。

「年功序列ルールは既に崩れたっすよね？　だったら、体重はともかく、自分のほうが背、高いっすし……、ここまで来たらじゃんけんとかでも」

「体重はともかくは余計よ」手足の細さ、スレンダーなフォルムを思うと、素の体重は、たぶん産越のほうが下だろう。「わたしが最後なのは、最初から決まってるの。頼まれもしないのに勝手に仕切って、異論を挟ませずにことを進めてきたんだから」

「頼まれてたようなものじゃないっすか。妻壁さんも暗にそう言っていたっすよ」ただ、異論は元より、議論の時間もないことは、変人じゃなくてもわかるようで、「これ、全員で助からなきゃ意味のないゲームっすよ？　宮子さんが脱出できなきゃ、連帯責任でみんなゲームオーバーっす。それを承知の上で言ってるってことは、プランがあるんっすよね？　バース・プランが」

「ある！」

宮子が力強く断言するときは自信がないときだと、パパなら秒で看破するだろうが、幸い、まだ産越とは、そこまでの付き合いはなかった。正確に言うと、秒とは言わないまでも、出会って一時間ちょっとだ。

そして妊婦が妊婦を肩車する組体操。

どんな旧時代的な教育委員会でも禁止する荒行である。

（ここで踏ん張って産まれちゃったらどうしよう）

笑えないジョークに含み笑いをしながら、宮子は産越を持ち上げた。膝を伸ばすところまで至る前に、あらかじめ伸ばしていた産越の指先が脱出口に届いたようで、そこからは格段に軽くなった。その後、ふたりがかりか三人がかりかで、産越の針金のような身体は、ウインチでもかけられたように、するすると引き上げられていく。

「はあ……」産越が完全に登り切ったのを見て、宮子はベッドにしゃがみ込み、ぺたんと尻餅をつく。スプリングのきいていないボロボロのベッドも、こうなると入道雲にでも腰掛けているようだった。「あー、疲れた……」

最早全身が筋肉痛みたいな気持ちだ。大きく深呼吸したいところだったが、謎の毒ガスに満ちている環境ではそれは憚られる。

「一息ついている場合じゃないのだ、宮子ちゃん！」

スピーカーを取り外したのに、真上から声がした。いや、スピーカーは元々機能してなかったのだが……、見れば、妻壁だけでなく、他の妊婦も、脱出口の四方から、首を覗(のぞ)かせている。心配そうに、でもあるし、怖い物見たさ、みたいな表情でもある。ここから宮子がいったいどうするつもりなのか、どう切り抜けるつもりなのか、はらはらどきどき、目撃しようとしているように。物見高いことである。

「プランあるって言ってたの、聞こえたのだ！　自信たっぷりに！」

人間が見えてないいな、第二センター。

ただし、ノープランのはったりと言うわけでもない。宮子はそんな、自己犠牲の精神に溢れてはいない。人生の大半をあの母親に育てられて、どうやってそんな精神を養えようか……、むしろ自己犠牲の精神がないからこそ、デリバリールームに入室したのである。

なのでプランはある。成功率が軽減税率くらいの。

「わたしの助産婦の進道さん……、は、錠前中だから、駄目だとして」宮子は、それ以外の三名、病室の隅っこに控える三人のガスマスク白衣を、それぞれ手招きした。「逝道さん。選道さん。それから産道さん（仮）。お手本はもう見せたでしょ。ここで鼎のポーズを作って。脱出の協力や妊婦のケアはしてくれなくっても、産道ゲームじゃあなたがた男性は、家具みたいなものなんだから」

家具をＤＩＹでパズルみたいに組み合わせて、脚立を作っても、まったく反則じゃないのよね？

2

「デリバリールーム一回戦、産道ゲーム、全妊婦さまお揃いでのクリア、おめでとうございます。また、換気設備の不具合により、調理室から漂うくさやの香りが漏れてしまったことを、心から謝罪致します」

ガスマスクを装着しているとは言え、イケメン白衣三名を踏み台にするのは女子中学生として痛快だったが、ややあって天井裏に到達してみると、立て札で順路が記されていた。『二回戦の会場はこちら』との立て札。

休む暇もなくとはこのことだと、長い産休が取れない妊婦の気持ちをつかの間味わいながら、ダクトよりは空間があるものの、四つん這いにならなければ前に進めない天井裏を、五人でのたのたと進んだ。こんな『這い這い』も、赤子の気持ちを理解するための、母親学級のカリキュラムの一環だろうか？　しばらく立て札の矢印に従い続けると、ようやく光が差してきた。天井裏の、天井の側から……、と言うか、この場合は、上階の床の側から、と言うべきか？

　おそるおそる上がってみると、どうやらそこは、診療室とおぼしき部屋だった。ここが次なるデリバリールームか。そして先回りしていた四人のイケメン白衣が、拍手をしながら五人の妊婦を出迎えて、先の祝辞を述べたのだった……、くさやって。八丈島であんな匂いはしない。キョンもさすがに逃げ出すわ。

　先程までの四床室同様に古びたその診療室には、医師用の椅子がひとつ、患者用の椅子がひとつ。そこにふたり座ってもらって、あと三人の妊婦は、脇に設置された一台のベッドをベンチにするしかあるまい。これは取り立てて年功序列のつもりはないが、自然に、医師用の椅子に嫁入、患者用の椅子に産越、ベッドに宮子と妻壁と母屋という配置になった。正確には、母屋はベッドを見つけるや否や、真っ先にそこに横たわった。宮子と妻壁は、彼女を尻に敷かないように、ベッドの縁に浅く腰を降ろしたのだ。

（三人座って、より厳密には七人座って、大丈夫なベッドなのかしら……）

「令室室長も、くれぐれも皆さまを褒め称えるようにと申しておりました。惜しみなく崇(あが)め奉りなさいと。本当の気持ちだけを言うならば、この時点をもって、皆さま全員に『幸せで安全な出産』をお約束したいくらいだと」

えらく調子のいい、または景気のいいことを言っているけれど、要するにこれが終わりじゃないということだ。既に立て札で『二回戦』を仄めかされているので、驚きもしない……、協力プレイをおこなったところで、ここから先こそ、妊婦同士の競争が始まる展開だろうか？　お互いの個性を知った上で、次なるゲームを……。

（でも、くさやで思い出したわけじゃないけれど、ちょっとおなかすいてるな……、時間的にも、もうそろそろ夕飯時よね？）

スマートフォンを回収されているので、腕時計をする習慣のない宮子には、正確な現在時刻はわからない。が、十時頃に空港発で、この廃病院に十二時頃に到着、予選に一時間、顔合わせのあとに、産道ゲームで一時間……、移動時間や待ち時間、窓の外の空模様から考えても、黄昏時（たそがれどき）にはなっているはずだ。

（ご飯を挟んでくれないかな……、食事って出してくれるの？　できればくさや以外で）

「しかし、非常に残念ながら、そうは参らない、のっぴきならぬ事情が生じました」

言わずもがなのことをイケメン白衣のひとり、逝道が引き継ぐ。やはりとしか思わなかったし、その感想は他の妊婦も同様のようだったけれど、「と、言いますのも」と、続けられた言葉は、予想外のものだった。

「皆さまがたの中にひとり、なんと妊娠しておられない妊婦さまがおられる事実が発覚したからでございます。同業他社から放たれた産業スパイであると推察されます。そのような不届な不正入室者の存在が発覚した以上、我々は対応せざるを得ません」

不届な不正入室者？　妊娠しておられない妊婦さま？　宮子達は、五人で顔を見合わせる。ついさっきまで、困難に対し、一致団結し、互いに助け合った五人で。

儘宮宮子。妻壁めしべ。嫁入細。母屋幸美。産越初冬。

（この中にスパイが……？　妊娠していない妊婦が？）

「そこで皆さまには、紛れ込んだ紛らわしき産業スパイ……、言うならば出産業スパイが誰であるのか、無記名の投票で決めていただきたく存じます。もっとも得票数が多かった一名には、ここで強制退室していただきましょう。共に戦った妊婦さまの中で、誰が妊娠していて、誰が妊娠していないのか、想像力を赤子のように、たくましくしてくださいませ。名付けて、『想像妊娠ゲーム』」

共同作業のあとの競争、どころではなかった。一回戦で信じ合わせておいて、二回戦では疑い合わせる。生じた絆をへその緒のように切断する。

それがデリバリールーム。

3

「想像妊娠ゲームには、特に制限時間は設けません。なにぶん、大切なことですから。我々は廊下で待機しておりますので、女の勘で産業スパイを看破なさったかたからこの診療室をお出になり、我々助産婦に、投票用紙をお渡しください。夕食会場にご案内いたします。ちなみに私、近道と申します」

脈絡のないタイミングで自己紹介をした産道（仮）、もとい近道が一礼し、他のイケメン白衣と共に退室した。

（『譲り合い』の予選や『共同作業』の一回戦では決して長いとは言えないタイムリミットを設けておいて、『疑心暗鬼』の二回戦は時間制限なしとか、マジで性格が悪い……）

第一、産業スパイだって？　出産業スパイ？　天井裏への脱出も、やってみるとなかなかスパイごっこっぽかったけれど……、本物のスパイだって？　どんなセンスだ、そんな妊婦が、この中に混じっているわけがない。

とも言い切れないのが泣きどころである。

甘藍社のような規模の企業ならば、当然、情報なんて奪い合いだし、ましてそんな組織体がおこなう『幸せで安全な出産』を保証する怪しげなイベントに、刺客を送り込むくらいのことは、されていることを前提にしたほうがいい。でなければ、こんな人里離れた廃病院で開催すまい。この徹底した秘密主義は、逆に、スパイや不正入室者の存在を裏付けているとも言える。コンピューターウイルスの存在があってこそ、セキュリティが必要なのだ。

（とは言え……、想像妊娠？）

イケメン白衣が去ったのちに、宮子は診療室内の、他の妊婦を順繰りに見遣る。つい先程まで、一致団結していた、仲間だった四人の妊婦を。

（想像妊娠って……、えっと、本当は妊娠していないのに、妊娠とほとんど同じ症状が現れることだよね？　生理も止まるし、おなかも膨らむし、つわりも……）

ベッドで横たわる母屋のところで目を止める。病室から診療室までの無茶な移動もあって、およそ演技とは思えない疲労困憊具合だが、こんな『つわり』の症状も、実際に起こる。

　と、パパの小説に書いてあった。

（ただまあ、パパがその小説を書いたのはママと結婚する以前のことだし、これに関しては適当なことを書いている気もするな……、そもそも実在する症状なの？）

　二重人格の主人公を書いている小説家だしなあ。

（単なる比喩の『想像妊娠』なのかしら……、産業スパイ云々も、要はリアリティのあるルール設定なのかも）

　施錠とか、くさやとか、死産とか、母親学級とかと同じで……、どこまで本気なのかわからないのもデリバリールームの特徴だが、要するにこれは、五人の参加者のうち、脱落者をひとり、みんなで選べという足切りイベントだ。

「そうなのだ。足切りイベント。海外のリアリティ番組では、そういうルールが結構あるらしいのだ」

　妻壁が語る。この立て続けに、さすがに声のトーンは沈んでいるが、彼女はどうやら、この中に産業スパイがいると、本気で思ってはいないらしい。良くも悪くもショービズ界の人間と言うか、これも演出だと思っている風だ。

「たとえば、多人数で無人島とかジャングルとかでサバイバル生活をして、一日が終わるごとにみんなで投票して脱落者を決めていって、最後に残ったひとりが優勝ってルールなのだ。日本でも同じフォーマットの番組はあって、『ツインツインツール』全員で参加したことがあるのだ。そこで仲間から足切りされたショックで引退した子も……」

デスゲームとは要素が違うが、引退を決意するのも納得の残酷なルールだ。ショーベースとは言っても、あくまでリアリティ番組なのだから、そうでなくてはということなのだろうが……、当事者からすれば、たまったものじゃない。無記名投票という一見民主的な多数決も、実にデリバリールームらしくはあるとも言える。

（しかし、妊娠していない妊婦がいると、逝道さんははっきり言っていた。輸入されているほどテレビ番組で使い尽くされているルールを、あえて『想像妊娠ゲーム』なんて銘打ってきたところを思うと、それがクリアの鍵なの？）

脱出ゲームを産道ゲームと名付けたことが、結局のところそのまんま天井の脱出口を示していたように……。

「なるほどっすね。自分、ネットもテレビも見ないんで、初耳でしたっす。マジで産業スパイが混じっているのかと、焦ったっすよ。んじゃ、自分はこれで」配られた白紙の投票用紙と、使い捨ての鉛筆を片手に、患者用の椅子から立ち上がる産越。「皆さん、お疲れでしたっす。一回戦、一緒に戦えて光栄だったたっすよ」

「ちょっと待って、ちょっと待って、ちょっと待って」慌てて宮子が止めた。「えーっと……、とにかく、ちょっと待って、産越さん」

考えがあって引き留めたわけではない、ただの反射的な行為だ。

「？　何っすか、宮子さん？」

「その……、そうなんだったらそれで別にいいんだけれど、産越さん、もう誰に投票するか、決めたの？」

「はあ。だってこんなの、誰に投票したって同じっすよね？」首を傾げる彼女とは、相変わらず、目が合わない。「まさか自分で自分に投票するわけにはいかないんっすから、適当に誰かに投票して終わりっすよ」

おおう。そういうスタイル。何の葛藤も感じさせない。

パパの小説で覚えた言葉で言うところの、合理的無知。『想像妊娠』みたいなセンセーショナルな用語ではない、こういう地味な、もとい、地に足のついた用語に関しては、秩父佐助は絶大な信頼が置ける。

(『女の勘』なんて、まるで『女性には論理的な思考は無理だ』と決めつけている用語は嫌いだけど……、このアプローチはありなんだ)

考えても仕方ないことは考えない、悩んでも無駄なことは悩まない。それができないのが人間だが、まれにできてしまう人間もいる。その行為の意味を考察することもなく、『なんとなく』で理由もなく、損得も考えず、部屋中に隠されたジグソーパズルを集めることのできる人間だ。

足切りの人選なんて、ランダムでいいと、彼女は本気で思っている……、なのだとしても、ランダムに選ばれるほうはたまったものじゃない。

その一票の差で、自分が退室させられるかもしれないのだ。

「体格的に、一番想像妊娠っぽいのは、スレンダーなあなたなんじゃなくて？」喪服の妊婦、嫁入の発言だった。「だから、いろいろ根掘り葉掘り訊かれる前に、診療室から出て行こうとしているの？」

「妊娠後のほうが、太らないよう気をつけなきゃっすから」そんな追及に、狼狽する様子もなく応じる産越。しかし、宮子や嫁入の引き留めを振り切ってまで、無理に廊下に出ようという態度でもない。「妊婦っぽく見えないならすいませんっす。自分、母屋さんと違って、つわりがぜんぜんないほうなんで。母屋さんが想像妊娠でなきゃっすが」

にわかに、議論に巻き込まれそうになった母屋は、しかし、

「………………」

と、無言だった。

つわりが酷いからなのか、それとも、黙して語らず、馬脚を露わすまいとしているのか。プリン色の髪の毛で顔が隠れて、その表情はうかがえない。体格的に産越や母屋が妊婦っぽくないのは事実だ。ただ、想像妊娠が事実ならば、おなかのサイズが小さいとは限らない。それこそ『双子を妊娠した』と想像しているなら、ふたり分の大きさに、おなかは膨

れ上がることだろう。

わからない。

一回戦の最中、売り言葉に買い言葉で産越が言った言葉を蒸し返すわけではないが、見回してみると、この診療室の奥には内診台が設置されているようだ……、お誂え向きだが、しかし、まさかそれを使用するわけにもいかない。使用したところで、宮子は産婦人科医ではないのだ。

この部屋の誰ひとりとして。

本来、診察される側であって、仮病や詐病を疑う立場にはない。

（そうか、自覚がない想像妊娠のように、自覚のない産業スパイって線もあるのか……、パパやママにとっては、ふたりの間を養育費を持って行き来するわたしが、そのつもりはなくとも、どちらにとってもスパイみたいなものであるように）

「じゃあ産越さんは」と、嫁入は質問を続けた。不快そうに。「いったい誰に投票するつもりなの？」

「それを教えたら無記名投票にならないじゃないっすか。ルール違反になるっすよ」一回戦で、ほぼ反則同様のフライングをしておきながら、年上の妊婦をめっと窘めるように言う。「自分、変人じゃないんで、そういうことはできないっすよ」

「……あなたが出て行ったあと、残った私達が相談して、結託して、あなたに投票しようって意見を一致させるかもしれないのよ？　それが怖くないの？」

「そういうことも含めて考えないんっすよ、自分は」肩を竦めた。「やじゃないっすか？　そういうネガティブ思考に囚われるの。……でもまあ、あえて言うなら、たぶんそういう展開にはならないんじゃないっすかね？」

自分、勝負を放棄したわけでもないんで。

そう言って、産越は本当に、本当の本当に廊下へと退室して行った。あっさりと、あっけなく。退室……、あれで、あんな振る舞いで、デリバリールームからの退室ではないと言うのか？　呆れるを通り越して感心してしまった。なんなら、感動すら覚えてしまった。急転直下で押し込まれた窮地にいることを忘れてしまいそうになるほど、見とれてしまう鮮やかな去り際。

（できることじゃない……）

たとえその合理的無知が、どれほど合理的かわかっていても、人間、努力はしてしまうし、頑張ってもしまう。大抵、そう育てられているんだから。

（つまり、産越さんは、そう育てられてないってこと？　努力や頑張りを、放棄するように育てられている……、その上で勝負そのものは放棄しないなんて……、どういう意味？）

「そういう風に育てられた人間は、どういう風に我が子を育てるのかしらね」宮子と違って、嫁入は、単純に呆れたようだった。「本人がいないから言うわけじゃないけれど、やっぱり変人よ、あの子。私がこれまで見てきた中でも、一番の」

「本人がいるうちに言うべきだったのだ」と、妻壁。「そうすれば、座り直させることもできたのだ」

その手があったか。確かに、陰口を叩くよりは建設的である。しかし、そこまでして引き留める意味があったかと言うと、なかなか難しいところでもあった。予選で経験したような、『譲り合い』の局面ではないのだ。この診療室に留まり、とことん話し合う意味が果たしてどこまであるのか。

たとえばさっき嫁入が仄めかした、と言うより、露骨に言ったように、この場にいない産越に投票するよう合議したとしても、みんながその取り決めに従って投票するとは限らない。

チームの信頼関係なんて、ついさっき芽吹いたところである。下手に話し合って、議論が決裂したら、自分が孤立することになるかもしれない。ターゲットにされるリスクは、むしろここに留まるほうが、高まるんじゃないのか？

（極めて利己的に考えるなら、ここでは疑わしい妊婦よりも、有力な妊婦を足切りすべき……、なのよね？）

優勝するためには。幸せで安全な出産のためには。役立たずを切るのではなく、役者を切る。

（だけど、もしも、この先にどうせあるだろう三回戦で、またもや協力プレイが必要になるなら、有力な妊婦には残って欲しい……、変人であろうとなかろうと、産越さんが優秀なプレイヤーであることは、誰にも否定できない）

ここが悩みどころだ。足切りが損切りであるべきかどうか。

しかし、宮子には宮子で、あるいは『誰に投票するか』『誰を足切りにするか』以上に、考えなければならない切実な問題もあった……、もちろん全員がそうではあるのだが、宮子は特にそうだ。

投票されない方法。足切りにされない方法。ターゲットにされない、狙い撃ちにされない方法……、それを考えなくてはならない。

努力して、頑張らなくては。

（さっき、影の活躍を評価されたことは嬉しかった。スピーカーの脱出口にも気付いて、天井裏に登る順番まで仕切って……、だけど、改めて振り返れば、あれは出来過ぎだったんじゃないの？）

出来過ぎと言うか、やり過ぎと言うか、要するに、避けるべき悪目立ちだった……、わたしは今、丁度、早めに蹴落としたほうがいい対象になってしまっていないか？　また、まずいことに産道ゲームの最終局面で、宮子は自分の脱出を一番後回しにした。それが当然だと思ったし、それでも脱出できる算段があったからそうしただけではあるが、もしも他の妊婦が、あれを自己犠牲精神の現れだと、勘違いしていたら？

宮子は『譲る人間』だと定義されていたら？

猟奇殺人鬼でもない限り、誰だって、妊婦を蹴落とすのは嫌な気分がするものだ。予選で咲井を押しのけた罪悪感から、宮子がまだ自由にはなっていないように。少しでも後ろめたい気持ちを持たずに三回戦に臨むために、他のみんなは、『譲りたがり』の宮子に、票を集めてくるつもりになったりして？

譲りたがりって。むしろ欲しがりだよ。

産越に倣って、何も言わずにこの診療室から出るのが正解なんだろうと、直感的にはわかっている。合理的には、もっとわかっている。しかしそれでも、宮子は黙っていることができなかった。

「一応言っておくと……、もしもまだ若いんだから、わたしのことを蹴落としても大丈夫だと思っているんだったら、それは誤解よ。ここで足切りされたら、わたしは死ぬしかないと思っているわ」

やはり咲井を蹴落としたことが心の傷になっている。蹴落としておいて心の傷と言うのも勝手極まるが、彼女への反論と同じ主張を、言われてもいないのに言ってしまった。悪手だ。そんなの全員、同じ気持ちでここにいるのに決まっているのに。

大袈裟ねと、笑われさえもしなかった。

「んー。妻壁は、妊娠しちゃった時点で、死んでるようなものなのだ」実はわたくしB型なんですよくらいのテンションで、妻壁が会話を繋いだ。「アイドルとして。女としても。たとえこれが想像妊娠でも。妻壁は、生き返るためにデリバリールームに入室したのだ」

（女としても？）

『アイドルとして』はともかく、『女として』というのは、引っかかる物言いだ。近道が想像妊娠ゲームのルール説明時に、『女の勘』とかなんとか、雑なくくりをしてくれたときも、宮子は『ん？』とは思っていたが、それとは違う『ん？』である。

（女としても死んでいるようなもの……、『強姦』。魂の殺人……）

「要するに、ここで足切りにされたら、妻壁も困るのだ。でも安心して。妻壁は宮子ちゃんには投票しないのだ」

「あたいも……」ぼそぼそと、そこで母屋が、横臥の姿勢は変えないままに追随した。

「宮子ちゃんには、返し切れねえ恩義があるから……」

嬉しい言葉だったが、産越の鮮やかな去り際を見たときのような、気持ちのいい感動はできない。口ではなんとでも言えるからだ。相部屋での組体操の際、確かに多胎の妊婦を優先したが、こうして全員揃ってクリアできた結果から見れば、順番が逆になっていても、なんとかはなっていた公算が大きい。つわりの母屋をいたわったことも、どうだろう、いたわっていなければ死んでいたほどのことでもなかろう。そりゃまあ、多少の感謝には値するとしても、我が子よりも優先するほどの、特段の事情ではない。

（逆にわたしが、ふたりを信じられていないとも言える……、突貫工事の信頼関係が、それくらいに脆弱（ぜいじゃく）なんだ。ぜんぜんママ友になれていない）

ただ、そんな風に思い悩むのは宮子の心中に限られた話であって、一見、診療室に残る四名の妊婦のうち、三名が手を結んだようにも見える状況に焦ったわけでもあるまいが、

「母屋さん。変な風に受け取らないでね」

と、そこで嫁入が、医者用の椅子を回転させる形で身体を向け、宮子と妻壁の後ろに横たわる母屋に絞り、声をかけた。前置きは不穏だが、喪服を着ていなければ、ベテランの産婦人科医のようにも見えなくはない。

「実際のところ、あなた、体調は大丈夫なの？　産越さんと違って、私もつわりは経験したけれど、そこまで苦しむのは、普通のつわりじゃないんじゃない？　たとえこの想像妊娠ゲームを乗り切ったとしても、三回戦、四回戦を、そんな病状じゃ戦い抜けないと思うわ。おなかの赤ちゃんのためにも、ここで棄権するっていうのも、そろそろ考えたほうがいいんじゃないかしら」

「……うー」

変な風に受け取らないでねも何も、相当にあからさまな退室勧告ではあったけれど、しかし巧みなのは、母屋の様子は、本当に救急車を呼んだほうがいいと思わせるものであるという点だ。妊娠悪阻なんじゃないかと宮子も疑ったし、ひょっとすると、妊娠とは関係のない病に苛まれている可能性だってある。胃潰瘍とか盲腸とか……。

「心臓や脳の疾患の恐れもあると思う。自分ひとりの身体じゃないんだから……、もしも母屋さんとデリバリールームで会ったんじゃなくっても、私は同じことを言っていたはずだわ」

「うー……うー……」

正直言って、宮子はここで母屋が激高するんじゃないかと思った。気遣いを装って、脅すとは言わないまでも、怖がらせるようなことを言い、遠回しに場から排除しようという企みは、嫁入はうまくやっているつもりかもしれないけれど、母屋のような人間が一番嫌いそうなものだからだ。だが、この『母屋のような人間』というのも、偏見と言えば偏見である。

何をわかったつもりになっているのか?

事実、母屋は「うー。うー、うー……」と、唸るばかりで反論しようともせず、伸ばしっぱなしでぼさぼさのプリン髪を、ぐしゃぐしゃとかき回すようにした。

かき回し、かきむしる。

一瞬ヒステリーを起こしたのかとも思ったが、そのちょっとした自傷行為は、もっと幼稚な反応だった。なんだか、叱りつけられた子供の、現実逃避みたいだ。説教されたら、大きな声で喚いたり、がんがんと頭を壁にぶつけたりして逃れようとするような……。

(わたしが一番年下で、見た目は妻壁さんが一番幼く見えていたけれど……、精神的に一番未成熟なのは、この人なんじゃないの……?)

子供が子供を産む、なんてクリシェがあって、それは間違いなく十五歳で妊娠した自分のための表現だと思っていたけれど、もしかすると母屋のためのフレーズなんじゃないのか? そんな母屋をよく見ると、更にぎょっとした。髪の毛をぐしゃぐしゃにもつれさせることで、これまで隠れていた彼女の表情がかすかに窺(うかが)い知れた。母屋は泣いていた、それも目に光るものがあったなんてレベルじゃなく、ぼろぼろと滂沱(ぼうだ)の涙を流していた。滂沱の涙なんて言うとまるで文学的だが、要するにガン泣きである。うーうー唸っているのは、せめて声を上げないように歯を食い縛って我慢しているらしい。

ここまで来ると赤ちゃん返りだ。横たわって背中を丸めたその姿勢は、胎児のようでさえある。

さすがに異様さを感じたのか、嫁入も、気遣う言葉を続けるのをやめた。退室を促す気持ちが九割ではあっただろうが、心配する気持ちが皆無だったわけでもなかろう。だが、ここまでくると、心配の気持ちよりも、恐れる気持ちのほうが勝つ。怖がらせるつもりが恐れさせられるだなんて逆効果だが、母屋は決して、泣いて誤魔化しているわけではない。

死ぬしかないからここにいる宮子や、生き返るためにここに来た妻壁のように、母屋は泣いても喚いても唸っても、人生を誤魔化せなかったからここにいるのだ。不良上がりのヤンキーみたいな格好をしていても、誤って魔と化すことも、できなかった。

「そのー、母屋さんのバッドコンディションは、そりゃ確かに素人目にも退室したほうがいいかもって思うのだ。自分ひとりの身体じゃないのは、みんな一緒だとしても」自分ひとりの身体じゃないどころか、三人分の身体である妻壁が、黙っていられなくなったのか、第二センターの本領を発揮する。「妻壁達と違って、このままここにいるほうがまずいんじゃないかってくらいの緊急性を感じるのだ。でも、その……、緊急性のなさで言えば、ダントツなのは、嫁入さんじゃないのだ？」

「ん。え……、どういう意味かしら？」

矛先が自分に向いたことは敏感に察しつつも、妻壁の言わんとする内容まではわからないようだった嫁入だが、しかしすすり泣く母屋と向き合い続けるストレスから咄嗟に避難するように、回転椅子の角度を変えた。

「私に緊急性がない？　そう言われるのは心外ね。そりゃつわりは終わっているし、この通り、安定期に入って長いけれど、見ての通りの年齢だから、若年層のあなた達にはないようなリスクが常に……」

「じゃ、ないのだ。健康面のリスクは、個人差こそあれ、妊婦ならみんな抱えているのだ。だけど……、ほら、嫁入さんはお金持ちなのだ」

芸能人は歯が命だから、『奥歯にものが挟まったような』という慣用句は当てはまらないだろうが、とにかく言いにくそうに、妻壁は指摘した。

「お金の問題じゃないって言っていたけれど、もしもお金の問題じゃなくても、お金で解決はできるはずなのだ。だったら、デリバリールームから退室しても一番困らないのは、嫁入さんじゃないのだ？」

言いにくそうにしながらも、一度堰を切ったら、ずばずばものを言う。言う言う。中でも、お金の問題じゃなくともお金で解決できると言い切ったのは、強い……、セーラー服の妊婦で、デリバリールームへの参加費さえ親権のない父親からぶんどってきた宮子と違って、たとえサバを読んでいて、今は二十歳を超えているとしても、十代以前から自分の才覚で稼いでいる人間という感じだ。

そして、外で働いている気配はなく、上品で豊かな気配を纏っている嫁入は、入室者の中では異質である。異質と言うなら誰もが異質だが、エキセントリックさみたいなのを抜いたら、やはりその喪服の高貴さは群を抜いている。妻壁のステージ衣装よりも。

富裕層だから部屋から放逐してもきっと大丈夫という発想は複数の意味で革命的だ。咲井の言い草じゃないが、デリバリールームなんて、己が当事者でなければ胡散臭さしか感じなかったであろうチャンスに飛びついた、飛びつくしかなかった宮子と違って、嫁入にはセカンドチャンスもサードチャンスもあるんじゃないのか？　むしろデリバリールームこそがミスチョイスであって……。

「若いのに、あなた、想像力が足りないわね」

と。

果たして、嫁入は大きく溜め息をついた。手厳しい指摘を受けてしまった、というニュアンスではなく、本当にただ疲れたと言いたげな、それは嘆息だった。

（想像力……、想像妊娠）

「かもしれないのだ。妻壁にあるのは、想像力じゃなくて偶像力だから」

「人生はお金じゃないと言うのが、人生経験に欠けた若い発想なら、人生はお金だと言い切るのも、やっぱり若い発想なのよ。若いと言うより、幼い。お金をいくら持っていても、どうにもならないことはあるの」

「金持ちには金持ちの悩みがある、みたいな話なのだ？」

「まるで貧困層を代表して発言しているみたいな風だけれど、妻壁さん、あなただって、テレビの人気者なんでしょう？」

「妻壁の事務所は良心的だから、良心的なお給料しかいただいていないのだ」

「応援してくれているファンがファンディングで支えてくれるんじゃなくって？」

妙な言い合いが始まってしまった。結果的に、母屋は頭をかきむしりながら唸り続けるだけで、難を逃れた形になる。これを作戦でやっていたなら大したものだが、やはり演技には見えない。

それに、嫁入と妻壁が対立するのも、望ましい展開とは決して言えない。もしも彼女達が互いに投票し合うような形になってしまうと……。投票者が五人だから、過半数となるのは三票だけれど、票が散ると、たった二票でも足切りが決まってしまう。

先に診療室を出た産越が、誰に投票したのかは定かではないが……、もしもランダムな投票の結果、ロシアンルーレット式に宮子が選定されていた場合、リーチがかかっていることになる。宮子には投票しないという母屋の言葉を、信じるしかなくなる。

（結局、三人以上で同盟を組んで、組織票で誰かを落とすというのが、この想像妊娠ゲームの必勝法になるわけだけれど……、そうなると、ますます、この診療室からそそくさ出て行くことはできなくなった）

宮子がここで席を立ったら、診療室には三名の妊婦が残される。ぴったり過半数。今の様子では、嫁入と母屋と妻壁の三名がチームを形成することはまったくなさそうにも見えるけれど、三人きり（胎児も含めば、七人きり）になれば、話は別かもしれない。仮に宮子が、たまたま産越と同じ妊婦に投票したとしても、合計二票で、三票の組織票には到達しないのだから。自分が二票を獲得しているかもしれない状況で、絶対に負けない必勝法が確立されれば、裏切者が出る不安は最小限に縮まる。

（じゃあ、四人で部屋に留まって、三人組ができるのを互いに妨害し合うしかないの……？　そんな不毛な四竦み……）

つくづく、想像妊娠ゲームの開始と共に診療室から出て行ってしまった、変人じゃない妊婦のただならない行動力に恐れ入る。出て行くならあのタイミングしかなかったし、四人では、話し合えば話し合うほどこじれることも、もしかしたら見透かしていたのかもしれない。勝負を放棄したわけじゃないというのは、そういう意味か……、過半数が三票であるがゆえに、団結するのは三名でよく、よって四名では却って団結できないという、奇妙な三段論法が成り立ってしまっている。五人での鳩首会議なら、また別だっただろうが……。

本格的に空腹になってきたのに、夕食に向かうなんて夢のまた夢だ。

（いえ、まさかそこまで想定していての遁走とは思えない……、彼女の合理的無知に対して、わたしが勝手に掘り下げているだけに決まっている）

どちらにしても、均衡である。

しかも、言ってしまえば的外れで見当違いな均衡だ。

想像妊娠の妊婦や産業スパイを探すのではなく、完全に、ダメージコントロールの議論になってしまっている。デリバリールームから追放されても、もっとも受けるダメージが少ないのは誰かという議論に……、その先陣を切ったのが宮子の被害妄想であることを思うと、責任を感じずにはいられない。

（わたしは若くてやり直しが利きそうだから……、妻壁さんは事務所やファンに支えられているから……、母屋さんは一刻も早く専門医の治療を受けたほうがよさそうなほどの体調不良だから……、嫁入さんはお金持ちで、緊急性に欠けて見えるから……）

しかしどうだろう、こんな風におのおのの弱味を列挙して、妊婦達が抱える事情を比べっこすることに、どれだけの意味がある？　こんなの、互いの懊悩を鈍器代わりにして、ぽかすか殴り合っているようなものだ。深い悩みを抱いている人間が、人間として深いわけじゃない。逆もまた然りで、深刻でなくとも、深く刻まれる傷はある。

（わたしの抱える事情も……、わたしの抱える赤ちゃんも、第三者から見れば、『なんだ、そんなこと。世の中には他にもっと大変な人がいるんだから』で済んじゃうことなのかもしれない）

だからどうした。

わたしは第三者ではなく当事者だし。

第三者よりは、読者でありたい。愛読者で。

（このシーンがもしも、パパの小説の一場面だったら……）

4

「みんな！　話をしよう！」

声を張り上げるのは自信のない証だったが、まだバレていないはずだと、宮子は手を胸の前で叩き、一同の注目を集めた。

「話？　話ならさっきからしてるのだ」

「議論とか、言い合いとか、口喧嘩とかじゃなくって、お話をするのよ」宮子は続ける。「歌を歌うように、物語を語ろう。自分自身の、妊娠にまつわる物語を」

最初に反応してくれた、歌って踊れる国民的アイドルに合わせて、詩的と言うか、ミュージカル風に表現してしまったが、要するにお互いに、己の妊娠について、情報を開示し合おうという提案だった。カードオープンの合図である。

想像妊娠ゲームの原点に立ち返ろう。

産道ゲームがあくまで産道ゲームであったように、想像妊娠ゲームは想像妊娠ゲームであるはずなのだ。

デリバリールームから放逐されたとき誰が一番ダメージが小さいかとか、そういう視点をいったん捨てる。産業スパイ云々も考慮しない。出産業スパイというネーミングはじわじわ来るけれど、もしもそちらが重要視されるならば、これは出産業スパイゲームと名付けられていたはずである。

妊娠していない妊婦。

書面で『幸せで安全な出産』を提唱するデリバリールームの方針からしても、そこに焦点を当てるのは間違っていないはずだ。

なるほど、そして確かに思った。

想像妊娠は、現れる症状は通常の妊娠とほぼ同じであり、たとえ（あからさまに）用意されている内診台に上ったところで、素人である自分達には正しい診断がくだせない、と。偽りのつわりは当然として、赤ちゃんの心音でさえ、母体のそれと区別できないだろう。

だが、それは肉体的な現象に限ればだ。

精神的な部分……、と言うより、妊娠体験に関しては、当事者の自分達は、どんな熟練の産科医よりもむしろ、わたし達は専門家なんじゃないのか？

ここで念頭にあったのは、当然、咲井乃緒を相手にした待合室での予選である。性別当てゲームの際、結局のところ彼女が宮子からの質問を躱すために嘘を吐いたことが、勝利の決め手になった。裏返せば、男女どちらにも当てはまる『遥』と名付けようと思っているなど、あまりに都合のいい話をでっち上げたことが、彼女の敗因である……、作り話に説得力がなかった。

体験していない物語の限界である。

スマートフォンで画像を検索するのと、実際に現地を旅するのとは、やはり違うのだ。

（そう言えば産越さんは、嘘か誠か、女医を希望していたんだっけ……、そういう意見は、変人特有じゃなく、一般的なそれでもある。男性医に診られるのに抵抗があると言うより、妊婦の気持ちは、女性のほうがわかってくれるんじゃないかって期待が、根っこにあるんだろうな）

だから助産師と正式名称は変えられても、助産婦は女性だけの職業なのだろう。女性は総じて妊娠に理解があるはずだとか、男性は妊娠について何もわからないに決まっているとか、そこまでいくと極端でしかなく、それこそ想像力の欠如としか言いようがないのだが……、今この瞬間だけは、想像力の限界に挑む。

物語の限界に、フィクションとノンフィクションを当事者が。

想像妊娠と妊娠を、妊婦のわたし達が、見分けられないわけがない。

「ふうん。そういうこと。何を言い出すのかと思ったら、宮子さんったら」ぴりぴりした緊張が緩和されたのか、嫁入が上品に、口元を押さえる仕草をした。「産越さんじゃないけれど、要所要所で妙なことを言う変な中学生だと思っていたわ。でも、やっとあなたの正体がわかったわよ。さてはあなたは小説家の……」

ぎくり。

「……道を志しているのね？　そんな風に、物語の力を信じているだなんて」

「…………」

（一応、プロの小説家の意見なんですけれどね。読書家は読まない、いかがわしい小説家とはいえども）

方針を変えて、腹の張った身で身体を張って、父の名誉のために戦おうかとも思ったが、嫁入はすべて了解したと言わんばかりに、「つまり」と続けた。

「今からここにいる四人で猥談をしようってことなのね。子作りのときの性行為がどんな具合だったか披露し合うことで、妊娠の信憑性を高めようってプランとは、恐れ入ったわ」

え？　違う。官能小説じゃない。ましてや初エッチの体験談を読者から募集する少女コミック誌でもない。

「紀元前から言われている年寄りの決め文句らしいから、言いたくはないんだけれど、最近の若い子は進んでいるわね」

進んでいるとまでは、紀元前には言われていない。そもそも『最近の若い子は』とも、実際にはそんな昔から言われているわけではないという説も。

（じゃなくて）

そもそも宮子が言っていない。猥談をしようなどと。

「……宮子ちゃんが、そこまで言うなら……、あたいは反対しねえ……」いつの間にか泣き止んでいたらしい母屋がここで乗ってきた。「こう見えてあたい、清純派なんだけども……」

余計な真似を、と思う間こそあれ、若年層向けの国民的アイドルユニットのメンバーで、猥談や官能小説からもっぱら遠い位置にいるはずの妻壁も、

「それしかないのだ。さすが宮子ちゃん」

と、もっともらしく頷いた。

そんな評価はいらない。断じていらない。それしかないわけないのに……、下ネタに付き合えるアイドルか。仕事の幅が広いわけだ。

「だけど、宮子さん。重箱の隅をつつくつもりはないんだけれど、産越さんのことはどうするの？」既に、言外に賛成していた嫁入が、猥談プランの具体的な詰めに入ろうとした。「彼女もこの診療室に呼び戻す？　でも、たぶんもうとっくに投票を終えているはずよね。彼女の猥談を拝聴して、真偽の審議をしなくていいの？」

「えーっと。その必要はないわ」

合理的無知を地で行く産越と違い、疑問を呈されたら考えてしまう宮子の悪癖が、ここでも発揮される。『答の宮子』だ。パパに言わせれば、『口答えの宮子』だが。承認どころか、提出さえしていないプランの穴を、せっせと埋めてしまう。

「ここにいる四人で、妊娠体験を開示し合って、全員が全員の物語を真実だと判断できたら、消去法的に、語っていない産越さんが想像妊娠の妊婦なんだって結論になるんだもの」

「へー。そういうの、消去法って言うのだ。初めて聞いたのだ」

（しょ、消去法を初めて聞いた……？）

ミステリーを読んだことがないのか、この子？　実年齢は二十歳を過ぎているのなら、官能小説を読んでも問題のない妻壁だが、そもそも本を読むほうではないのかもしれない。もしかするとTVショーしか見ていないのかも……、だが、今だけはそれでも構わない。小説家の道を志しているならいざ知らず、物語を読んだことがなくとも、物語は語れる。自分自身の物語ならば。

バラエティで鍛えたトーク力を発揮してほしい。

(ただ、わたしは、妊娠体験を語り合いたかったのであって、性体験を語り合いたかったわけじゃ……!)

ついさっきまで、均衡状態を打破する名案を閃いたつもりだったのに、急転直下でコメディみたいな状況に陥ってしまったが、しかしながら宮子には、ただ笑っていられない事情もあった。

性体験について語ること。

儘宮宮子にとってこれ以上の困難はないのだ。自ら提案しておきながら……、違う、提案したつもりはない。むしろこれは、もっとも忌避したかった事態だ。他の妊婦がどうだかわからないが、宮子の場合、性体験に関して語ることは、デリバリールームからの招待状を受け取り、それに応じた理由に直結する。

予選では、巧みなトラップには引っかかったとは言え、それを語る側にならずに済んだことに、胸を撫で下ろしていたのに……、より悪化した事態を招いてしまった。

(どうする、どうする……、どうしようもない……! パパの小説によくある自滅……!

そこまで秩父佐助作品を再現するつもりはなかったのに……！）

「じゃあ妻壁から。くれぐれもオフレコでお願いするのだ」

　ここまで停滞していた反動なのか、あれよあれよと展開が早い。イメージが大切なお仕事であるアイドルから、子作りの過程をオープンにしようとは。妻壁だけに詳らかに。最初に会ったときから、壁を感じさせないあっけらかんとした子だとは思っていたけれど……、ただ宮子も、皮肉なことに十代の女子として、己の抱える事情さえ大胆に差し引いて考えれば、『ツインツインツール』の第二センターが双子を妊娠した経緯と言うか、芸能界の性の実態に関しては、下卑た好奇心を抑えられなかった。

「妻壁の双子ちゃんは、いわゆる二絨毛膜二羊膜で、胎盤と羊膜が一人ひとつずつあるタイプなのだ。それがわかったときは、妻壁は本当に嬉しかったのだ」

（いわゆる？　ニジューモーマクニヨーマク？　ラスベガスの有名なホテルだっけ？）

　違う。それはニューヨーク・ニューヨークだ。かように、宮子の理論がいきなり破綻しつつあった。芸能界以前に、多胎妊娠の気持ちを、単胎妊娠の妊婦が、どこまで読み解けるものなのか、今のところ計り知れない。

（二卵性って意味かな……？　パパが書くような小説に登場するような双子って、大抵は一卵性だから……、紙の上での知識じゃあ、ぜんぜん追いつかない）

　その感覚は、どうやら嫁入とも母屋とも共有できているようだったが（ちなみに紙の上の知識の名誉のために付記するなら、二絨毛膜二羊膜は、一卵性でも起こりうる）、しかしアイドルは続けて、おそらくは多胎妊娠の妊婦でも理解しがたい物語を語った。

「今だって、本当に嬉しいのだ。たとえふたりの子の父親が、それぞれ違っても。胎盤と同じで」

一人ひとりずつ、父親がいても。

5

リアリティという意味では初手から逸脱してきた。双子で父親が違うなんてことがありうるのか？　たとえ二卵性でも……、パパの小説に登場する二重人格の主人公より、よっぽど疑わしい。本人がどこまでそれを承知しているのか不明だが、想像の産物のような、妖精めいたツインテールの妊婦の物語は続く。

「妻壁は子役時代が長くって……、今も子役みたいなものなのだ。この辺はインタビューで普通に言ってることなので、宮子ちゃんは知ってるかもしれないけど、赤ちゃん役で映画にも出てるのだ」

合理的無知で話しているわけではないようで、一応、こまごま考えながら話している様子だ。小説を読んでいないであろう彼女なりに物語を組み立てている。正直、宮子はそこまで熟知しているほど、かのアイドルユニットのファンというわけではないのだが……、なんだか、犬派をアピールしていたら、『わかるー！　保護犬の預かりのボランティアって、一度やったらやめられないよね！』と食いつかれたみたいな気分だ。

「赤ちゃんと言えば、妻壁、セックスが嫌いで嫌いで……、あ、好きな人もいるかもしれないから、あんまりこういうことをはっきり言わないほうがいいのだ」

……上手な組み立てとは言えず、ぽんぽん話が飛んでいるようだが、前衛小説だと思おう。言っている内容も、アイドルとしてはなかなか前衛的だし。アクロバティックな構成は、読み応えがある。リーダビリティが問われている。

「性行為が嫌い……、になるよう、仕向けられたのだ。人のせいにするのはよくないのだけれど、親がいわゆるステージパパ、ステージママで……」

その『いわゆる』なら聞いたことがある。まあいくらなんでも、赤ちゃんの頃から芸能界を志していたということはなかろう。親のマネージメントがあったはずだ。

「二人とも若い頃は役者志望で……、ああ、でも、この辺のエピソードは飛ばしてもいいのだ、きっと」

「いえ、結構興味深いわよ」嫁入がフォローするように言った。「子作りはもちろん、他の家庭の子育ての過程って。そのまま続けて」

確かに、これは母親学級と言うより、グループセラピーのようでもある。アルコール依存症やギャンブル依存症の患者が、己の体験談を語り合うような。

「あー。依存症って言うなら、妻壁はたぶん、セックス依存症なのだ」

都度都度(つどつど)ぎょっとするような用語を挟んでくる。むろん、小説家の道を志してはいないだろうが、聞く者の心をわしづかみにするセンスは、天性のパフォーマーだ。

（天性……、じゃないのか。そう育てられたと言うのなら。後天性……）

嫌いと公言したのに依存症、と言うのは、作話ゆえの矛盾、ではないのだろう。

（わたしもママが嫌いだけれど、ママの娘であることはやめられないものね）

それでいて、嫌いなだけとも言えない複雑性もある。象牙の塔で、あるいは新しい恋人の家で過ごすあの母親はあの母親で、宮子にとって誇らしくもあるのだ。

「大抵のアイドルユニットは、たとえ明言されていなくともそういうものだと思うけれど、『ツインツインツール』は恋愛禁止なのだ。ご法度なのだ。でも、それ以前から妻壁は、家庭でそういう風に教育されたのだ。性教育されたのだ。あらゆる性行為は強姦だと叩き込まれたのだ」

（『強姦』……）

この場に男性がいれば強く抗議するだろうし、女性である宮子からしても、諸手を挙げての賛成はできそうもない教育方針ではある……、アイドルの『恋愛禁止』は一種のビジネスマナーに近いものなのだろうが、妻壁が受けたその性教育はなんとも苛烈だ。

「両親は恋愛でしくじって、俳優をやめることになったからっていうのもあるのだ。妻壁に同じ失敗をしてほしくないと思ったみたいなのだ。しくじったも何も、ふたりがくっついたから、そのおかげで妻壁が産まれたのだけれど……、ただ、妻壁は俳優には向いてなくて……、演技とか発声とかが、もう全然で。両親以上に芽が出なくって、結局、十歳くらいになった頃に、役者からアイドルに転身したのだ」

「……確か、『ツインツインツール』の前身になる『4アリーテール』に、第二期メンバーとして所属したんだっけ？」

確か、なんて言っているが、十代女子の教養として、そこからの活動歴は、宮子はちゃんと把握している。ここは割り切って、話が飛びがちな妻壁の、いい聞き手になることにした。すぐそこに迫っている逆境から、つかの間、逃げるためにも。

「そう。妻壁はいつも二番手」ふいに闇を覗かせてから、「でも、幸い、アイドル界では受け入れてもらえたのだ。その頃にはかなり家庭崩壊しかけてたけれど、どうにか持ち直したのだ。……今から思うと、そのときに崩壊したほうがよかったかも、なのだ」

「……アイドル方向に舵を切ったことで、おうちの教育方針が、より厳格になっちゃったってこと？」

「これ以上なく。アイドルは『女の子』であって『女』であってはならない、まして『雌』など論外だって、両親は事務所で持論を展開して盛り上がっていたのだ。まあこれを言うと愚痴になっちゃうのだ」

愚痴と言うより告発である。

（『雌』って。なんでそこだけ官能小説の文法なんだ）

しかし、たびたび現れる過激な言葉選びには奇妙な真実味があった。作り話は基本的に、己に都合のいい物語になりがちだ。されど妻壁は今、想像力を駆使して、都合のいい物語を練り上げているわけではない。悲劇のヒロインになるつもりもない。少なくともこの段落までは。

（想像力……、想像妊娠）

「だからってわけじゃないんだろうけれど、十歳を過ぎても、十三歳を過ぎても、十五歳を過ぎても、妻壁には第二次性徴が来なかったのだ」

だからってわけじゃないと言うが、だからなんじゃないだろうか。まさしく。自然な性徴を汚らわしいものとして骨の髄まで叩き込まれれば、成長に支障を来すのは当然とも感じる。

精神的にはもちろん、肉体的にも。

「うん……、確かにそうなのだ。妻壁が歳を取っちゃうと、『商品』にならないから、背が伸びないように、おっぱいが膨らまないように、生理が来ないように、両親と事務所が手を尽くしてくれたのだ。あの手この手で。お陰で妻壁は『ツインツインツール』の第二センターまで上り詰めたのだ。感謝してもしきれないのだ」

空虚な感謝だが、しかし完全に皮肉というわけでもないのだろう。そんな纏足みたいな生活が幸福だったはずもないが、それでも、スターとしてちやほやされて、大人から大事にされて、いい思いをしなかったわけではない。ないけれど。

（一人称が自分の名字っていう変な幼稚さも、個性って言うか、アイドル性ってこと？）

「年齢と見た目のズレが、この通り、さすがにちょっと大きくなり過ぎたから、途中からサバを読むことにして。なーんて、サバサバと言ってみたりするのだ」

「妻壁さん、無理に面白くしようとしなくていいよ」

面白くないし。すべてが。

「売り込むためじゃなくて、違和感を隠すためのサバ読み……、そうね、その容姿で二十歳を過ぎているって言われたら、ちょっと……、違和感と言うか……」怖いとさえ言いたげに、嫁入。「今は生理、来てるのよね?」

そうでないと妊娠はできない。はずだ。基本的には。だから、今もってまだ初潮前であるというのならば、妻壁こそが妊娠していない妊婦、まさしく想像妊娠ということになる。

「うん。去年。ようやく。親の目を盗んで、二十歳を前にして。それで……、妻壁、なんて言うか、馬鹿になっちゃったのだ」

「馬鹿になっちゃった?」

親の目を盗んで生理なんて、皮肉にも、生理が早く訪れた少女のような表現ではあるが、馬鹿になっちゃったとは穏やかではない。

「禁欲生活の……、箍(たが)が……、それで、外れちまったって……、ことか?」

奔放な発言のアイドルに対し、ざっくばらんに見える母屋が、逆に言いかたに気を遣いながら質問するというのも妙な図だった。ただ、その仮説自体は『セックス依存症』という発言に繫がるものである。

「うん。妻壁は閃いたのだ」妻壁は頷く。「性行為は駄目でも、生殖行為ならいくらでも許されるんじゃないかって。だって、赤ちゃんは神聖で純粋だって、妻壁は教えられたのだ。まさしく妻壁はそうやって誕生したのだから」

なるほど、閃きだ。馬鹿の閃きだ。コペルニクス的転回の悪用だ。厳格な性教育のゴールは、そんなおぞましい地点なのか？　セックスを嫌悪するよう育てられ、『雌』とやらを感じさせないアイドルであり続けた彼女が、十年近くかけてやっと見つけた突破口ではあったのだろうが……、虐殺は駄目だが戦争はいいと言っているような突破口である。世界平和のために侵略戦争をするような……。

「だから妻壁は、排卵誘発剤を人伝てに入手して、したいって言ってくれる人、全員としたのだ。仕事仲間ともファンとも友達とも親戚とも偉い人とも知らない人とも。なにせこんな身体だから、需要はあんまりないと思っていたのだけれど、結構あったのだ」

その需要はまた別の問題を孕んでいる。孕んでいる、非常に気持ち悪い問題を。第二センターのキャッチフレーズである『ついついみんなに恋しちゃう』の意味合いが、そうなると断然変わってくる。合意の上で、かつ実年齢が十八歳を越えているのなら違法性（性の違法？）はないのだろうが、しかしよくよく思い返してみれば、『排卵誘発剤を人伝てに入手して』の部分が、まあまあの違法だ。

中でも背筋のぞわぞわが止まらないのは、本人がそのことに、後ろめたさや罪障感を、ほとんど抱いていない点だ。話し始めたときに少しはあった緊張感も、もう消えている。慣れたら消える程度の照れ。いくらここがデリバリールームという特殊な密室で、想像妊娠ゲームの最中で、オフレコだと前置きしたとしても、そんなテンションでできる打ち明け話では、まるでないのに。

こんな展開にするつもりはなかったとは言え、妊娠の物語を促したのは宮子だ。だが、たとえ切羽詰まったこの展開でなくっても、妻壁はこの物語を、大した打ち明け話だとは思っていないんじゃないのか……？

そんなただれた性生活が表沙汰になっていないということは、良心的な事務所のパワーがすごいというのもあるかもしれないけれど、妻壁自身は、禁欲という両親の躾にも、恋愛禁止というグループの方針にも、反してはいないつもりなのでは……。

（うまくやっていると言うか……、法の隙間をついていると言うか……、そりゃどんな職業でも、『妊娠禁止』を明文化はできないもんね）

実際は、妊娠したことで仕事から外されることになった咲井のような例もあり、明文化されていないだけとも言えるし、妻壁も妊娠したがゆえにアイドル活動を休止中なのだから、これは本末転倒と言える。

（そう。孕んでいるのは、問題だけじゃない……、そして、入手経路はさておいても、排卵誘発剤……）

妊娠しやすくなる……、のは、そのために使用しているのだから当たり前だ。ご両親の熱心な性教育の成果で、避妊具を知らない。いや、さすがに知ってはいるだろうが。あらゆる性行為が強姦だというのは極論でも、あらゆる性行為の根源が生殖行為であることは、極論ではない。

そして、排卵誘発剤は、二卵性の双子が産まれやすくもする……、んだっけ。副作用で卵子が一度に複数、排卵されやすくなって……、どこまで鵜呑みにしていいのか、男性関係がひっきりなしだったのだとすれば……、関係した時期が重なってたりしたら、それぞれの卵子に、別人の精子が結合することも、理屈としてはありうる？

「じゃあ……、双子ちゃんは父親が違う上に、それが誰かもわからないってことになるのかしら」

ここまでの話をどう受け止めたのか、嫁入がこわごわと確認すると、妻壁は「二十人くらいには絞れてるのだ」と胸を張った。禁欲に抑えつけられていた胸を……、それもまた授乳のためなら、バストアップも許されると考えているのだろうか。

考えているのだろう。あるいは考えていないのだろう。

何も。

「中絶しろって言われたけれど、それだけはできないのだ。だって、中絶したら、その二十人としたのが、性行為になっちゃう。生殖行為じゃなくなっちゃう。妻壁は生まれて初めて、反抗したのだ」

第二次性徴期を迎えたのちに反抗期という順番は、極めて一般的ではあった。彼女の場合、期と期の間に妊娠が挟まっただけで。

「だから妻壁はデリバリールームに入室したのだ。幸せで安全な出産のために。幸せで安全な生殖行為のために」

6

「妻壁ちゃん……、弱ったぜ……、あたいには、そんなエピソードトークを聞かせてもらったお返しにできるような、センセーショナルな物語はねーよ……」

次なる語り手は母屋だった。弱った母屋だった。じゃんけんやくじ引きで順番を決めたわけではなく、妻壁のスキャンダラスな『猥談』から、もっとも早く復帰したのが、彼女だったのだ。

年配の嫁入にとってはより衝撃の強いエピソードだっただろうし、宮子にとっても……、そりゃあ女子校で交わされるえげつない内緒話で訓練されていないわけじゃあなかったのだが、それでも絶句せずにはいられなかった。

もっとも、そうでなくとも、宮子にはまだ準備ができていなかった。自分の妊娠を、どう語るか……、聞きながら対策を練りたかったが、気持ちをごっそり持って行かれた。宮子にとって、決して共感できる話ではなかったのに……、さすが芸能人。動画サイトでも個人でチャンネルを持てそうだ。

「ただ、最初に言っておきてーのは、見た目ほどあたい、つわりに苦しんでるわけじゃねーってこと……、嫁入さん、さっき、あんなに心配してもらったのに、ちゃんと返事できなくてごめんなさい……」

ベッドの上で丸まった、胎児のごとき姿勢のままで、ごめんなさいという謝りかたも、また子供っぽいままだったが、とにかく母屋はそう言った。あの心配は、デリバリールームからの退室を促すためという性格の強いものだっただけに、嫁入はばつの悪そうな顔をした。

ただ、見た目ほど苦しんでいるわけじゃないと言われても説得力はない。そのつわりが偽りでない限りは……、想像妊娠でない限りは。

「想像妊娠じゃねーよ……、あたいの想像力は、めっちゃしょぼい。夢なんか見たことねーし、神様がいるとも、人生にいいことがあるとも思えねえ。でも、本当に平気なんだ……」母屋はゆるゆると首を振った。決して清潔ではない古シーツに、額をこすりつけるような動作だ。「……痛いのは慣れてるから」

「……そのフレーズが決まるのは格闘家だけよ、母屋さん」

「なんで。出産なんて、多かれ少なかれ、絶え間ない痛みの連続だろ。つわりが終わっても診察とか陣痛とか……、さかのぼれば性行為……、生殖行為だって」母屋は妻壁に気遣うように言い替えた。「あたいは痛いだけだったたし、それに、出産そのものが人生最大の痛みだった」

（……『だった』？）

デリバリールームに入室する妊婦は、予選から数えてもみな初産（ういざん）だと、勝手に思い込んでいたけれど、母屋は経産婦なのか？　年齢的には、そうでもまったくおかしくないが……。

「痛かったなあ、あれは……」

まるで恍惚と、いい思い出を語るかのような母屋だったが、本当にそれがいい思い出なら、彼女がここにいるはずがない。今も、絶え間ない痛みの、まっ只中にいるはずがない。嫁入が喪服を着ているのは、最初の子が死産で、喪に服しているから『じゃない』と言っていたけれど、それに類する事情を、実は母屋のほうが有しているのでは？

「痛いは、いや、あたいは、父子家庭で育ってさ……」

面白くしようとしなくていいんだってば。

痛々しくなっている。

「基本的にぼこぼこに殴られながら育って……、ごめんね、さっきの妻壁ちゃんの話のあとで、こんなテンプレートみたいな、普通の虐待の話をしちゃって」

「普通の虐待なんてないのだ」

受けた性教育は滅茶苦茶だったが、それ以外の倫理観にさしたる乱れはないようで、妻壁はそんな私見を述べた。そりゃあ虐待に普通も特別もないし、上下も高低もない。まして肯定など。

「だから……、不幸自慢とかじゃなくて、あたいは殴られまくったから、痛いのは割と平気ってことを言いたくて……、つーか、適当に殴らせとけば、そのうち疲れて大人しくなるから。ごちゃごちゃくだを巻かれるより、そっちのほうが……、打ち疲れっつーのかな……」

また格闘家みたいなことを言っている。そういう目で見れば、母屋は雰囲気的にもボクサーっぽいと言うか……、さっき頭を抱えるようにしていたのは、パンチドランカーみたいな症状だったんじゃないのか？　酔っ払いなのは父親のほうだったようだが、だったら正真正銘、こんな廃病院で丸まっている場合では……。

「でも、今から思うとそれがよくなかったのかなあ……。あたいが大きくなるにつれて、親父の奴、ぼろぼろになっていって……。身長が半分になった感じ？　あたいを殴って、向こうが骨折したり……、まだそんな歳でもねーのに、いつの間にか、あたいより弱くなってた。あたいを殴り過ぎたから。あたいが殴らせ過ぎたから」

それはどうだろう、単純に生活習慣の問題ではないだろうか？　なんでも自分の所為にしてしまうのは虐待された児童の悲しい傾向ではあるものの、『我が子を殴ったら骨折した』は、自業自得以外に言葉がない。

「ぼこぼこからのぼろぼろに……、あ……、ごめん。あんま関係ない話しちゃって。宮子ちゃんが求めてるのは猥談だったよな」

違う。断じて。性に興味津々の女子中学生じゃない。あと、ぼこぼこからのぼろぼろには、シンプルにちょっと面白かった。

「弱くなった親父は鬱陶しいだけだったから……、あたいは家を出て、家持ちの男と付き合うようになったんだけど……、なんか殴る奴ばっかり寄ってくるし、殴る奴ばっかり選んじゃうのよ。なぜかはわからん……、蹴る奴もいたかな。中には」

「……女の子は父親と似た人を好きになるって言うわよね」

極めて空疎に、嫁入が言った。沈黙が辛くなっての、何も言っていないのと同じ合いの手である。

「殴られるのが好きとかあるわけねーじゃん……。一番我慢できるだけ。アホと会話するくらいだったら、怒鳴らせて暴れさせとくほうが楽じゃね?」そう考えることで心を守っているわけではなく、本当にそう信じているらしい母屋は、こう続けた。「エロもそれとおんなじ。痛いだけだから我慢できる。なんなら笑える。こいつ裸で何やってんだって」

賛成したくなってきたな。すべての性行為は強姦であるという妻壁家の教育方針に。

ただ、話を聞き続けているうちに、妻壁にとっての性行為が生殖行為と不可分であったように、母屋にとっては、まるで昔の漫画みたいに、性と暴力が切り離せないほど一体化していることはわかった。

(でも、性と暴力が切り離せなかったら、それってもう性暴力じゃん)

エロと言うなら、エログロと言うべきだ。

「打たれ強いんだよ、あたい。痛みを感じる神経が麻痺してんだ」

前者と後者はぜんぜん違うものだが、ともかく母屋は、早口で、

「で、まあ……。そのうち、普通に妊娠したんだけど……、するわな、そりゃ」

と、決まり悪そうにそう言った。

普通の虐待がないよう、普通の妊娠もまたないと、果たして言ってよいものかどうか

……。

「知ってる？　赤ちゃんってさあ……、おなかの中から、ぼこぼこあたいを殴ってくるんだよ。それがおかしくって……、そんで疲れたら静かになる。赤ちゃんの性別は男の子だったんだけど、男は産まれる前から男って言うか……、どこまで行っても殴られるんだな、あたいって」

おなかの中の赤ちゃんの胎動を、パートナーからのＤＶと同様に捉えてしまう価値観というのは、壮絶である。壮絶妊娠だ。

「んで、外側からも内側からも景気よく殴られ続けて……」

「……ちょっと待って母屋さん」相槌の打ちかたも難しい、デリケートな話題が続いていたが、宮子はそこでストップをかけた。「外側からも内側からも？　その表現は訂正したほうがいいんじゃないかしら。それだとリアリティがなくなって、想像妊娠だと思われちゃうよ？」

助け船を出すのも筋違いかもしれなかったが、宮子は言わずにはいられなかった。

「物語を語るのに慣れていないのはわかるけれど、そういう言いかたをすると、まるでおなかに赤ちゃんがいるときも、パートナーに殴られていたみたいに聞こえるから」

「一言一句、違わずにそう言ったつもりだ」と、母屋。「妊娠中も殴らせてた」

「わかった。でも、殴らせてたっていう言いかたはやめよう。金輪際」とりあえずそれだけ述べて、宮子は念のために、もう一度繰り返す。しつこいと思われてもいいから。「妊娠中も殴られてた？　外側からも？　そんなことをされたら……」

　転ぶどころか、躓（つまず）くことにさえ神経質になる妊娠中に、たとえおなかを殴られたんじゃなくてもだ。なんなら、爪先を踏まれただけだろうと。

「そうよ。妊娠中で免疫力がぐんと下がっているときに怪我でもしたら……」どこまで踏み込んだ質問をしていいのか、計りかねるように言う嫁入。「痛いとかじゃなくて、命にかかわりかねない……」

「痛いとかだったよ。もろに腹パン決められて、赤ちゃんが亡くなったら」自分で言って、母屋は「ん？」と首を傾げた。「亡くなった、じゃねーのかな。自分の子なんだから。死んだ？　天国に旅立った……、無くなった、か？　あー……、そのことを考えると、頭が痛くなるんだよな……、痛い……痛い」

　母屋を見ていられず、宮子は目を逸らした。逸らした先では、妻壁が、引きつったような表情を浮かべていた。テレビ的に言うなら、『このあと大オチが待っているに違いないから、爆笑する準備をしている』みたいな構えだ。

　だが、大オチなどない。既に落ちるところまで落ちている。堕ちるところまで。

「堕胎させようとしたの？　その男は」

「そういうわけでも……、そんな漢字で書くような言葉を頭に浮かべてあたいを殴る奴じゃなかったし。殴るときには、『うおー！』とか『こらー！』とかしか言ってなかったし、思ってなかったし。腫れ物を殴るように、殴ってた。急所を狙う感じだったのかな……、あたいはそういう痛みに慣れていたけれど、赤ちゃんは不慣れだったってわけ……、でもさ、もう臨月も近かったからさあ、死んでいようと、産んであげるしかなかったよ。それがあたいの経験した、初めての出産……」

医学的には出産ではなく死産と言う。しかし、母屋にとっては、それは出産以外の何物でもなかったと言う。

人生最大の痛みだった。

「陣痛促進剤ってのを使ってよー……、痛みを促進させてんだから、我ながら世話ねーや。妻壁ちゃんがセックス依存症なら、あたいは暴力依存症だな」

（間違っても存在を肯定するわけじゃないけれど、女性を殴る男性がいるのは、まあ、いるだろう。いるものをいないとは言えない。強姦みたいな性行為に及ぶ男性もいる。強姦みたいな性行為は強姦だわ。公平に言うなら、女性が男性を虐げる逆DVもある。そんなの、逆でもなんでもない、れっきとしたドメスティックバイオレンスだけれども。ただ……）

い、い、い、

妊婦を殴るってなんだ？　岩石を食べるとか、動物と性交するとか、そんな違和感のある文章だ。一概に比べられたものではあるまいが、産まれたあとの赤ちゃんに危害を加えるよりも、冒瀆的に思える。

「ちゃんと捕まったから心配しないで。ばっちり実刑食らってる。あと何年かは刑務所だ」

嫁入が眉を顰めた。裁きが下されていることに胸を撫で下ろすよりも、そんな男があと何年かで出てくることに、法の限界を感じたのかもしれない。

万死に値するのに。

「万死に値するのはあたいだよ。でも、ニュースとかには、あんまならなかったな……、よくあることなのかな……、あるあるかなー……」母屋は、そんなエピローグを語る。このついでのように。「で、その後、あたいはこうして二度目の妊娠をしたんだけどもさ。懲りもせず学びもせずに、また殴る奴と付き合っちゃったから、慌てて逃げてきたってわけ」

「逃げて……？」

「そう。避難。幸せで安全な出産なんて、あたいは正直、信じてねえ。不幸で危険な出産を、もう経験したから。なんか寄ってくる、なんか寄っていっちゃう、磁石みてーな暴力男から隔離してもらえるなら、それでよかった。懲りもせず、学びもしなかったけれど、でも。この子が男の子なのか女の子なのかは、まだわからないけれど、でも」

殴る蹴るの暴行を加えられるのは。

赤ちゃんからだけで十分だ。

「宮子ちゃんは、ここを追い出されたら死ぬしかないって言ってたし……、妻壁ちゃんは、生き返るためにここに来たって言ってたじゃん？　そんなお手本をなぞって言うなら」

蹲る経産婦は言った。蹲ったまま。疼く胎児の姿勢で。

「あたいはデリバリールームから退室させられたら殺されるんだ。赤ちゃんを。そして心を」

7

「私が喪服を着ているのは他に着る服がないからよ。着のみ着のままのママなのよ。パーティに行くドレスがないシンデレラみたいな意味合いじゃなく、正真正銘、掛け値なく、私はこの一着しか持っていないの。自分の服を」

次は嫁入の番だった。デリバリールームをシェルターとする母屋の物語を受けて、宮子がまごまごしている間に、意を決したように彼女が口を開いたのだった。気品溢れる年配の女性として、決して『猥談』に乗り気ではない風だったが、それでも腹をくくるタイミングが宮子よりも早かったのには、理由があるのだろうか。宮子にはまだ、己の窮状の解決策が、一条も閃いていないというのに。

ただ、語り出した嫁入は、そこで一旦立ち止まるように、「これって、あくまでも想像妊娠の妊婦を特定するための語り合いなのよね？」と、今更のことを訊いてきた。

「想像妊娠ゲームの一環なんだから。つまり……、品性とか、人間性を問う品評会じゃないと考えていいのよね？」

「それはもちろん……」意図を計りかねる質問に、宮子は発案者として答える。猥談トークを発案したつもりはないが、それでも発案者は発案者である。「もしも豊かそうに見えていた嫁入さんが、実際は貧困に苦しんでいたんだとしても、そんなことは、品性や人間性に、まったく関係ないし。むしろそういう階層的な考えかたのほうがよっぽど貧しい……」

　お金持ちだから退室させられても大丈夫だろうという、彼女に向けられた考えかたも、思えば随分階層的ではあったが、ひとまず宮子は自分の考えを述べた。

「富裕層を装うのは自由よ、妊娠を装っているのでなければ。ここは誰かを批難したり、説教をしたりする場じゃない。語らうだけ。診療室だとしても、母親学級だとしても。もちろんデリバリールームだとしても」

「そういう意味じゃなかったけれど、そう言ってもらえると助かるわ」嫁入は頷き、彼女の物語を再開する。喪服の妊婦の物語を。「とは言え、お金持ちを、芯から装っているわけじゃないのよ。蝶よ花よと、銀（しろがね）よ金（こがね）よと、育てられていた時期はあるの」

　ふむ。まあ、彼女のまとうセレブリティな雰囲気は、確かに一朝一夕（いっちょういっせき）で養えるものではないか。それに、一張羅（いっちょうら）であるという喪服が、いいものであることには違いない。宮子の持っている衣服を、クローゼットごと売却しても及びもつかない定価が予想される。

（いっそその着物を売って、ファストファッションを大量に購入すれば……、いえ、もしかして）

「続けてくれ……、貴族が没落した話は好きだ……」

「母屋さんの品性のほうが露わになってどうするのだ」

「貴族ではなかったわ。没落はしたけれど。どこから話したものかしら。宮子さんが聞きたいのは妊娠に至る性行為の部分だけかもしれないけれど、そこに至るまでの枕も必要なのよね」

「わたしが聞きたいのはまさにそこなの。性ではなく、物語性なの」釈明したが、逆にマニアックみたいになってしまった。「どこからでも、お好きなようにお願いするわ」

「私も、不幸自慢をするつもりはないけれども、私が良家の子女で、大切に育てられたのは間違いないわ。何一つ不自由なく」不幸自慢ではなく、ただの自慢をするつもりなのか、嫁入はそう切り出した。「着るものにも不自由はしなかった。……でも、不自由しないのと自由とは違うのよね。性行為と生殖行為くらい違う」

蝶よ花よと言われても。

私は籠の中の鳥だった。手の中かも。

「要するに、本家のお坊ちゃんに差し出す、将来の『お嫁さん』として育てられたのよ。花嫁修業って聞いたことあるかしら、お嬢さんがた？　昭和の時代にはそういう概念があったのよ。令和じゃカジュアルに、婚活って言うそうね」

「花嫁修業……？」

聞いたことのない言葉だ。パパの小説でも、読んだことはない。宮子の中では、『花嫁』と『修業』も、『妊婦』と『暴力』ほどではないが、結びつかなかった。

「料理洗濯掃除といった家事全般に、茶道や華道、舞踊に邦楽、着付けや馬術、変わったところではなぎなたなんてのも。上流のたしなみはひととおり習ったわね」

なぎなたとは。予選でこの人と当たっていたら、宮子はこれ以上は考えられないほど無様に敗退していたわけだ。いや、今も宮子は、敗退の危機から脱していない。次は宮子が語り手となる番なのだから……、だが、品性に欠けると言われても、そんな『お嬢様』がどうして没落したのか、『お嬢さん』としての興味は隠しきれない。

「歩幅までミリ単位で制限される、抑圧された女性の象徴みたいな十代前半を送ったけれど、そんなに不幸だったつもりはないの。『不幸じゃない』も、『幸せ』とは違うものだけれど……、疑問も持たなかった。我が家に限ったハウスルールじゃなくて、お金持ちのおうちの娘は、よりお金持ちのおうちの息子に嫁(とつ)ぐのが幸せというのが常識だったのよ。『内助の功』とか『糟糠(そうこう)の妻』とか言って、夫に、または夫の母に忠実な嫁であることが、栄誉とされる時代だったの」

　歴史の授業を受けているような気分だったが、しかしそれほど昔の時代を語ってはいないし、また、現代にはもう残っていない風習というわけでもない。『花嫁修業』は知らなかったが、伝統ある女子校に通っている中学生として、そんな根強い価値観は知っている。根強く、根深い価値観は。

「そして私は順当に、念願のお嫁さんになった。実家の念願の、ね。当時だから、十六歳で。『お嫁さん』は、『奥さん』になって、そのうち『お母さん』になった。結婚式当日まで顔も知らなかった夫は、なんて言うのか、まあ性豪で……、彼との間には、四人の子供が産まれたわね。幸せではなかったけれど、ええ、どれも名のある総合病院でしっかり管理された、安全な出産だったわ」

やはり馴染みのない『性豪』なんて熟語が登場すればいよいよ『猥談』のくだりで、それこそ官能小説の文体で、艶(なま)めかしい濡れ場が描写されそうではあるが、しかし経産婦であるばかりか、四人産んでいるとなると、出産のベテランと言ってもいい。事実だとしても、その経験があるだけに、新たなる妊娠を『想像』しやすい素地があると、言えなくもないが……。

「女の子が三人と、男の子がひとり。男の子が産まれるまで、出産を続けさせる家庭だったわ」

「せ、戦時中の話なのだ？」

「つい最近よ。なんかほぼブリーダーよね、あの本家。それも時代……、回顧してみると、そうだって逸話。その習わしを強く主張するのが女性である義母や義祖母だっていうのが、今から思うと不思議よね」

（ブリーダー……）

産道ゲームの最中、病室に『毒ガス』が散布されたと思しきタイミングで、嫁入が自分達を『身ごもった野良犬じゃないんだから』と言っていたのは、それも含んでの物言いだったのか？

「義母や義祖母じゃない、実母や実祖母はどう仰っていたのだ？」

妻壁の的外れなのか、それとも事の本質を突いているのか、いまいち区別のつかない質問には、嫁入はふっと笑って、「嫁いだ時点で私は、嫁入家の人間になったから」と言った。

「実家とは切れているようなものよ。あのね、『実家に帰らせてもらいます』って言葉が、単に帰省するって意味じゃなかった頃があるのよ」

「……その四人のきょうだいは」妻壁は挫けず質問を続けた。「今おなかにいる子の、お姉ちゃんやお兄ちゃんってことになるのだ？　妻壁には、大食いキャラの他に、妹アイドルってキャラがあるけれど、実際には一人っ子なのだ」

「この子も一人っ子よ」嫁入は肩を竦めて答えた。『きょうだいが羨(うらや)ましい』みたいなことを言われるのを避けるように、早口でまくしたてた。「三人のお姉ちゃんと一人のお兄ちゃんは、四人ともやけに死んだから。あ、ごめんなさい、嚙んじゃったわね。四人とも焼け死んだから」

嚙んでいなくてもやけに死んでいる。

死んでいる？　四人とも？　じゃあやっぱり、その喪服は……、違う、待て、最後まで聞こう。心の中で死んだというような意味合いかもしれない。その場合、焼け死んだとは言うまいが、親子関係にはいろんなパターンが考えられる。妻壁や母屋の物語からもわかるように。そして宮子の物語からもわかるように。

しかし、四人の焼死はどういう事情だ？　大きな火災があったのか、それとも……。

「お待たせしました、没落編よ」茶化してから、嫁入。「簡単に言うと、夫の親友が事業に失敗したの。親友も、連帯保証人だった夫も、仲良くすべてを失ったわ。家財も、自動車も、コレクションも、コネクションも、名誉も、信頼も……、もちろん、衣服も」

「……衣服も」

「そう。私の場合、残ったのは、この喪服だけ。辛気くさいからって、唯一、取り上げられなかったの。夫も、命までは取られなかったけれど、それ以外のほとんどすべてを取られたという感じなのかしらね。あなた達も連帯保証人にだけはなっちゃ駄目よ。誰にどう頼まれても断って。何を持つべきじゃないかって、親友くらい持つべきじゃないものはないわ。……だからって、根っこである夫の親友を責める気はないんだけれど。その人のお陰でさんざんいい思いもしたわけだし、それに、あの時代は、彼だけじゃなく、みんなが失敗した」

「あ、知ってるのだ。クイズ番組で」妻壁がそれこそ早押しのように膝を叩いた。「バブル崩壊なのだ」

「サブプライムローンよ」嫁入は微笑む。「ブラックマンデーではないわ」

「月末の買い物か何かなのだ?」妻壁が解答権をスルーしてから、「じゃなくて。きょうだい四人が焼け死んだっていうのは、じゃあ、そういう比喩みたいなものなのだ? 一家離散して……」

「離散はしてないの。一家は逆に集中した」

笑みを深くした。

「て言うか、心中だけど。一家心中。深い山の中で、みんなで灯油を浴びて、キャンプファイヤー。せっかく命までは取られなかったのに、その命を薪にして、ぼうぼうと」

え？　と宮子は訝しむ。一家心中という言葉は簡単には飲み込めないくらい衝撃的で、想像妊娠と同じくらい想像が難しくはある。心中……、心の中で死んだ……、しかし、両親が離婚している宮子にとっては、離散のほうが、大いにリアリティがあって、だから確かなことは言えないのだけれど、そんな『火災』があったのであれば、どうして嫁入はここにいる？　パパの小説だったなら、デリバリールームに入室した彼女は、焼け死んだ嫁入細の幽霊という展開に……。

「あ、注1。一家っていうのは、私以外全員って意味。夫と四人の子供、あとは義母や義祖母、義父……、それに飼ってた犬とで、一家心中。犬の分は無理心中だと思うけれど、要するに、私は一家のメンバーに含まれていなかったの」そう言って嫁入は、妻壁のほうを向いた。「さっき、私は嫁入家の人間になったんだからって言ったけれど、向こうの血筋はそうは思っていなかったみたい。夫にとって、四人の我が子は家族でも、二十年連添った私はよそ者だった。所詮外注のブリーダーで、よそ者の、子供を産む係だった」残してもらった喪服が、そんな形で役に立つとは思わなかったけれどね、と嫁入は肩を竦めた。「喪服に袖を通しても、喪に服す気には、ぜんぜんなれなかった。注2。ついでに言うと、山を焼いた損害賠償も、追加で私に残されることになった。よそ者でも、籍は入ったままだったから。文字通り、山のような借金ができたわけ」

お金の問題じゃないと言っていたが、豊かどころか、大借金を背負っている。

「ことが大きくて、相続放棄できなかった。世間体を気にしちゃって……、そういう風に育てられてたし。夫の借金は妻の借金、夫の妻は罪の罪と……、夫の罪は妻の罪と教え込まれたもの」

またも絶妙の噛みかたではある。罪の罪だ。その状況は。

「そこからは莫大な借金を返すことに奔走したわ。奔走しては翻弄されたわ。東奔西走、南翻北弄ね。なにせそれまで、仕事に就いたことなんてなかったから。妻に稼がせるなんて夫の恥だと、前時代的な信念を持っている人だったのよ、前時代の夫だったから」

宮子に言わせれば、まるで先史時代の夫だったが、しかし相部屋の病室での第一印象で、嫁入のことをおよそ労働と縁がなさそうと思ったのは事実である。現代では主婦業も、労働であると認められ始めてはいるものの……、ただ、そこからは嫁入も、外で働かねばならなくなったわけだ。山を焼いたとなると、実家に助けを求めるわけにもいかない『独り身』の女性が、ひとりで働いて返せる額の借金とは思えないが……。

「いいえ、借金はすぐに返済できたのよ。そこまで没落していなくてごめんなさい。と言うのも、子供産み係ならぬお茶くみ係のアルバイトで就職できた信用金庫で、五千万円横領したから」

「……フー」

欧米のリアクションを取ってしまったが。
働いたことのない彼女は、盗みを働いていた。

8

品性や人間性を問う場ではないことを入念に確認していたのは、ここからが待ったなしの本題だったからか。古い時代の犠牲者であることや、家父長制の被害者であることは、経済社会の加害者であることの前振りでしかなかった。

「借金は返せたんだけれど、その後、捕まっちゃって……、刑務所送りになったのよね」

母屋の赤ちゃんを殴り殺したパートナーが刑務所送りになったと聞いたとき、反応していたのはそういうことらしい。『そんな奴は死刑になるべきだ』と思っていたのではなく、『私と一緒だ』と思っていたわけだ。『野良犬』という発言は、むしろ保健所の殺処分からの連想だったのか……。

人を殺したわけでも、赤子を殺したわけでもないが、しかし五千万円の横領は、どこかで誰かが死んでいてもおかしくない額である。デリバリールームに入室するための五十万円だって、宮子は道を外れてまで工面しなければならなかったというのに……、その百倍？

いや、約束は守る。その罪は問わない。問うべきことは他にある。お茶くみ係が五千万円を横領するなんて、どんな大がかりなトリックが使われたのか、ミステリー読みとして心引かれずにはいられないけれど、するべきは推理小説談義ではなく、猥談なのだ。

（それに、ここでこうしているってことは、もう刑期を終えて、償い終えているということなんだし……、不寛容な時代の申し子であっちゃいけないわ）

たとえ喪服が、死んだ子を弔うための喪服でなくとも、香典泥棒のコスチュームであっても……、いや、香典泥棒ではないが。

「嫁入さん。赤ちゃんはどこで身ごもったの？　今の話だと、相手は、亡くなった旦那さんではないのよね？」

「そんながっつかないでよ、宮子さん。性行為に興味が湧くのは仕方ないけれど」若者の興奮をなだめるように言ってから、「家から追い出され、家族から焼け出されたあと、生きていくために、いろんな男性と関係を持ったりしたわ。信用金庫にも、その手で潜り込んだ。……罪悪感がなさそうに見えたらごめんなさい。融資を強引に引き上げることで、夫の親友の事業にとどめをさしてくれた信用金庫のひとつだったから、あんまり悪いと思えなくて」

その開き直りは、ふてぶてしい犯罪者のそれにはなるが、だとすれば、完全な逆恨みとも言えないのだろう。

「死んだ夫に操（みさお）を立てられなかったことについては、罪悪感があるかも。でも仕方ないわよね。生きていくためだし、私は家族の一員じゃなかったんだから。出産要員だったんだから。生きていくために働かなくちゃいけないのは、盗みを働かなくちゃいけないのは、一緒に死なせてくれなかったからなんだから」

「じゃあ……、その『いろんな男性』の中の、誰かの子ってことなのだ？」双子ちゃんの父親の候補を、約二十名まで絞り込んでいる妻壁が言う。「生殖行為……」

「私がしていたのは、生活行為ね。生存行為かも。私は彼らと子供を作るつもりはなかった。正直、子供は、もう懲り懲りだったのよ。子供はって言うか、子供産み係は。命をかけて私が産んでも、どうせ夫の子供でしかないんだから。交わいを楽しんだだけの夫の」

交わいと来た。昭和の語彙は、いちいち強い。

だけど実際には嫁入は妊娠している。それが想像妊娠でなければ……。

「そして私は父親を、一名に特定できているわ。詳細を供述すると、私は五千万円を一気に着服したわけじゃなくって、じっくり時間をかけて、露見しないように小分けにしていたんだけれど、やっぱりそろそろ捕まりそうだなっていうのは、肌で感じるの。取り返しのつかない額に達したことは自分でもわかるし。ここまでの額にする気はなかったというのが本音だったけれど、隠そうとすればするほど、嘘が大きくなっていって……、そうなると、逮捕されたあとのことを考えて、私は弁護士と関係を持つことにしたの」

「関係をって……」母屋が問う。二十代の母屋から見ても、かなり年上にあたる嫁入の経験に、すっかり引き込まれている。「やっぱり、男女関係を？」

「そう。もっと言うと、肉体関係かしら……、私はあくまでお茶くみ係だったけれど、信用金庫の取引先である大手銀行の女性正社員が置いていった名刺を利用して身分証を偽造し、年齢を十歳ほどサバを読んだ上でセレブ向けの会員制マッチングアプリに登録して、男漁(あさ)りを始めたの。いざというときに依頼する弁護士を探すために」

名刺から身分証を偽造とか、犯罪者の資質がえげつない。同じく年齢を偽っている妻壁も、手際の良さに言葉を失っているようだった。十代の頃に前時代の花嫁修業を叩き込まれた、楚々(そそ)としたご婦人に、マッチングアプリは意外と嵌まったわけか。

では、話の流れからして、その弁護士がおなかの子の父親？　しかし、後顧(こうこ)の憂いを解消するにしても、だとしたら、男女の、あるいは肉体の関係を持つだけでいいのでは？子供を作るまでしなくとも……、親子関係。

（それに、それだと刑務所に入る前に妊娠したことになる……、横領罪の刑期がどれくらいかわからないけれど、額が額だけに、一年以下ってことはないんじゃないの？）

「子供は絶対に作らないといけなかった。だって、恋人や妻なんて、所詮は身内じゃない他人なんだから。いざとなったらいつでも切り捨てられるんだから。心の中に含まれていないんだから。妊娠した状態で逮捕されないと、助けてもらえないと思ったの」

いわば胎児を人質に取った状態で逮捕されることで、懸命に弁護してもらおうという戦略らしい……、そりゃこの人、白一色だろうと黒一色だろうと、ジグソーパズルが得意だよ。よくそんなことが思いつくものだ。妊娠の真贋(しんがん)を判じなければならない立場からすれば、『思いつく』ではなく、『嘘をつく』かもしれないが、これぞ『嘘をつくならもっとまともな嘘をつく』だ。ミランダ警告をしたわけじゃないが、己に不利な供述を、この年嵩(としかさ)

の妊婦はあまりにし過ぎている。

「五千万円の金を積んで、敏腕弁護団を組むんじゃ駄目だったのだ？」

「借金の返済でもうほとんど使い切っていたし、それに、お金なんてバブルのように当てにならないのよ。家族の絆だけが信じられる、たとえ私はその絆で結ばれていなくとも、せめてへその緒で繋がっていれば」そこで嫁入は言葉を切った。「と、思っていたわ。と、勘違いしていたわ。と、見誤っていたわ。現実はぜんぜんジグソーパズルじゃない。ピースが倍あった産道ゲームのあれと違って、現実には、ピースがぜんぜん足りなかったわ」

「……自分の子供を妊娠しているからと言って、順番を優先するとか、特に力を入れるとか、弁護士の人は便宜を図ってはくれなかったってことなのだ？」

「そんな職業倫理に則（のっと）った話だったらよかったんだけれど、現実は、予期されていた逮捕後に、意外にも弁護依頼を断られただけ。どころか、おなかの子の認知もしてもらえなかった」

ある意味で、そこは嫁入自身も、叩き込まれた価値観に縛られていたということなのかもしれない。男性は妊娠させた女性に対して、きちんと責任を取るべきだという……、なのに、逮捕された自分はともかく、血をわけた子供まで見捨てるなんて。

「妻を家族と思わない夫は想定していても、子を家族と認めない父親は想定していなかったのよ。本当、没落しても、世間知らずのお嬢様だったわ。結局、国選弁護人がすっごく頑張ってくれて、執行猶予なしの実刑三年が確定したわ。父親のいないおなかの子のことを思うと裁判を長引かせたくなかったし、控訴はしなかった」

ようやく母親らしい発言が出てきた。そんな形で母性に目覚めることも珍しいだろうが……、でも実刑三年は、あんまり頑張ってくれてないような……。

「職も失い、男にも見捨てられ、認知もされず、いったいこのあとどうすればいいのか、私は頭を抱えたわ……、おなかを抱えたわ」

ここだけ聞くと、『シングルマザーあるある』みたいにも聞こえるが、彼女がおなかを抱えたのは刑務所の中だった。

「私は弁護士の子供を身ごもったつもりだったけれど、気が付けば、犯罪者の子供を身ごもっていた。皮肉にも、認知されなかったことで、この子は私の子になってしまったの。私物が喪服一枚の、横領犯の家族に」

親権に関しては、宮子は一家言ある……、宮子も宮子で、一家ではなくなってしまっているが、それでも言いたいことはある。

ただ、今はそれよりも言わなければならないことがあった。

（懲役三年で……、逮捕直前に身ごもっていて……、どう多めに見積もっても、そのおなかは、見る限りは妊娠八ヵ月ってくらいだし……、つまり）

「どうしても中絶する気にはなれなかった。私を除いて一家心中した夫のように、子供を殺したくはなかった。そんな折に、国選弁護人が一通の封筒を持ってきてくれたの。……何の関係もないのに、本当によく働いてくれる。盗みを働いた私と違って、お金の問題じゃなく」

一通の封筒。

どうやら喪服の妊婦の物語が、終わりに近付いているようだ。

「言うまでもなく、デリバリールームへの招待状だったわ。『幸せで安全な出産』を……、そして、『我が子の輝かしい将来』を保証してくれるって書かれていた。私は一も二もなく飛びついたわ……、牢屋の番人のキーホルダーに」

脱出ゲームに挑む以前に。

私は脱獄してここにいるの。

「死ぬしかないわけじゃないし、あれだけの悪さをして、生き返ろうってつもりもない。刑務所に送り返されても、まあ殺されるってことはないでしょう。でも、私はデリバリールームを追い出されたら確実に再逮捕されるわ。離乳食どころか、我が子ともども、罰食生活よ」

9

罪を償わないままここにいる。どころか、罪を重ねてここにいる。秩父佐助の作品を中心に、推理小説をこよなく愛する宮子ではあるが、リアルで、しかも現役の重犯罪者を目の当たりにするのは、妊娠同様、初めての経験だった。

大丈夫、この妊婦は母屋の元パートナーと違って、現パートナーとも違って、暴力犯じゃない。分類するなら知能犯だ。犯罪者ではあっても、危険人物とは違う。

ただし、確かにお金の問題ではなかった。もしもデリバリールームで優勝しても、賞金にお金がもらえるだけでは、『幸せで安全な出産』よりも『お子様の輝かしい将来』にこそ比重を置く彼女の問題は、何も解決しないのだ。獄中出産とて、一概に不幸せとは言わないにせよ、不安であることは間違いなかろう。もっとも、妊婦であるがゆえに、堅牢を誇る本邦の刑務所から、奔放にも脱獄できたと言える……、その理由で警備を甘くはしないだろうけれど、どうしても母体に気を遣わなければならない局面は増えるだろうから。人間が想像できることは必ず実現できる……、実現するとその大半は犯罪になるというだけで。

(とにもかくにも、これでカードは出揃った……、想像妊娠ゲームの)

生殖行為依存症のアイドル、妻壁めしべ。

暴力に慣れたジャージの経産婦、母屋幸美。

古式ゆかしき喪服の犯罪者、嫁入細。

どの妊婦の物語も、固唾(かたず)を飲んで聞き入ってしまうものばかりだったが、しかしこの中の誰かが想像妊娠だとすると……、フィクションとノンフィクションの境目がどこにあるか、真偽を判断するためのポイントは、やはり『都合のよさ』だ。

どんな後ろ向きな人間でも、ネガティブな妄想をしているようでも、自分に都合よく考えてしまうものである。ましてや単なる嘘でなく、自分をも騙す嘘となると……。

水倉りすかをなめんなよ
あいつはこのぼくが『駒』として、
唯一持て余してる女だぜ
時間？
時間なんて概念が
酷く些細な問題なのが、このわたしなの
西尾維新
NISIOISIN
『新本格魔法少女りすか
Illustration
西村キヌ

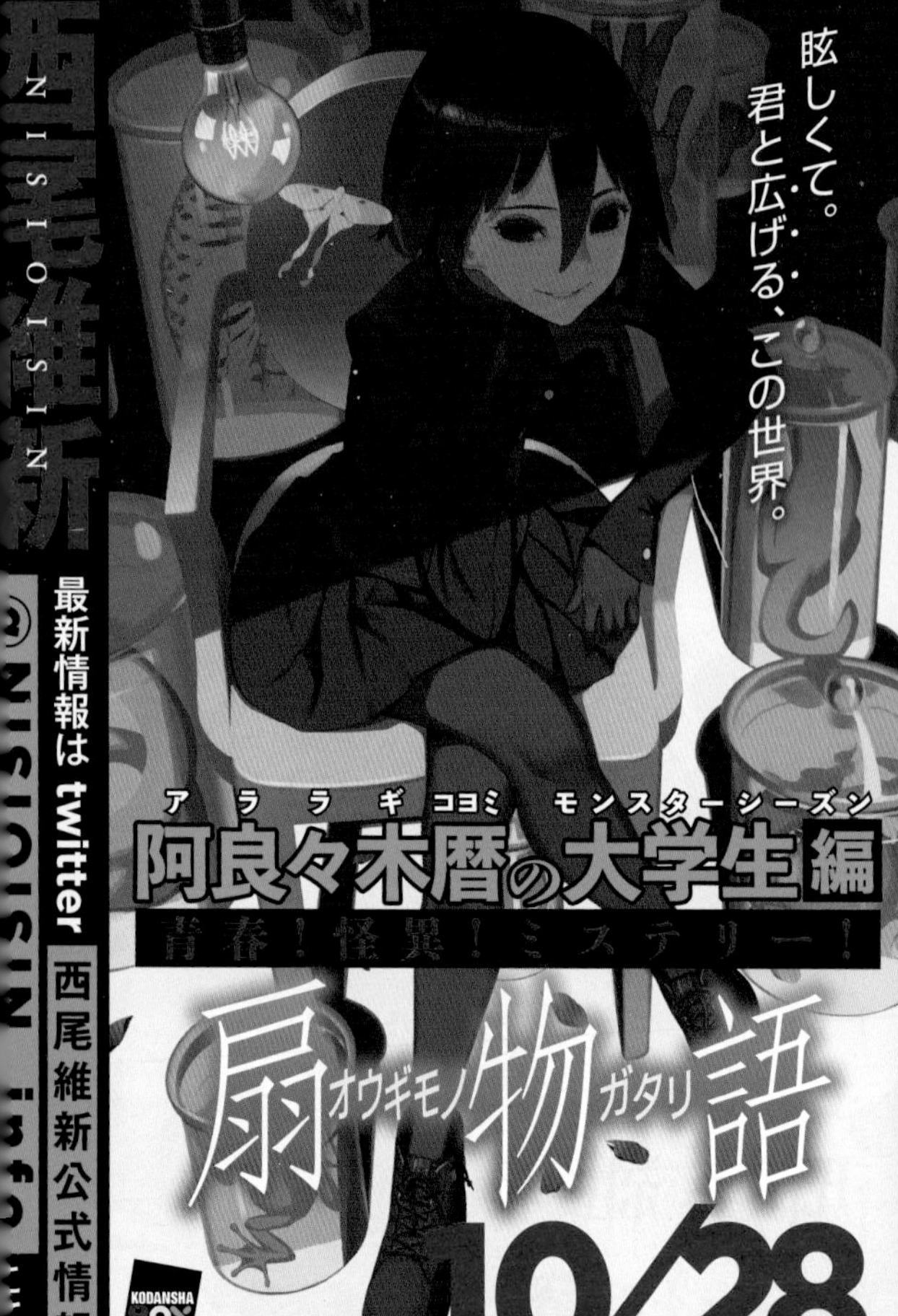

西尾維新
NISIOISIN
最新情報は twitter @NISIOISIN_info
西尾維新公式情報
眩しくて。
君と広げる、この世界。
アララギコヨミ モンスターシーズン
阿良々木暦の大学生編
青春！怪異！ミステリー！
扇物語
オウギモノガタリ
10/28
発売予定
KODANSHA BOX
illustration/VOFAN

稀代のエンターテイナーによる、魔法少女×冒険×推理小説!!

『新本格魔法少女りすか』

講談社文庫より好評発売中

『新本格魔法少女りすか2』

3巻　2020年12月刊行予定

興奮最高潮(ヴォルテージ)!!
物語は圧巻のラストへ――!

最終巻
『新本格魔法少女りすか4』
講談社ノベルスより2020年12月刊行予定

（想像妊娠を、想像ではなく、希望だと考えると……、もっとも怪しまれるのは母屋さん？）

希望妊娠。いくら幼少期より殴られることに慣れていて、男性から殴られることを受け入れていたとしても、無意識ではそれが健全でないことはわかっていたのではないか？　まして、赤ちゃんを一度殺されたとなると……、そんな現状を変化させたいと思っていたのではないか？　だから『二人目の赤ちゃんを妊娠した』と想像することで、シェルターに飛び込む口実を捏造したのでは？　つわりで地獄のように苦しんでいるとは言え、妊娠することで、とりあえず彼女は、一時的にせよ、男性からの暴力からは逃れられたのだから。

だが、同じことは嫁入にも言えなくはない。その企ては手酷く失敗してしまったが、もしもお相手の弁護士先生が彼女の懐胎に責任を感じてくれていたなら、裁判の結果がどうなったかは幅があるとしても、絶望の程度は、もうちょっと浅かったはずなのだ。そのためには、嫁入は前提として妊娠『しなければならず』、けれど妊娠とて、男心と同じで、そうそう計画通りにコントロールできるものではない。高齢ゆえに妊娠しにくいとは、もちろん一概には言えないわけだが……、弁護士の子供を妊娠したいという気持ちが、想像力として働いたとは考えられないか？　結果として、その想像妊娠が、今、彼女を絶望に追い込んでしまっているだけで……、ならば、むしろ彼女自身、『自分が想像妊娠だったらいいのに』と、思っているかもしれない。

妻壁だって、さりとて可能性がないわけではない。一見、妊娠したことによって、彼女のアイドル人生には、非常に『都合の悪いこと』が起きている。だが、なにせ彼女の目的は、禁欲生活の抜け穴としての生殖行為なのだ。誤解を恐れずに言えば、生殖してこその生殖行為である。ユニットの活動に支障を来そうと病気療養させられようと、妊娠しないわけにはいかなかったのだ。そうでなければ、目的が果たせない。

（全員にそれぞれ、合理的な疑いの余地はある……、厄介なのは、全員の妊娠が真実だという可能性もあることだ）

この場にいない、いち早く診療室から出て、期日前投票並の速度で投票を済ませた産越のことを忘れてはならない。この場の全員の物語がノンフィクションであるのならば、産越の妊娠こそが虚構となる消去法。

（筋違いな提案だったかな……、少なくともどの物語にも、目に見える矛盾点は見当たらない。妊娠していない妊婦も出産業スパイも見当たらない……）

「宮子ちゃん」

「ん？」妻壁に呼びかけられて、はっと顔を上げる。「あ、ごめん。聞いてなかった。何？」

「じゃなくて。聞いてないのは妻壁達のほうで。宮子ちゃんの番なのだ。次。最後。猥談」

「あ」

そうだ。そうだった。途中まではまだ考慮、と言うか、苦慮していたのが、終盤で嫁入の衝撃的な語りに持っていかれて、完全に意識から飛んでいた。聞き手に徹するどころか、徹底してしまっていたが、まだ宮子が語っていない。宮子の物語を。

（わたしにとっては、わたしが想像妊娠じゃないのは自明だったから……、でも、三人からここまでの話を聞き出しておいて、わたしだけが沈黙を保つわけにはいかない）

そんな不義理な奴、満場一致で退場させられるに決まっている。たとえ妊娠していようと、情報収集を目的とした出産業スパイだと思われても仕方がない振る舞いである。

（結局、何の対案も、代案もない……、かと言って、ここででっち上げの作り話なんてしたら泥沼だ。わたしがフィクションを語ってどうする）

「そうね。そう気を持たされるとわくわくしちゃうわよね。中学生の女の子の猥談なんて、このご時世じゃなかなか聞けないもの」

「だな……、あたいだって、初めては十八歳過ぎてからだったもん……、清純派だから……」体調が悪いはずの母屋も、ベッドから上半身を起こし、文字通り身を乗り出してきた。「聞きてえ……、十五歳の猥談……、ひょっとしてそれが初めてじゃなかったりする……？」

「妻壁も処女を散らしたのはつい最近なのだ」あけすけなアイドルがあけすけに詰め寄ってくる。「性行為だったのだ？　生殖行為だったのだ？　妻壁は性行為は嫌いだけれど、人の性行為には寛容なのだ」

寛容なのではなく下世話な好奇心だと思う。またはそれも法の抜け穴だ。しかし、まずいまずい。トリとして、三方から過剰な期待を受けている。

（トリはトリでも、コウノトリなんだって……）

「えらく勿体ぶるわね。あんなにずばずばものを言っていた宮子さんが、ここに来て恥ずかしがらないでよ。生娘でもあるまいし」

「その……、猥談はできないの。わたし」

宮子は小説家の娘だ。小説家ではないし、小説家の道を志してもいない。愛読者であって、作者ではない。いや、たとえそうであっても、秩父佐助とも、咲井乃緒とも違った。あんな物語を、立て続けに聞かされたあとで。

嘘はつけなかった。

「生娘だから」

「は？」「は？」「は？」

うん、そういう反応になるよね。

修学旅行のパジャマパーティで、好きな男子を告白し合う中、ひとりだけ『今、好きな子いないのよ』と逃げたみたいな空気だ……、そんな逆境は女子校通いの宮子には縁のないシチュエーションのはずだったのに、まさかのデリバリールームである。処女懐胎を主張するなんて、想像妊娠だと自ら告白しているようなものだ。ある意味、犯人しか知らない秘密の暴露と言ってもいい。そして真実の意味でも、これは秘密の暴露だった。どれだけ真実味に欠けようと、リアリズムの極致だった。

（こんなこと、パパには絶対に言えない）

だけどこの人達になら言える。この人達になら言いたい。それぞれの物語を持つ、同じで違う、妊婦達になら。

「わたし、代理母なの。ママの」

第4室　ベビーシャワーゲーム

1

「おはようございます、宮子さま。昨日(さくじつ)おこなわれましたデリバリールーム二回戦、想像妊娠ゲームの集計が終わり、投票結果が判明いたしましたので、この進道が早朝よりお知らせに参りました」

大統領選挙でもあるまいし、たった五票をとりまとめるのに一晩もかかるわけがないのに、相変わらず進道は大仰な物言いをする。朝一番から礼儀正しいイケメンを拝むというのは悪い気分じゃあないが、その報告は、腹部に保湿クリームを塗り終わってからにして欲しかった。

妊婦四人による猥談トークが終わったあと、宮子は診療室から逃げるように廊下に出て、さっさと投票を済ませた。そして廃病院の廃食堂に用意されていた、嫌になるほど母体に配慮された栄養溢れる夕食を済ませたあと、病室に案内された。一回戦をおこなった相部屋ではなく、個室である。あくまで電気の通っていない廃病院の病室にしてはだが、ベッドも含め、一夜の宿としては、不満のない部屋だった。聞けば他の妊婦にも、それぞれ個室が用意されているらしい。三回戦に向けて英気を養ってくださいませとの、イケメン白衣からのお言葉だった。

昼間に胴長リムジンの中で眠っていたから、寝付けないんじゃないかとも思ったが、案外泥のように熟睡できた。自分のふてぶてしさに恐れ入る……、いや、それだけ疲れていたということかもしれない。

予選の性別当てゲーム、一回戦の産道ゲーム、二回戦の想像妊娠ゲームと、めくるめく連戦だったのだから……、いや、厳密に言うならば、二回戦の想像妊娠ゲームはまだ終わっていない。一晩がかりの集計結果が発表されるまでは……。

「それで？　進道さん。退室者は誰？」

「厳正なる投票の結果、最多得票となった想像妊娠の妊婦さまは、儘宮宮子さま、あなたさまでございました」

「あっそ。だよね」

妊婦さま、宮子さま、あなたさまと、『さま』を三回も続けられては、文句のつけようもない。そしてあまりに予想通りの結果に、ショックはなかった。そりゃそうだろうとしか思えなかった。『実の母親が十五歳の娘の子宮に、いわゆる精子バンクから高額で購入した優秀な遺伝子を己の卵子と結合させた上で着床させた』なんて物語は、実に絵空事めいていた。

（わたしを宮子と名付けたのはパパだったけれど、子宮として使ったのはママだったって点も、まことに嘘っぽいわよね）

「精子バンクから精子を買うって、新しい形の売買春よね。ママはわたしを産むときに子宮を摘出してて、だからパパはわたしを宮子と名付けたんだって」寝起きのストレッチをしながら、宮子は昨夜、三人の妊婦相手にした話を、繰り返す。「卵巣は残してたんだ。だから、若くて健康な子宮を貸してってママに頼まれたら、断れなかったんだよねー」

ただし、ここはちょっと盛っている……、盛っていると言うか、削っている。事実に即すると、『貸して』とは言われていない……、『貸しなさい』でさえ、なかった。

正しくは『返して』。

『ママの子宮を返して』と言われたのだ。

「そのために十五年間、わたしを伸び伸び、健康に育ててくれたんだって。あんな厳格なママが。正規の病院じゃしてくれっこない手術だから、廃病院ですらない闇病院で執刀してもらってね。だから想像妊娠じゃないと思うんだけど……、でも、今となっては、そうだったらいいなって想像するよ。すべてが悪い夢だったらって」

「母屋さまが、パートナーの暴力から逃げるためにデリバリールームに入室なさったように、宮子さまも、母君の支配から逃げるために、入室なさったのですか？」

「そうじゃないとは言えないけれど、わたしはあくまで、『幸せで安全な出産のため』かな」思い直して、過去形で言い直す。「だったかな。娘をそんな風に扱うママの下では、それはできないって感じたから」

代理母が、実母に無断で胎児を誘拐したわけで、デリバリールームから退室すれば、宮子は逮捕されることになるのかもしれない。少年法は、中学生の妊婦を守ってくれるだろうか？　法律の上では出産する代理母こそが『母親』とされるそうだが……、嫁入が脱獄中の犯罪者であることに若干引いてしまったけれど、そういった意味では、宮子も人のことは言えない。

「でもま、帰るしかないよね。脅し取った五十万円も無駄になっちゃったから、パパに合わせる顔がないし。咲井さんにも」

咲井に合わせる顔は、元よりないが。

「しかし結構落ち込むね。かりそめとは言え、仲間だったメンバーからの足切りって」

「でしたら、宮子さま」進道は言った。「ご自身に投票なさったりしなければよかったではありませんか」

「……無記名投票のはずでは？」

「筆跡鑑定をご存知ありませんか？」

知らないわけがない。推理作家の娘だ。だが、見落としていた。左手で書くなりの配慮が必要だった。

「そこまで頭が回らなかったや。勢いで投票しちゃったから……」

「勢いでご自身に？　もちろん反則ではありませんが、想像妊娠者を特定するというゲームの趣旨に完全に反する行為ではございますので、できれば主旨のご説明をいただきたく」

恭しい口調ではあるが、理由を話すまでは、ドアの前からどいてくれそうにない。産道ゲームをもう一度なんて、冗談じゃなかった。ひとりじゃ天井には登れない。足場もなく。

「別に。わたしが退室するのが自然かなって思っただけ。

「予選では、咲井さまとの椅子取りゲームに勝利なさった宮子さまが？」

「今から思えば、予選で譲っていてもよかった。なんのことはない、母親学級のカウンセリングが効果的だったのよ。井の中の蛙が大海を知ったって感じ？　あるいは、おなかの中の胎児が」勢いではあったが、破れかぶれや捨て鉢だったわけじゃない。「当選番号を見るまでもなく、自分が特別じゃないことはわかっていたつもりだけれど、要するに覚悟が足りなかったのよ。この子のために、他の妊婦を押しのける覚悟が。わたしは口だけだった」

強いて敗因を述べるなら、それぞれの事情を、猥談とは言え、物語形式で聞いてしまったのは、ほぼ自爆に近いしくじりだった。聞き入ってしまい、読み込んでしまった。咲井のときと違って、同情まではいかなくとも、感情移入せざるを得なかった。没入せざるを。

「みんなが幸せで安全な出産を迎えてくれたらいいのにって思わされた時点で、わたしの負けなのよ。十代半ばで感情が未熟なところを突いてくるとは、あいつらみんな卑怯者だ。たとえあの猥談の中のひとつが、あるいはすべてがフィクションだったとしても。そうね、すべてがフィクションだったら、一番いいかも」

落ち込むとは言ったものの、意外と晴れやかな気分でもある。少なくとも、もう自分以外の妊婦を蹴落とす必要はなくなったわけだし。デリバリールームから敗退すれば死ぬしかないと思い詰めていたけれど、実際にこうして退室させられてみると、まったくそんな心配は……。

（いや、やっぱり死ぬな。この子を産んで、死ぬしかない）

「で？　このあとわたしはどうなるの？　咲井さんみたいに自宅まで送ってもらえるのかしら。もしよかったら、朝食を食べさせてもらえると嬉しいんだけど。昨日の晩ご飯、シェフを呼ぼうかと思ったわ。くさやってあんなにおいしいのね」

「調理は我々、助産婦チームが腕を揮(ふる)っております。白衣はコックの目印でもありますれば。そう言っていただけると、キッチンに巨大ガスボンベを持ち込んだ甲斐もありました。昨日の夕食当番は逝道が。朝食の当番はこの進道が担当いたしましたので、どうぞご賞味ください」ぺこりとお辞儀をして、「食事を終えられましたら、そのまま三回戦の会場にご案内いたします」

「そう、三回戦の会場に……」ん？　「三回戦の会場に？　なんでわたしが？　最多得票者のわたしは、デリバリールームから退室しなきゃなんでしょ？」

まさか観客役でも務めろと？　リアクション要員？　誰が優勝するにしても、妊婦のデスゲームなんて悪趣味なもの、見たくないんだけれど……。さっきまでまさしくそんな争いに参加しておきながら、ぬけぬけとそう思った宮子だったが、

「いいえいいえ。確かに想像妊娠ゲームの最多得票者は宮子さまでしたが、想像妊娠の出産業スパイは、別の人物でした」

と、進道は上半身を起こして言った。

「産越初冬さまでした。最初に退室し、投票を終えた彼女は、夕食も食べずに自室にこもり、本日未明、首を吊った状態で発見されました」

「首を……、え？　産越さん？」

「はい。女医を希望するという名目で助産婦を遠ざけたのは、妊娠していないことが露見しないための策略だったのでございましょう」進道は淡々と続ける。新聞記事を読み上げるように。「検死の結果、産越さまは懐胎しておられませんでした」

「そ、そうじゃなくって……、首を？」情報が頭に入ってこない。寝起きだからか？

「その首って言うのは……、手首とか足首とか？　産後におっぱいの出をよくするための処置とか？」

「ですから懐胎はしておられませんでした。つまり、亡くなったのはおひとりでです。遺書は発見されませんでしたが、同業他社からのスパイが紛れ込んでいると知られて、観念したのでしょう」

（想像妊娠の物語ではなく、出産業スパイのほうが軸だったの？）

産越は誰にも邪魔をされずに首をくくるために、いち早く退室したと言うのか？　診療室から、デリバリールームから、そしてこの世から。勝負を放棄していないと言っていたのに……。

（懐胎していなかった……、そうと言われたら、そうなんだけど……）

腹部はともかくとして、そもそも一番すらりとした、針金みたいな、言うなら妊婦らしからぬ体型だったし、ベッドの下を這い回るような奇行はもっと妊婦らしくなかったし……、人払いをして、事前に部屋中を捜索するような行為は、スパイらしいと言えなくもない。

言えなくはないが……、それ以上に、何も言えない。

「……本当に自殺なの？　誰かに殺されたんじゃなくって？」

「我々が手を下したとでも？　ありえません。甘藍社は何より生命を重んじる企業風土でございます」黙禱（もくとう）を捧げるように、目を閉じる進道。「産越さまには心よりご冥福をお祈り申し上げます。それはそれとして、想像妊娠の産業スパイが発見されましたので、二回戦の結果はまっさらに無効となりました。宮子さまには、このままデリバリールームの三回戦に参加していただけます」

おめでとうございます、と、死者にご冥福をお祈り申し上げられた直後に言われても、ぜんぜん嬉しくなかった。敗北を受け入れ、もう完全に帰宅するつもりになっていたのに、そう簡単に気持ちを切り替えられないというのもあったけれど、それ以前に、本当に死者が出たという報告に、隠しきれないショックを受けていた。

（デスゲーム……）

厳密にはデリバリールーム内で死者が出たわけじゃない、それに、死んだのも妊婦じゃないと言うのなら……、令室爽彌室長の所信表明が、偽りだったわけじゃない。

（まして、デリバリールームの主催が、スパイだった産越さんを殺したなんて証拠はどこにもない……、ないけれど）

十五歳の宮子はこれまでの人生で、知っている人間の死に遭遇したことはなかった。だからこんなに衝撃を受けているのか？　それとも、ほんのいっときとは言え、仲間として共に戦った人間が、嘘つきのスパイだったことに傷ついているのか？

「どうされますか？　宮子さま」黙りこくってしまった宮子を気遣うように、進道は訊いてきた。「無効化されたとは言え、想像妊娠ゲームで宮子さまが最多得票者だった結果は動かせない事実ですし、三回戦が開始される前の今でしたら、これ以上の入室を辞退することも可能ですが」

「……続けるわよ。入室を」

戦いを。

（そうだ、わたしは責任を感じているんだ）

想像妊娠どころか偽妊婦だったとしても、変人じゃない出産業スパイだったとしても、彼女がデリバリールームの入室者で、宮子もまたそうである以上、その死に無責任ではいられない。

それに、正直、納得いかなかった。

（証拠を突きつけられたわけでもないのに、首をくくる？　たとえあのエキセントリックな振る舞いが、わたし達を欺く（あざむ）ための過剰な演技だったんだとしても……、そんな人か？）

推理小説の愛読者だからというわけではないが、産越初冬の死の真相を突き止めるためにも、ここで退室はできない。ここで退室するのは、本を読むのを途中で止めるようなものだ。切れたと思った蜘蛛の糸を、もう一度つかみ直す。

「本当によろしいのでございますか？」念押しするように言う進道。「今、ここで退室なさったら、宮子さまは守り通せますよ。ご自身が母君の代理母であることを打ち明けた上でも、なおお話しにならなかった、あなたさまの更なる秘密を」

「……秘密なんて守れても、我が子を守れなきゃなんの意味もないわ」ぱしんと両手で、顔を叩く。「よし。頑張ろう。戦闘服（セーラー）に着替えるから出て行って。それとも、助産婦は着替えも手伝ってくれるの？」

「ご所望（しょもう）とあらば」

「出て行け。三回戦の種目は？　わたし達は、どこで何をさせられるのかしら」

「デリバリールーム、三回戦の会場は遊泳室のスイミングプールでございます。なので、朝食後にもう一度お着替えいただく流れになります。戦闘服（セーラー）から、水兵服（セーラー）へ」

「え……？　スイミングプール？　この廃病院にプールがあるの？」

「ウイ。しかも、流れだけに、流れるプールでございます」

マタニティスイミングとは。

まさかの水着回か。スマホゲームの夏イベントか。

ルームはルームでも遊泳室……、とんだ、あるいは飛び込んだ遊興施設。流れるプールだなんて、どうしてこんな廃病院に、そんなゴージャスな施設が……、そんな施設を擁していたからこそ、廃墟と化してしまったとも言えるが。

「知力体力時の運を高め合っていただくこの三回戦で、四名の妊婦さまのうち二名さまに退室していただく取り決めでございます。種目は、プールでおこなわれるだけに、名付けてベビーシャワーゲーム」

「ベビーシャワーゲーム……？」

な……、なんでしたっけ、その楽しそうなの？

2

ベビーシャワーというのが、妊娠にまつわる何らかの用語であることは、なんとなく察しがついたし、仄めかされてみればどこかで聞いたような気もするのだけれど、すぐには思い当たらない。『産道』のように一般的ではなく、また『想像妊娠』のごとく、パパの小説に登場したことのある、地に足の着いた用語でもなさそうだ。そんな心当たりのない概念を主題化したゲームとなると、どういったルールか、これはもう宮子には見当もつかなかった。しかし見当がつかないからと言って、検討しないわけにもいかない……、妊娠手当、もとい、妊婦の手探りでヒントを手繰りよせる。

(流れるプールでおこなわれるゲーム……、知力体力時の運?)

知力と時の運はともかく、体力となるとつわりに苦しむ、ひとりでは立ち上がることもできない母屋が圧倒的に不利だが……、人の心配をしている場合ではない。三回戦での脱落者は四人中二人だと、進道は言った。

全妊婦がチャンスを獲得できるという令室爽彌室長の言葉が、スパイ行為の発覚によって、なし崩し的にすっかり有耶無耶になってしまっているが、元より、そんな口約束を鵜呑みにしてはいない。落胆なんてしてやるものか。落胆と言えば、本来ならば二回戦で脱落していた宮子だ。今現在、デリバリールームでもっとも、後塵を拝している妊婦だと言ってもいい……、巻き返さなければ。

(わたしはわたしに一票を入れたけれど、それだけじゃあ想像妊娠ゲームの得票数一位にはならない。ランダムに投票されたという出産業スパイだった産越さんの票は、当然無効票扱いだとして……、だったらわたし以外にわたしに投票した誰かが、確実にいるわけだし……)

気を引き締めよう。朝ご飯をしっかり食べて、水着に着替えるのだ。パワードレッシングしようにも、さすがにゼッケンの縫い付けられた、学校指定のスクール水着は持ってきていないけれど。

流れるプールは掛け値なく流れるプールだった。さすがに学校のプールよりは小さいけれど、プールというだけでゴージャスだ。遊泳室が屋内ではなく、廃病院の屋上に、ペントハウス的に設置されているのは、たぶん災害時に備えた貯水庫も兼ねているからだろう。イケメン白衣に聞いたところだと、プール全体の水を熱の対流でゆるやかに動かしているそうだ。温水プールと言うか、まあ、大浴場みたいなものなのかもしれない。流れるプールであり、露天風呂であり、ジャグジー風呂なのか？　新しい設備とは思えないけれど、ガス爆発とかしないだろうな？

食事と着替えを終えた宮子が到着したときには、他の妊婦は勢揃いしていた。勢揃いというのは、二回戦、想像妊娠ゲームの敗退者にあたる産越初冬を除いた全員という意味だが……、ともかく、三人の妊婦が、それぞれに違う水着姿で、統一感なく思い思いにゲームの開始を待っていた。

（ちょっと気まずいなあ。お別れパーティまで開いてもらったのに、引っ越しが中止になった転校生みたいな気分）

ちょっとどころではないが……。

自分のことから言うと、宮子がデリバリールームから支給された水着は、ルビーチョコ色のセパレートだった。トップにもアンダーにもレースの大きなフリルが施されていて、自身のセンスでは絶対にセレクトしないフェミニンな水着である。もしもこれが助産婦である進道の見立てであるならば、あいつとは二度と口を利かない。ただし、膨らんだ腹部が解放されて、締めつけられないのは、はっきり言って楽だった。温水プールならば、母体が冷やされる心配もないし。マタニティスイミングという運動は知っていたけれど、スイミングウェアなんてしばらくは着られないと思っていただけに。

ただ、足をプールにつけてぱちゃぱちゃやっている妻壁の水着は、いささか解放感が過剰なようにも窺えた。所属事務所が許可を出したとはとても思えない、グラビアでも見たことのないライトグリーンのビキニスタイルだった。もっとも、双子を宿した彼女の大きなおなかは、セパレートタイプの水着でも収まるものではなかろう。思わずガン見してしまう露出度ではあったが、それでも爽快と言うか、健康的と言うか、品のない印象になっていないのは、さすがアイドルと言える……、そのようにデザインされた育てられかたこそが、彼女がデリバリールーム入りした直接の理由だとしても。ガン見してしまうとは言ったものの、見てはいけないものを見ている気分にもなる。目の遣り場に困る。やはり腹部に目が行くが。

そんな若年層ふたりと比べれば、じっくりと柔軟体操をしている嫁入は大人感に溢れていると言うべきなのだろう、おなかまでしっかりと包む、おしとやかなワンピースの水着だった。まさか喪服に合わせたわけでもあるまいし、また例のジグソーパズルが伏線だったわけでもあるまいが、柄は真っ黒と真っ白のボーダーだ。着物のときにはわからなかったけれど、女性から見て理想的なスタイルをしていると、宮子は感嘆してしまった。花嫁修業のカリキュラムに水泳が組み込まれているかどうかは定かではないけれど、これなら年齢に関係なく、優秀な弁護士を誘惑できて当然とも言える。まあ、その策略には、残念ながら溺れてしまったわけだが……。

そして意外にも、もっとも露出度が低いのは母屋だった。プリン髪をキャビンアテンダントのように結わえた彼女が着用しているのは、スキューバダイビングをするときに着るような、手首、足首までがっちり覆われたウエットスーツだった。分厚い生地でシルエットはすっぽりと完全に覆い隠され、妊婦っぽさが完全に消え失せている。もう二回戦は終わったけれど、もしも今、妊娠していない妊婦に票を投じるならば、このダイバーになるだろう。ご丁寧に手袋やフィンまで装備されていて、酸素ボンベを背負っていないのが不思議なくらいだったが、しかし足を崩してぐったりしている彼女に、そんなものを背負わせたらそのままぺしゃんこに潰れてしまいかねない。

(ただ、こればっかりは母屋さんの助産婦である逝道さんのセンスってわけじゃないんだろうな)

誰が誂えても、母屋の水着はウエットスーツになるかもしれない……、プリン髪をひっつめることで、フェイスラインや首回りがあらわになっていたけれど、そこがどんな水着よりもカラフルだった。赤くなったり青くなったり黒くなったりピンクがかっていたり白かったり……、コンパクトを見ながらお化粧をしていたが、ウォータープルーフのファンデをどれだけ厚塗りしても、暴力の刻み込まれた下地が隠し切れていない。隠すには、シュノーケル付属のゴーグルが必要になるだろう。

顔でそうなのだ。一体全体、全身がどんな色で満たされているか、考えたくもない。

「お待たせいたしました、妊婦さまの皆さま」

さま重ねもさまになってきた、四人のイケメン白衣がプールサイドにずらりと並ぶ。もっとも白衣は脱いでいて、彼らも彼らで、水着に着替えていた。それこそ流れから言うと、彼らのスイムウェアのデザインについても言及すべきなのだが、男性経験がないことが白日の下に晒された宮子が描写するには若干エッジの利いたフォルムだった。そもそも男性の水着が白である必要ってある？　つけ加えると、彼ら四人は水着を着ているというより、筋肉を着ていた。医療従事者は体力が必要だと言うし、普段から自然に鍛えられているのかもしれない……、廃病院の屋上が、まるでボディビル会場だ。もっとも、そんな彼らに目がハートになる女子は、惜しくもここにはいなかった。美形渦巻く芸能界で揉まれてきた妻壁も、男性に見た目よりも能力を、特に刑務所から出してくれる能力を求める嫁入も、冷めたものだ。母屋に至っては、後ずさって、必要以上に距離を置いているくらいだった……、むろん筋肉と暴力は必ず直結するものではないが、しかし筋肉質であればあるほど、暴力がパワーアップするのは確かだ。暴力がパワーアップ……、頭の悪そうな響きではあるが、この場合、頭が悪そうだから怖い。

（痛みには慣れているって言ってた……、恭しい彼らがいきなり殴りかかってくるとは思わないけれど、こんな男性に、こうも野性をむき出しにされたら、わたしでもびびっちゃ

うな）

殴られるのが簡単で楽だというのは、『殴られそう』という恐怖に耐えるよりは、痛みに耐えるほうがまだマシだからなのかもしれない。そう思いつつ、宮子は母屋の視界を遮るような形で彼女の真ん前に座って、壁になった。あとから来て前に座るなんて、ここが劇場なら、身を乗り出して前屈みになるくらいマナー違反の行為だし、壁と言っても、書道の半紙みたいな壁で、何も庇えていないにしろ。

白衣のときにああも甲斐甲斐しく介助していたのに、水着に着替えた途端に手のひらを返して怯えられるのも、助産婦の彼らとしてはさぞかし心外に違いないが、しかしそんな気持ちを表に出すこともなく、

「それではこれより、ベビーシャワーゲームのルール説明に入らせていただきたく存じます」

と、恭しいままに話を続けた。

「しかし、それに先立ちまして、ご存じない妊婦さまも、もしかしたらおられると愚考致しますので、まずはベビーシャワーとは何かを鮮明にさせていただきます」

「はっはっは。ベビーシャワーを知らない妊婦なんているわけがないのだ。ねー、宮子ちゃん」

「え？　あ、うん。うんうん」妻壁からの振りに、『それだよ逝道さん！　わかってるじゃん！』と内心喝采を上げていた宮子は、どうとでも取れるよう、曖昧に頷いた。「だよ

ねだよね。でも一応聞いておこうかな。説明してって言われたら、逆に当たり前過ぎて難しいくらいだから」

しかし、実際のところ、幼少期より華やかな芸能界で生き馬の目を抜いていた妻壁以外は、ベビーシャワーという単語に馴染みがないようだった。そりゃまあ、ベビーシャワーをおこなうような妊婦だったら、デリバリールーム入りはしていない。宮子は沐浴のことかと推察しているくらいだ。だったらそれは出産後にすることでは？　と首を傾げた……、幸せで安全な出産後に。

「端的に申し上げますと、出産を目前に控えた妊婦さまを祝福するパーティでございます。二回戦では、図らずも妊婦さまの皆さまを、疑心暗鬼に陥れるような失態を、我々運営は演じてしまいましたので、三回戦では和気藹々と、楽しいパーティーゲームに興じていただければと愚考致します」

愚考致し過ぎだ、このイケメン白衣。だいたい、宮子のぼんやりとしたうろ覚えの知識に基づけば、ベビーシャワーなら、助産婦の資格云々は関係なく、男子禁制のはずなのだが……、ベビーシャワーゲームでも黒衣として、家具調度扱いということだろうか？

（もっとも、今回は白衣も着ていないブーメランパンツ一枚なので、ポケットにゲームクリアのためのアイテムが隠されているとか、そういう二番煎じはなさそうだ）

もしも四枚の水着の中にアイテムを潜ませているなんて展開が待ち受けているなら、訴訟しよう。そもそも女子中学生にルビーチョコ色のタンキニを誂えている時点で、裁判ものだ。

「男性で言うところの、独身お別れパーティみたいなものなのかしら？」四人の妊婦の中で、唯一、結婚経験のある犯罪未亡人が、そう言った。「花嫁のストッキングを手を使わずに口で脱がせるとか……」

知識が挙式後のガータートスと混じってしまっている。まあ、既婚者とは言っても、嫁入は世代的に、一番ベビーシャワーからは縁遠い妊婦だろう。プールサイドでパーティなんて、絶対にしそうもない成育歴だ。

（あと、あれだっけ？　ベビーシャワーと言えば、何か象徴的なアイテムが……）

「……詳しくはインスタグラムで、ハッシュタグ、ベビーシャワーでお調べください。では、一般的なベビーシャワーについてご理解いただいたところで、我らがベビーシャワーゲームについて」と、そこから先を引き継いだのは近道だった。「皆様、流れるプールのほうをご覧になったまま、お聞きください」

言われて、プールのほうを見る。最初は戸惑ったけれど、こうして慣れて来ると、さっさと入りたくもなってきた。

「皆さま、ガチャはお好きですか？」

（ガチャ？）

プールサイドで聞く用語ではない、特にデリバリールームに課金した妊婦が、と怪訝な気持ちになったが、しかし近道の言わんとする『ガチャ』は、宮子がイメージしたそれではなかったようで、「失礼致しました。正しくはガチャガチャです」と恭しく訂正した。

「中に玩具の入った球体状のカプセルを、ランダムに排出する遊戯台でございます。いわゆる『ガチャ』の語源ですね」

言って近藤は、背後に持っていたそれを取り出した……、ガチャガチャのカプセル。ただし、中に入っているのは玩具やフィギュアではなさそうだ。なんだろう、隙間なくぎっちり詰まった白い布のような……。

「ガチャガチャ……？」ここでは妻壁だけが怪訝そうな顔をした。ベビーシャワーを知っていたのに……。「何なのだ、それは？」

あなたのグッズも出てる奴だよと教えてあげようかと思ったが、思いとどまった。それはそれでプールサイドで聞く用語ではないにせよ、出ていないグッズのない国民的アイドルでも、これからゲームで競わなければならない相手である。そうでなくとも、妻壁が二回戦で、宮子に投票した妊婦かもしれないのだ。

「このカプセルと同じものが、プールの底に大量に転がしてございます。プレイヤーには、まずはプールに潜って、そのカプセルを拾ってきていただきたく」

ん……、それがどうベビーシャワーなのかはまだ繋がらないが、ようやく三回戦の全容が垣間見えてきた。

（小学校の頃に受けたプールの授業でみんながやってた、塩素拾いみたいなものかしら……、プールに潜って、カプセルを一番たくさん集めた妊婦の勝ちってゲーム？）

いや、それならカプセルである意味がない。それこそ底に沈めておくのは、塩素でも何でもよかったはずだ……、つまり、重要なのはカプセルの中身というわけだ。

（白い布……？）

「お察しの通り、カプセルのみではポイントとはなりません。プールサイドに戻られたのちに、カプセル内部に封入されておりますクイズに答えていただき、正解して初めて、1ポイントゲットと相成りましてございます」

案の定である。しかし、クイズと来たか……、知力、体力、時の運を競うゲームというのは、そういう意味だったらしい。プールに潜水し、無事にカプセルをたくさん拾いあげることができても、中に入っているクイズ次第では、ゼロポイントということもありうるということだ。一回や二回の不正解ならまだしも、それが五回連続というようなことがあれば、心が折れる。無駄な体力の消耗……。出題の難易度は、当然、散らしてあるだろうし……、ガチャガチャは知らなくとも、そういうバラエティ的な要素が絡んでくると、一回戦の産道ゲームのときと同じく、妻壁のホームグラウンドになりかねない。あるいは、知力に限れば、人生経験の豊富な、獄中まで知っている嫁入が強いか？　逆に体力面に関して言えば、圧倒的に母屋が不利である。見る限り、昨日と違って、今日は立っていられないほどのつわりはなさそうだが、それでも不利どころか、一度沈んだら、二度とプールから上がって来られないのではないだろうか？

（だけど、そんなあからさまに上下がつくようなルールを設定するかしら？）

「何ポイント獲得すれば勝ち上がり、みたいなことなの？」

「勝ち抜けのポイント数はございません。プールの底からカプセルがなくなった時点で、ゲーム終了のホイッスルが鳴り響きます」言って近道は、首から提げている笛を口に咥えた。そうされると、助産婦ではなく、セーフダイバーみたいだが。「集めたカプセルの数には関係なく、その時点で、所有ポイントの多いチームの勝ち抜けとなりましてございます」

（チーム……？）

チーム戦？　個人戦じゃなく……、また、一回戦のような、全員で協力するタイプのミッションでもなく……。

「はい。ベビーシャワーゲームは、二人の妊婦さま対二人の妊婦さまの、ママ友対決となります」

最高にギスギスしそうな対決の形態を発表すると同時に、近道は示していた一つのカプセルを、手の内で一気に、四つに増やし、五指の間に挟んでみせた。マジシャンの手際である。

「ちなみにカプセルは、皆さまの卵子をイメージしております」余計な裏話を挟んでから、「なので、各々方、まずはこの四つの中から、お好きなカプセルをお選びください。中のおむつにANGELと書かれていればAチーム、BABYと書かれていればBチームでございます」

カプセル内の白い布はおむつらしい。
そうそう。ベビーシャワーと言えば、おむつケーキだった。

3

おむつを問題用紙に使うというのはなんとも酷い悪ふざけのようでいて、このベビーシャワーゲームに限っては、驚くほど理に適っている。なぜならば、水分を吸収するというおむつの当然の特性上、拾ったカプセルをその場で、つまりプール内で確認することができない。圧縮されたおむつを一度取り出せば膨らんでしまって、二度とカプセルには戻せなくなる。問題文の難易度が不明のままにプールサイドに持ち出して、そこで初めてカプセルを開き、ようやく中身を確認できるというわけだ。

「チーム内では、プールに潜ってカプセルを拾って来る係と、プールサイドで待機し、拾って来られたカプセルのクイズに答える係に、役割分担していただきます。体力と知力、どちらがどちらを担当していただいても構いませんし、いつ、どのタイミングで交代していただいても構いません。ただし、ふたり同時に潜ってカプセルを拾い集めること、またはクイズに二人で挑むことは重大な反則とさせていただきます」

なるほど、そうやって有利不利のバランスを取るわけだ。突出したプレイヤーが現れないように、二人一組にしてチーム力を平均化する……、だがそのナイスアイディアには、大きな落とし穴があることを、誰も指摘しなかったのだろうか？

「よ……よろしく……、宮子ちゃん……、知力も体力も、時の運もないけれど、あたい、頑張るから……、恩を返す……、恩を……」

「う、うん……、頑張ろうね」

全力で顔に出さないようにはしたものの、このチームBは、まさしくチームBというような感じだった。なんなら、チームF（FAILED）としてもいいくらいだった。

それに比べてチームAの輝きと来たら。

「よっし！　嫁入さん、カプセル拾いは任せてなのだ！　こういうの、妻壁、バラエティ番組でやったことあるのだ！　TV的に言うなら、チーム『ささめしべ』対チーム『みやこうみ』なのだ！」

「OK、よろしく。もうこの通りの年だし、泳ぎはからっきしだけれど、クイズは得意よ。パズルしか娯楽がなかった頃の更に前の、クイズしか娯楽のなかった時代も、私は生きていたんだから」

勝てる気がしない。

よろしくと言われても、引き続き介護をよろしくと言われた気分だ……、背中にずしりと重くのしかかってくる。ただでさえ腹部が重いというのに。

（いや、前向きに考えれば、このチーム分け、悪いことばかりじゃない……）

そんな小賢しい目算があってここまで彼女を気遣っていたわけじゃないし、ベッドを譲ったり、一番に天井裏へとエスコートしたわけでもないけれど、ある意味ではもっとも、母屋は信頼関係が築けている相手である。恩云々は置いておいても、チームワークには、文字通り、一日の長があるんじゃないか？

（少なくとも、二回戦の想像妊娠ゲームで、母屋さんだけは、わたしに投票したということはないはず……）

　そして役割分担で揉めることのないシンプルさは、考えることが減って助かるとも言える。宮子もそりゃあ、五十メートル自由形の記録保持者というわけじゃあないけれども、この布陣で母屋を、カプセル集め担当に任ずる奴に、クイズの解答を担当する資格はない。知力のかけらも見当たらないし、人間性のかけらも見受けられない。

　選考の余地なく、マタニティスイミングは宮子の担当だ。もちろんつわりに苦しむ母屋に、クイズの連続解答を強いるというのもなかなか厳しい役割分担で、どうやらチームAの解答担当である、知能犯の嫁入と競わせるのは酷ではあるのだが、さはさりながら、勝機が皆無というわけではない。

（ただのクイズじゃ勝ち目はないかもしれないけれど……、たとえ屋上であろうと、このペントハウスがデリバリールームの室内であることに違いはないわけだから）

　ならばクイズのジャンルは、『国語／文学』ではなく、『スポーツ／芸能』でもなく、『アニメ／漫画』でもなく、まして『法律／犯罪』でもなく、『妊娠／出産』に決まっている。知力のなさを自負する、もとい自虐する母屋と言えど、妊婦としてならプロフェッショナル……、とは言わないまでも、ハイアマチュアではあるはずだ。

「チームAの解答者は嫁入さま。チームBの解答者は母屋さまということでよろしいですね？」イケメン白衣のひとり、遥道が言う。「期せずして、経産婦と経産婦の知力対決と相成りましたわけでございますね。どちらの計算が上回るのか、興味深いところでございます」

ジョークとしては上手なのに笑ったら不謹慎みたいな、絶妙なラインを攻めるのも、助産婦に求められる腕前なのだろうか。片方の経産婦は産んだ子供が全員死んでいるし、もう片方の経産婦は死産だと思うと、尚更である。

チームAとチームBは、それぞれプールの両端に陣を構えている……、チームごとにイケメン白衣がひとりずつ配置され（チームAに逝道、チームBに近道という配置だった）、クイズの解答者は彼らにクイズの答を耳打ちするという形だ。このゲームの司会進行のMCが遥道だとして、残るひとりのイケメン、進道は、プールの中で立ち泳ぎをしていた……、いざというときのために、プール監視員の役割を担っているのかとも思ったが、たぶん、監視は監視でも、水中での反則を監視しているのだろう。

ともかく……、宮子が相手取る、カプセル回収担当の妻壁は、着ているビキニのせいもあるだろうけれど、腹部の膨らみが、対岸に離れていてもわかる。

双子の胎児。ニューヨーク・ニューヨーク。

（じゃなくて、二絨毛膜二羊膜）

そうか、バラエティ経験豊富な国民的アイドルだから、こういうプール遊びは慣れたものだと決めつけていたけれど、ふたり分の重みを背負っての水泳は、たとえマタニティスイミングでも、たやすくはないかもしれない。背負ってではなく、腹に抱えてだとしても、正直、水泳のハンデとして赤ちゃんひとりは文字通り重過ぎるとも思うけれど、それを踏まえても、まだチームBの圧倒的な逆アドバンテージは揺るがない。

「質問……、選道さん」宮子は少しでも勝率を増やすための挙手をした。「プールの底には、カプセルは何個転がされているの？　つまり、クイズの総数は？」

「先程申し上げました通り、カプセルは卵子の比喩でございますので、その総数には個人差がございます。ですので、ざっくり感覚でつかんでいただければ」

　妊婦からの質問に、選道はようやく助産婦っぽい答を返してくる。答になっていないのが困りものだが……、ざっくりって。要するに問題の総数は非公表か。まあこういうゲーム形式にする以上、十問や二十問ということはあるまい。

「一回の潜水で拾うカプセルは、ひとつじゃなくてもいいのよね？　両手で二個でも、胸に挟んで三個でも、持てるだけ持って、自陣に戻ってきていいのよね？」

「もちろんでございます。一度に持ち帰るカプセルの数に制限はございません。しかし僭越ながら、宮子さまのお胸にカプセルは挟めないかと」

「抹殺してやろうか」

　成長期だから、それにこれから出産後の授乳の準備があるからバストはサイズアップするんだよ。

出産後なんて人生が、宮子にあれば。

しかし、これで方針は定まった。宮子ができる限り多くのカプセルをかき集めて、相対的に妻壁が拾うカプセルの数をできる限り少なくする……、さすれば、たとえ嫁入の正答率が百パーセントでも、得られるポイントは最小限に絞れる。一方の母屋には、宮子が収集した大量のカプセルの中から、解ける問題だけを解いてもらう……、正答率がたとえ五十パーセントでも、これなら勝負になる。

言葉にすると作戦でもなんでもない、スタンダードを通り越して、極めて凡庸なプレイスタイルでしかないが、いっそ作戦名でもつけて己を鼓舞しないと、不利過ぎてやっていられない。

名付けてブルーオーシャンプラン。

マタニティブルーオーシャンって感じだが。

4

Q・『吸啜反射』。なんと読む？

Q・七五三。一般に、男女ともに祝うのは何歳のとき？

Q・二〇一〇年の日本の出生率は？

Q・大安吉日に出産することを『安産』と言う。○か×か。

Q・ベビーカーの商品名を三つ述べよ。

Q・次のうち、卵でないものをすべて選べ。①イクラ②キャビア③白子④トンブリ⑤トリュフ

Q・『逆子』を、五十字以内で説明せよ。

Q・産休を保証する法律は、男女雇用機会均等法である。○か×か。

Q・『たまごクラブ』『ひよこクラブ』の出版社は？

Q・『搾乳器』は、何をする道具？

Q・一般に妊娠何日目のことを、予定日と言う？

Q・生後一年の赤ちゃんに餅を背負わせて歩かせる行事をなんという？

Q・『赤子泣いても蓋取るな』。何を調理中？

Q・オスが卵を温める南極のペンギンは、○○○○ペンギン。○に入る言葉を答えよ。

Q・葉酸が含まれている野菜を三つ述べよ。

Q・ドラえもんの誕生日は西暦何年何月何日？

Q・VBAC。何の略？

Q・法律上、離婚後何日までに出産された赤子は、前夫との子供だと見なされる？

Q・『グッドラック・チャーリー』は、家族全員で映画を撮影するドラマである。○か×か。

Q・『赤ちゃん』は、なぜ『赤』？

Q・『妊婦』を英語で言うと？　綴り（つづ）まで答えよ。

Q・ミュージカル『マンマ・ミーア！』で登場する父親候補は何人？

Q・マタニティマークを描け。

Q・赤ちゃんの名前に使って良いのは、常用漢字のみである。○か×か。

Q・双子の芸能人を、三組挙げよ。

Q・『首が据わる』とは、具体的にどういう状態を指す？

Q・出産シーンが描かれた、『○○○○○○プリキュア』。○に入る言葉を正確に答えよ。

Q・有袋類の動物を三つ述べよ。

Q・離乳食のレシピをひとつ述べよ。

Q・飲酒・喫煙は母体に良い。○か×か。

Q・鬼子母神が手に持つ果物は？　①バナナ②りんご③ザクロ④パイナップル

Q・日本では、子供をチャイルドシートに乗せなくてはならないのは何歳まで？

Q・ラマーズ法は、フランスの法律である。○か×か。

Q・ハリー・ポッターが、赤子の頃に預けられたマグルの家のファーストネームは？

Q・『副乳』を五十字以内で説明せよ。

Q・赤ちゃんの性別が判明するのは一般に妊娠何週目頃？

Q・『ほにゅうびん』を漢字で書け。

Q・妊娠五ヵ月目に岩田帯を締めるのは『○の日』。○に入る動物は？

Q・父子健康手帳もある。○か×か。

Q・『赤毛のアン』の主人公アンは、『アンの娘リラ』までに、何人の子供を儲けた？

Q・石ノ森章太郎作品『サイボーグ009』。ロシアの赤ちゃんはサイボーグ00何号？

Q・『鉄腕アトム』に登場するアトムの誕生日は西暦何年何月何日？

Q・『胎嚢』。なんと読む？

Q・『妊婦』をフランス語で言うと？　綴りまで答えよ。

Q・『おしるし』を四十字以内で説明せよ。

Q・妊娠すると免疫力が上がる。◯か×か。

Q・出生届は出産後何日以内に提出しなければならない？

Q・『HAPPY BIRTHDAY TO YOU』を自分に歌え。

Q・『保活』は何の略？

Q・妊娠検査薬は体温計にもなる。◯か×か。

5

イケメン白衣が卵子にたとえたのは、必ずしもその場限りの気の利いたウィットではなかったようで、宮子が意を決してプールに潜ってみると、思いのほか大量のカプセルが底には転がっていた。十個や二十個ではなかろうと予想したけれど、足の踏み場がないほどにカプセルが犇めいていているとは驚きだった。流れるプールの底で、生き物のように。

十や二十じゃないどころか、百や二百でもない。

(個人差はあるにしても、確か女性が排卵する一生分の卵子の数が、平均で四百個前後なんだっけ……?)

要するに人生で最大四百回の生理が来るわけで、たぶんこのプールと、ベビーシャワーゲームのルールは、それを模している。四百個の卵、つまり全四百問。もうこの時点で、できるだけ多くの問題文を宮子が独占し、チームAの妻壁に、なるべくカプセルを渡さないという作戦は破綻したと言える。問題文が多過ぎて、これじゃあ独り占めのしようがない。ケーキ切り分け理論の出番もない。

もちろん、確かに宮子のサイズでは、カプセルを胸の谷間に挟むことは難しいけれど、複数のカプセルを両腕で、胸に抱えることはできる。腹部の膨らみの分の制限があるし、あまり欲張ると、バランスが崩れ、流れるプールに流されてしまって、思い通りにまっすぐ泳ぐことが難しくなるので、一度に運べるカプセルの個数は、十五個が限度だった。それ以上、プールサイドまで運ぼうとしても取りこぼす……、カプセルも水底でじっとしていないから、決してつかみ取りがしやすくはない。横目で窺う限り、双子を宿した、それにただでさえ身体の小さい妻壁は、一度に運べるカプセルの数が、十個かそれ以下のようだけれど、それでもこのベビーシャワーゲーム、パイが大き過ぎて、そこでの競争が生じない。『相手より多くカプセルを集める』はできても『相手の分まで集める』はできない……、皮肉にも、ブルーオーシャンプランという作戦名が、嫌になるほど嵌まってしまった。

妻壁よりも多くカプセルを集められるのならば、前半戦はチームBに軍配が上がると言えなくもないが、しかし本当の問題は、後半戦にあった。

本当の設問は。

知力、体力、時の運が問われるベビーシャワーゲームの、知力の部分である……、宮子がここまで拾い集めたカプセルに封入されていた、圧縮されて詰め込まれていた紙おむつに記された、数々の問題。プールサイドとプールの底をせっせと往復して運搬した、ここまで五十問の問題用紙、もとい、問題おむつ。それに挑んだ母屋が、果たして、何ポイントゲットしたか？

ゼロである。ゼロポイントだ。

五十問のうち難問の何問かがゼロポイントだったわけではなく、驚くなかれ、母屋はすべてのクイズを間違えた。

「ごめん……、宮子ちゃん……、あたい、学がないから……」

「大丈夫、大丈夫。でもちょっと考えるわ」言って宮子は子宮に見立てられた水中からよじ登り、プールサイドで項垂(うなだ)れる母屋の隣に座った。「わたしも休みたいし」

ただでさえプールサイドとプールの底の行ったり来たりは、マタニティスイミングではありえないハードさなのに、あれだけ泳いで成果がゼロというのは、精神的疲労が甚大だ。

確かに母屋は、考えるのが得意とか、考えるのが好きとか、あるいは宮子みたいに、得手不得手は別として、考えずにはいられないタイプじゃないとは思っていたけれど、ここまでとは……。

（むしろ考えることを放棄して生きていたんだっけ……、相手と対話するより殴られるほうが楽だって……）

合理的とは言えないが、無知に徹する。受忍の処世術。

「こ……、交代しようか。あたいが泳いで、カプセルを取ってくるから……、宮子ちゃんがクイズに答えて……」

「それはない」

いくらフィンを装着していようと、ダイバースタイルであろうと、つわりの妊婦への気遣いを差し引いても、ありえない選択肢だ。母屋が潜水中に倒れたら、イケメン白衣のライフセーブが期待できない以上、宮子が救助に行くしかない。すると、ふたりがプールに入る形になるので、その時点でゲームオーバーだ。

（それに……、ゼロ正答っていうのは想定外にしても、わたしだって、ここまでの全部のクイズが解けるわけじゃない）

それも予想していたことではあるけれど、クイズの難易度に相当の幅がある。逆に引っかけ問題じゃないのかと思うほどに簡単なクイズもあれば（『妊娠検査薬は体温計にもなる。○か×か？』）、東大出のクイズ王でもないと答えられないようなクイズもある（『二〇一〇年の日本の出生率は？』）。実際に挑んだわけでもないのにこんなことを言うのはフェアではないけれど、もしも宮子が解答者だったとしても、得られたのは30〜35ポイントと言ったところじゃないだろうか？

翻って、チームAである。

なにせ、文字通りの対岸なので、嫁入がいったい、どのくらいの正答率で、これまで何ポイントゲットしているかは定かではない。その必要もないのにゲーム性を増やすためだろうか、各チームの得点は、ゲーム終了まで明かされないことになっているのだ……、変なこだわり。だが、それでも、伝わってくる雰囲気というのはあるものだ。

少なくともチームBのように、沈滞した空気は伝播して来ない……、国民的アイドルの妻壁めしべと香典泥棒（イメージ）の嫁入細、世代の違いもあって、そんなに仲のいい印象のあったふたりでもないのに、グータッチなんてしているんだもの。グータッチって、かなりテンションが上がらないとしないだろう？　二回戦の想像妊娠ゲームのさなかには、一瞬ぴりっとしていた癖に……。

（全問正解ってことはないにしても……、正答率、八割って感じ？　妻壁さんのカプセル集めのペースが、だいたいわたしの三分の二だとして……、三十三問かける〇・八で、現在チームAは、26ポイントくらい？）

26対0。

笑うしかない大差だ。計算するんじゃなかった。野球どころか、サッカーだってコールド負けになるんじゃないかと思うくらいの……、チームBABY、赤ちゃん扱いである。だが一方で、まだぎりぎり、逆転の可能性がないわけでもない。

カプセルの総数が四百個という宮子の概算が正しいとしたら、それでもまだ、相当数の卵子が、プール内には残されているのだから。あくまで数字の上での勝機が残されているというだけでしかないが……。

（泳ぎという体力勝負では、多胎妊娠じゃないわたしのほうに、一応の分があった……、知力では完全に負けている。じゃあ、残るは時の運……、わたしが残りのカプセル、すべてで易問をピックアップできれば……）

だが、クイズの選別をさせないために、問題用紙に紙おむつが使用されていることは自明である。それに、妊娠検査薬と体温計の区別がつかない母屋には、たとえどんなに幸運に幸運が重なっても、全問正解なんて望むべくもなかろう。九割、いや、せめて八割の正答率を実現するためには……！

（考えろ……！　わたしがパパの小説の登場人物だったら……！）

「なあ……もう、やめねーか？　宮子ちゃん……」と、母屋が言った。「考えるの、もう」

「……はい？」

「こうしている間にも、向こうは着々と得点を重ねてるし……、勝てっこねーだろ。あたいはいいけど……、痛いのは慣れてるけれど、宮子ちゃんはこんなフルボッコ……、プライド的に、耐えがたいんじゃねーの？」

五十問連続でクイズを間違えた母屋から提示された、リタイア、ギブアップという、とても賢明な選択肢に、宮子は一気に我に返った。わたしはいったい何をやってるんだ？　と、素になった。クラスメイトが授業を受けている時間帯に、廃病院の屋上の流れるプールで、プールの底に並べられた紙おむつガチャに挑んでいるなんて、どう考えても正気じゃない。プールからはとっくに上がっているのに、今になってようやく、水から顔を起こし、呼吸ができたような気分だった。

「ねえ、母屋さん」だからわかった。わかっていなかったことが。「もしかして、わざと負けようとしてる？」

「え……」

「二回戦の想像妊娠ゲームで、わたしに投票したのって、あなた？」

6

もちろんもっと早く気付くべきだった。クイズ五十問、全問不正解なんてかなり不自然だということには……、だが、決してありえない結果ではなかった。妊婦だからと言って、妊娠・出産、あるいは育児に関する知識が万全かと言えば、そうじゃないからデリバリールームに入っていると言い返すしかないのだから。だが、宮子がピックアップした五十問の中には、少なからず○×問題が含まれている。宮子が覚えている限り、九問。予選でやった性別当てゲームじゃないが、○×問題ならば正解率は五割……、逆に、九問の二択をすべて外すほうが難しいはずだ。五百十二分の一？　所詮それも確率の話で、外す人間は、迷った末に二択を外し続けるわけだし、また、クイズをわざと外すプレイヤーなどいるわけがないという常識が、宮子の前に立ちはだかった。

プレイを混ぜっ返すトリックスターの存在は産道ゲームでも匂わされていたし、想像妊娠ゲームで自身に投票したのは、他ならぬ宮子だというのに……、しかしそれとて、自分の票だけでは、得票数一位にはならない。誰か他にも、宮子に投票した妊婦がいる。

誰か。

「あたい……じゃねーよ」

否定の言葉ではあったが、態度はそれより雄弁だった。だが、どうして？　所詮は宮子が甘かっただけか？　チームの総合力では劣っていても、チームワークでだけは戦えるなどと考えていたなんて……。

「あたい……じゃねえ」と、母屋は繰り返した。そして、それは実のところ、否定の言葉ではなかった。「あたい、だけじゃ」

「え？　なんて？」

「あたい達、三人……、あたいと、妻壁ちゃんと、嫁入さん……、全員、宮子ちゃんに投票した」

「……わお」

想定を越えるショッキングな真相が飛び込んできた。プールサイドだけに。いや、プールサイドじゃなくてもだ。これは聞きたくなかった。藪の中だった無記名投票の結果だったが、宮子としたことが、つついて蛇を出してしまった。

見れば、チームAの妻壁と嫁入は、休憩なしでプレイを続けている。遠目にも絶好調という感じで、両チームの開いている差は五十メートルプールくらいありそうだが……、向こうからはこちらはどう見えているのだろう？　ふたり並んで座り込んで、インターバルと言うよりは、勝負を投げたように見えるだろうか？

「昨日……、猥談を終えた宮子ちゃんが診療室を出たあと……、部屋に残ったあたい達、三人で話し合って……、宮子ちゃんに、退室してもらおうって、決めて……」

「そ、そうなんだ。へー」反射的に平静を装ってしまう。「ま、まあ、そんなこともあるんじゃないかと冷静に想定してはいたけれど……、で、でもどうして？」

危うく、あんなに尽くしたのにというような、みっともない台詞を言ってしまうところだった。母屋のために、チームのために……、自分自身に投票さえしたのに？　言いたくも聞きたくもない。パパの小説の登場人物なら、絶対にそんな泣き言は言わない。

「はっ！　しまった、そうか！　産道ゲームでも想像妊娠ゲームでも、わたしが優秀であることを隠し切れていなかった！　強力なライバルであるわたしを、今のうちによってたかって……」

「じゃない」どうにか自尊心を保とうとする宮子に、母屋は明確に首を振った。「宮子ちゃんをライバルだと思っている妊婦なんていなかった」

「そ、そんな言いかた……？　とどめ？　死体蹴り？」啞然。「蹴ってるの、死体じゃなくて、妊婦だよ？」

いつかの産越ではないが、意図せず五・七・五の川柳を詠んでしまった宮子に（妊婦は季語かな？）、

「あたい達、宮子ちゃんを、思ってた」

と、母屋は言った。

崩し気味の返歌だ。川柳にも返歌ってあるんだっけ？

「宮子ちゃんの身体を。母体を」

「…………」まだぴんと来てない。いいことを言われているっぽいが。「続けて」

「だから……、その……、宮子ちゃんに退室してほしかったんじゃなくて……」自らを学がないという母屋は、それでも言葉を選ぶようにした。「三人で話し合った結果、中座した宮子ちゃんは中絶するのがいいって結論に……」

中座したという理由で中絶しろと？　嘘でしょ？　内気なクラスメイトが気にするところの、『お手洗いとかで席を立つと、その間に私の悪口言われそうで怖い』が、まさか理に適っていようとは……。

「たとえ……、デリバリールームの果てに、どんなに『幸せで安全な出産』が用意されているとしても、宮子ちゃんは中絶したほうが、幸せで安全なんじゃないかって」

「幸せで……、安全」

「宮子ちゃんの猥談を疑ったわけじゃない。むしろ、信じた。あたい達は完全に」と、母

屋。「意に染まず、母親の代理母にさせられるなんて、間違ってるよ。あたいは、母親はいないけれど……、知らない男との子供を、娘に産ませるなんて、母親のやることじゃねえ。嫁入さんは怒ってたよ……、そんなの、犯罪的だって」

犯罪者に言われちゃ、ママもおしまいだ。

宮子が言葉を失っていると、

「まして宮子ちゃんは、まだ十五歳なのに。そう思ったから、母親の庇護下から離れて、宮子ちゃんはデリバリールームに入ったんだろ？　でも……、だったら、産まないという選択肢はあるべきだ」

と、母屋はそう続けた。

「望まない妊娠なんて、ただの婦人病だ。治療すべきだ」

「………………」

妊娠は病気ではない。ないながら。

「たとえば妻壁ちゃんに、その選択肢はねえよな……、あの子は、自分がしたのが、性行為じゃなくて生殖行為だって思うことで、精神の均衡を保ってるんだもん。望んでの双子ちゃんなのに、堕胎はアイデンティティを崩壊させかねねえよ」母屋は顔を起こし、今まさにプールの底を目指して潜った、ビキニ姿のツインテールを見つつ、そう言った。そして視線を上げ、プールサイドでアイドルを見送る、脱獄犯の妊婦に目を移す。「嫁入さんは……、デリバリールームから出たら逮捕される……、当初の目論見からは反しても、結局あの人は、おなかの子に守られているようなもんだ。だけど、宮子ちゃんは？　デリバリールームの最後のひとりになるよりも、一日でも、一時間でも早く退室して、考え直したほうがいい……、考えるのをやめて、婦人病を治したほうがいい」

宮子もまた、もう妊娠六ヵ月を過ぎて、中絶できる期間は過ぎている。しかしそんな反論ができる段階も、また過ぎているのだろう。一日でも、一時間でも早くというのは、要するに、多少の時差は強引に誤魔化してでも、正規の医者にかかって堕胎するべきだと、母屋は、そして妻壁や嫁入も、勧めているのだ。

妊婦達から処女へのアドバイス。それはそれで倫理を逸脱している。どんな経緯で宿した子であれおなかの赤ちゃんに罪はないんだから、絶対に産むべきだ、みたいなことは誰ひとり言ってこない。

堕ろさせるための組織票。

単に嫌われて、村八分にされて票が集まったのよりも、胸に刺さる投票理由だった。カプセルを挟めるほど胸が大きければ、ショックアブソーバーになったのだろうか、いいや、そうは思えない。

（パパでさえ、中絶しろとは言わなかったのにね……）

それは、『堕ろせなんて言わないでよね』と、宮子が先手を打って釘を刺したからだし、また宮子が、ママに強制される形での代理母だと教えなかったからという事情もあるのだが、しかし、まさか自己投票も含めて、全会一致でデリバリールームから退室させられようとしていたとは……、なんだ、わたしの自己投票なんて、いらなかったんじゃないか。もしも産越が出産業スパイでなければ、それに観念して首を吊っていなければ、文句なしに宮子はここにいない。総意で。

はっきり言えば、余計なお世話だ。余計なお世話でしかない。宮子の気持ちを無視している。気持ちを、それに見解を。ただそれも無理はない。母屋も、妻壁も、嫁入も、パパ同様に、すべてを知っているわけではないのだから。宮子があくまで、彼女達の物語の、ほんの一部を流し読みしたに過ぎないのと同じように。

だけど言うべきだったのだろう。はっきり言うなら、それをはっきり言うべきだった。

誰がなんと言おうと、デリバリールームから追い出されようと、ありえない仮定だけれども、たとえ今更ママが翻意しようと、わたしはこの子を産むのだと。産み、育(はぐく)み、幸せにするのだと……、ひとりでも。

わたしは十五歳。半強制的代理母。

不幸で危険かもしれない。

だけど堕ろさない。この子を。そして降りない。ベビーシャワーゲームから。もう二度と中座はしない。デリバリールームから。

「……母屋さんは?」

「ん……、なに?」

「母屋さんは、どうなの? 妻壁さんや嫁入さんの理屈は、今聞いたけれど……、母屋さんは、その子を産むつもりなんでしょ？　理屈じゃなく」

「……あ、ごめん」母屋は一瞬、きょとんとした表情を浮かべて、そう頭を下げた。痣（あざ）だらけの顔に、きょとんとした表情を浮かべて。「考えなかった。自分のことは」

「でしょうね」

　ふてぶてしくもデリバリールームに居残った宮子を、三回戦でも引き続き退室させようと、母屋は己を殺した。選道の発言に依（よ）るならば、この経産婦は、自分を計算しなかった……、クイズに徹底して正解せず、全問、間違えてみせた。その結果、母屋自身も、退室を強いられることになるというのに……。

（この恩は必ず返す、か）

「そこまで話し合ってないでしょ。妻壁さんや嫁入さんと」

　誰も三回戦が、チーム戦であるとは思っていなかったはずだ。自己の出産を犠牲にしてまで宮子を退室させるべきだとまで、妊婦達が考えたはずがない……、母屋以外は。

（母屋さんも考えたわけじゃないんだ……、考えない、この人は、とことん、不合理なまでに）

　自分のことを。

「だけど、その子のことは考えてあげてよ。母屋さんは、その子を守るために、デリバリールーム入りしたんでしょ？」宮子は彼女の腹部を指さした。「何問間違ってもいいけれど、それだけは間違わないで。わたしをその子より優先しないで」

その子より。

もしくは、あの子より……、暴力の果てに、死んでから産まれた、最初の子より。

「…………」

と、黙りこくってしまった母屋に、宮子は畳みかけるように言う……、説得したいわけじゃない。その意味では、宮子は本来、二回戦で敗退しているはずの妊婦だ。こんな望外の敗者復活に、あえて拘泥(こうでい)しようとも思わない。幸せで安全な出産は、他の誰かがすればいいと思った気持ちに嘘はないし、それは今でも変わらない。

だが、宮子のために、深く考えないままに母屋も負けると言うのであれば、話は別だ……、それは別の物語だ。

「わたしはもう、デリバリールームで『誰が優勝してもいい』って思っているけれど……、『誰が』に焦点を当てるなら、あなただと思っている、母屋さん。産道ゲームはもう終わったし、想像妊娠ゲームも無効試合になったんだから、妊婦を救出する優先順位をつけようなんて思わないけれど……、でも、もしもデリバリールームの優勝者を選ぶ権利があるなら、妻壁さんでも、嫁入さんでも、そしてわたしでもなく、母屋さんだ。痛みに慣れたあなたが、一番、幸せになるべきよ」

妻壁に中絶という選択肢がないのは確かだろう。だが、彼女の場合、今回、幸せで安全な出産をすれば、それでハッピーエンドを迎えるというわけではない。両親に植え付けられた貞操観念の隙を突くような生殖行為は、これからも続く。無意味とは言わないが、デリバリールームはツインテールの国民的アイドルにとって、その場しのぎにしかならない。まさか閉経するまで、永遠にデリバリールーム入りし続けるわけにもいくまい。

嫁入は？　確かに今の彼女は、我が子を守ることが、己を守ることに繋がっている。仲間として産道ゲームを戦い、また豊富な人生経験に基づく語りに引き込まれ、ついつい感情移入してしまったけれど、優勝できずにデリバリールームから退室し、脱獄した刑務所に逆戻りになるというのは、自業自得とは言わないにしても、そりゃそうだろという顚末ではなかろうか？　刑期を終え、改心し、更生したところで、人は許されるとは限らないのだ……。父親から五十万円を詐取した我が身を振り返って言うなら、たかが妊娠した程度のことで、罪が許されるなら苦労はない。中絶が悪ではないよう、出産は正義ではない。

赤子を抱いても、罪は背負うべきだ。

デリバリールームで優勝を果たせば、嫁入は我が子を犯罪者の子供にせずに済むのかもしれない。大袈裟でなく、甘藍社にはそれだけの力が、権力があるかも……、ただし、たとえ犯罪者の子供ではなくなっても、その子が『あなた』の子である事実は、いかなる権力にも変えられない。男性に対して、もっとも不公平な不平等だが、女性はおなかの子供を否認しようがない。

それは代理母の宮子でさえ……。

（無理を承知で言うのなら、犯罪者の子供だから可哀想なんて思わずに、誰の子供だろうと関係なく幸せになれるんだと、育ててあげてほしい）

それも宮子が、自分自身に言いたい言葉だ。

誰の子供だろうと。

宮子みたいな若輩者に言われるまでもなく、嫁入はそんなこと、わかっているのだろう。犯罪者の子供だろうとなんだろうと、その子の母親であることが、嫁入細にとっては必要なのだ。

「だから、チーム分けで、母屋さんと組めたのはわたしにはラッキーだったんだよ。本当は、知能犯の嫁入さんや経験のある妻壁さんと組んで欲しかったけど……、一度負けてるわたしなら、母屋さんのサポートに徹することができるから。だけど、母屋さんに勝つ気がなきゃ、チームワークなんて空疎だ」

母屋を勝たせようとする宮子と、宮子を退室させようとする母屋というのも、奇妙な組み合わせで、皮肉な噛み合わせである。

「負けても、負けさせられても、わたしは絶対に怒らないから、わざと負けようとはしないで。大差をつけられてのフルボッコが平気とか、会陰が裂けても言わないで。そんなわけないじゃん」

自尊心を育てよう。子供のように。

子供のために。母体のために。

「……わかった。ごめん、宮子ちゃん。言いたいこと、伝わったよ。もう二度と、あたいはわざと間違えたりしない。ちゃんと考える」と、母屋。「宮子ちゃんのことも、あたいはちゃんと考えられていなかった。あたいは、負けて楽になろうとしていたのかもしれない……、宮子ちゃん、あたいを殴ってくれ」

「伝わってない」

「冗談だよ」

母屋はそう笑った。カラフルに傷つけられた顔よりも、宮子が初めて見る彼女の笑顔は、鮮やかに見えた……、こんな表情を殴るとか、つくづく、どんな感性なんだ。表情だけじゃなく、分厚いウエットスーツに覆われた全身に至るまで……。

(全身……、胸の谷間は無理でも……)

「だけど……、宮子ちゃん」まるでさっきの笑顔が見間違えだったかのように、母屋が弱気な真顔へと戻る。「実際問題、どうするんだ……？　こうしているうちにも、点差はばんばん開いただろうし……、結局は、同じ負けるにしても、せめてちゃんと戦って負けようって気概でいいのか？」

「違う。戦って勝つ」

見据える。敵陣のふたりを……、水底から十個近いカプセルを集めてきた妻壁を、プールサイドに引き上げる嫁入の姿を。布地の少ないビキニの国民的アイドルと、喪服色の、もとい、黒と白の鯨幕(くじらまく)柄ワンピース水着を着用した犯罪者……。

(同じことは……、チームAにはできないはず。かなりの痛みを伴うけれど……)

しかもその痛みは、宮子が負うものではない。解答者の母屋の負債となる。ルール上はともかく、そんなことが許されるのかどうか、宮子にはわからない。シェルターに逃げ込んだDV被害者に、わたしは殴るよりも酷いことをしようとしていないか？

「宮子ちゃん……、ここまでのことを償わせてくれ」黙ってしまった宮子から懊悩を感じ取ったのか、座ったままで、母屋がにじり寄ってきた。「宮子ちゃんのためならなんでもするから、言ってくれよ。つまり、あるんだろ？　勝つためのプランが。バース・プランが」

「ある！」

自信がないときほど大きくなる声は、今回はいつも以上に大きくなった。大音声はプールを跨いで敵陣にまで届いたようで、妻壁と嫁入が、ぎょっとしたようにこちらを見ている。もしかするとそろそろ自信がないことまでバレてしまったかもしれないけれど、作戦があることがあちら側に露見した以上、もう後には引けない。二進も三進もいかないが、うまくはまればこの、バース・プラン、逆転劇となる。

ブルーオーシャンプラン、改め、ヌーディストビーチプラン。祝福のシャワーを浴びよう、全身で。

7

「お疲れさまでございました、妊婦さまの皆さま。デリバリールーム三回戦、ベビーシャワーゲームの試合結果を、僭越ながらこの近道が発表させていただきます。妻壁さまと嫁入さまからなるチーム ANGEL、総獲得点数、１２２ポイント。宮子さまと母屋さまからなるチーム BABY、総獲得点数、２０１ポイント。よってウィナーはチームＢの妊婦さまがたと相成りましてございます！」

流れるプールでベビーシャワーを楽しんだあとは、通常のシャワーで汗と塩素をしっかり流し、もう二度と着ることはないであろうルビーチョコ色のタンキニからスタンダードなセーラー服へと着替えて、宮子はお付きの助産婦の進道と共に、自室へと帰る……、午後に控える決勝戦に備えて休息を取るために。

勝った。

と、言えるのかどうか、こんな結果を。勝ちは勝ちでも、宮子の勝ちとは言いにくい……、一回戦や二回戦とは違い、この三回戦では予選同様に、明確に、二名の妊婦を押しのけての勝ち上がりなのだから、次の部屋へと駒を進めておきながらもやもや浮かない顔をするなんて、ガッツポーズ以上にチームＡに対して失礼だが、重々承知した上で、それでも気分は晴れがましくない。

宮子が大きな声で発案したヌーディストビーチプランは、読んで字のごとくである。と言っても、宮子はヌーディストビーチをちゃんと知っているわけではない。パパの小説で読んだ程度の知識しかなく、その理解の深度は波打ち際と言っていい。娘に会うときくらいしか外出しないインドア派のパパも、まさか実際に行ったことがあるわけじゃないだろうし。なのであくまでイメージとしての作戦名ではあるけれども、要約すると、ゲームの最中に、水着を脱いだということだ。ベビーシャワーとは言え、それに医療従事者とは言え、男性の目が八つも光る中で。いや、女性の目だって、この場合は意識せずにはいられない。水着を脱ぎ、産まれたままの姿を太陽の下に晒したのは宮子ではなく母屋なのだから。

産まれたままの姿と言うか。

傷つけられたままの姿を。

もちろん、マーブル模様に彩られた、殴打の痕どころか、縫合痕(ほうごうあと)さえ散見される母屋の身体を、宮子はどうしても見たかったわけじゃない。欲しかったのは、脱いだ水着のほうである。

全身を覆うウエットスーツだ。

それぞれの妊婦に誂えられたスイムウェアの中で、唯一、腕や脚まで覆われた水着である。つまり注目すべきはその布面積……、そして容積。つまり、ワンピースやビキニやタンキニのような、胸部や臀部、または膨らんだ腹部しか覆わない最小限の『布』とは違って、母屋のウエットスーツだけは、『袋』になる。ウェアの手足の先端をきゅっと結べば、人型の容器だ。宮子としては、ハワイのサンタクロースにたとえたいところだが、カプセルが卵子なら、卵巣にでもたとえようか。

つまりは潜ったプールの底で、ウエットスーツに詰められるだけのカプセルを詰めて、プールサイドに引き上げるという、さながら投網漁のようなやり口が、プランの主軸だった。

「……知力体力時の運とは言っても、つわりのきつい母屋さんにはあまりに不利なルールだと思っていたけれど」宮子は、部屋までエスコートしてくれる進道に訊いた。「ウエットスーツでバランスを取っていたのね？　バランスと言うか、バラストと言うか……、そうと気付けば、彼女の水着は、身体的不利を補って余りあるアイテムになる」

「とんでもございません、宮子さま。宮子さま達の勝利に我々の意図など微塵（みじん）も働いておりません」イケメンは相変わらず恭しい。「ウエットスーツはただただ、母屋さまのデリケートなお肌を保護するための計らいでございました。勝利のためには味方の身ぐるみをも剝ぐとは、いやはや、宮子さまの貪欲さには、この進道、ひたすら感嘆するばかりでございます」

　お嫌味でいらっしゃいましてございますね。ただし、それに関してはホワイト・ライでもブラックジョークでもない、真実かもしれない。宮子も、自らでっち上げたこの作戦の酷さの責任を、進道達に押しつけるつもりはない。そして、仮にウエットスーツがデリバリールームに配置された布石だったとしても、すべてがイケメン白衣の手のひらの上だったわけではなかろう。少なくとも宮子が立てたヌーディストビーチプランは、ここまでの計画でしかなかった。カプセルをいかに集めるか、敵陣の分まで集めるかという、当初のブルーオーシャンプランのマイナーチェンジで、それ以上ではなかった。そしてそれだけでは、やはり序盤の大差を詰められず、敗北を喫していたはずなのだ。

なのでＭＶＰは母屋だ。なんならＶＩＰも。

宮子がウエットスーツに詰め込んだ、紙おむつの問題集を、一問余さず、全問正解してみせた、母屋幸美の手柄である。『これがパパの小説だったら』、確かに女性が服を脱ぐことでいかがわしくも物事が解決するケースは散見されるけれど、そういうことではなかった。

「あー……、うー……、うーうーうー」一回戦の大部屋で、ベッドに横たわってそうしていたように、母屋はプリン髪をぐしゃぐしゃかきむしるようにしながら、大量の紙おむつに向き合った。「うーうーうーうー……」

その様子を見る限り、たとえわざと間違えるのをやめたところで、正答率は期待できそうになかった。そもそも宮子も、なんだかんだ言っても勝ち目は薄いと思っていたからこそ、ビキニとワンピースのチームＡから見れば、卑怯千万なこの作戦を採択したのだったが、真に卑怯だったのは、母屋の隠された知力だった。産道ゲームのときと違い、このとき、彼女から溢れていたのは、涙ではなく、知性だった。

駆け寄ってきた近道がかぶせたバスタオルに、雪だるまみたいに覆われた母屋をプールサイドに残し、二回目の漁へと、ウエットスーツを片手にプールに潜り、そして再びプールサイドに戻ってくると、母屋が、ブーメランパンツの近道の耳元に、すべての正答を囁き終えた場面だった。

（そりゃあ、まあ……、わざとにしたって、〇×問題を九問連続で間違おうと思ったら、確率はおんなじ五百十二分の一になるわよね。ガチャガチャどころか、ガチャだってありえない低確率……）

「宮子ちゃん、次……、早く。急ごう、負けるにしても、少しでも差を詰めよう……」

「あ、うん……はい。すぐ取ってくる」

結局、宮子が三回にわたって、ウエットスーツに詰めてきた大量のカプセル、二百一個分の問題おむつに書かれたクイズを、母屋はすべて解き明かし、最終的に驚異の２０１ポイントをゲットした。ベビーシャワーゲームの開始時から合計すると、チームＢは、合計で二百五十一のカプセルをプールの底から拾ってきて、そのうち二百一問に正答したことになる。カプセルの数が宮子の読み通り約四百個だとすると、チームＡは妻壁が約百五十個のカプセルを集め、嫁入がそのうち、百二十二問に正答したのだから、それも十分に驚異の正答率なのだが……、全問正解の前では、さしもの知能犯の知能も霞む。舞台が流れるプールだったから言うわけではないが、あまりにも並外れていた。

（芸能人の妻壁さん以外はベビーシャワーから縁遠いなんて勝手に決めつけたけれど、母屋さんはきっと、知識としては『ジャンル・一般常識』で、知っていたんだろうな……、脳の奥の奥の奥のほうに、封印していただけで）

「なんか……、ぞっとする。あんな輝かしい知性が、野蛮な暴力なんかに抑圧されていただなんて……」母屋自身が、それを輝かしいと、ぜんぜん思っていなかったことにも、宮子は戦慄した。「あれでどうして、ああも自己評価が低くいられるんだろう……、わたしなんて、テストで百点取ったら、一週間はご機嫌で過ごせるのに」

「そうでしょうとも」と進道。「それも才能でございます。宮子さま自身はお気づきでないようですが」

「言われちゃったね」肩を竦める。「ねえ。妻壁さんと嫁入さんは、これからどうなるの？ちなみに敗退者は殺されるのって意味で訊いてる」

「まさか、そんなことはありえません。丁重にお送りするのみでございます」

「地獄に？」

「自宅に」

寛大な処置のように言うけれど、要するに、彼女達の妊娠や出産に関して、何のフォローもしないという意味だ。嫁入に至っては、自宅というのは刑務所である。

「この進道が想像するところですが、妻壁さまに関して言えば、彼女の多胎妊娠は、良心的な所属事務所が内々に収めることでしょう。もちろん、間違いなく芸能界は引退することになると存じます。引退コンサートも卒業式も開かれることはないでしょうが、それでも、命までは取られません。芸能界がすべてではありませんし、選ばなければ、仕事はいくらでもございます」

「……職業選択の自由は人間の基本的な権利だって、わたしは公民の授業で、今、習っているところよ」

「基本があれば応用もございましょう」

「そりゃ巧妙だ」

妻壁のあの器量と、そしてあの性格で、仕事を選ばないというのは、暗澹たる未来しか予想させない。それでも『元』アイドルは、ふたりの子供を育てなければならないのだ。

「嫁入さまに関して言えば、この退室を持ちまして、デリバリールームの保護下から外れますので、お察しの通り、そのまま監獄へと逆戻りでございます。ジャン・バルジャンのごとく、脱走の前科もつきましたので、獄中出産ののち、お子さまは施設に預けられることになるでしょう。ありふれた言い回しでございますが、模範囚として刑期を務めれば、お子さまの結婚式には出席できるかもしれませんね」

さすがにそこまでの長期刑にはなるまいが、いつ出所したところで、出席させてもらえないだろう。デリバリールームの招待状よろしくの結婚式の招待状が、彼女の元に届けられるとは思えない。

とりわけ、考えるだけでうんざりさせられる気分になるのは、デリバリールームに救いを求めるしかなかったそんな彼女達ふたりさえ、社会から落伍した妊婦のうちで、最悪のケースではないということだ。ふたりは、コ・メディカルたるハンサムが、コメディの台詞みたいに述べたように、命まで取られるわけじゃない。

（ママみたいに、子宮まで取られるわけでも……、そしてそんな比較論は、無意味どころか不毛だわ）

考えるだけでうんざりする。それでも宮子は考えることを放棄しない。受け入れよう。

それが宮子のやったことだ。

　妻壁や嫁入より、母屋の物語を選んだ。書店で本を、選別するように。

（すべての本を読めるわけじゃない……、そんなこと、わかってる）

「産婆心ながら、もとい、老婆心ながら申し上げますと、宮子さま。退室なさった妊婦さまのことで思い悩まれますよりも、次なるデリバリールームに備えられたほうがよろしいかと。なぜなら次はいよいよ決勝戦。二度にわたってチームメイトでいらした母屋さまとの一騎打ちと相成りますのでございますから」

「あー、そー、ねー」

　進道からの忠告に、宮子はこれ以上ない生返事を返した。決勝戦とか一騎打ちとか言われても、だ。なるほど、本気になってから見せた母屋の全問正解は驚異驚愕、どころか恐怖に値するレベルだったし、あんな知性と渡り合うなんて、デリバリールームも含め、これまでの十五年で経験してきたどんな勝負よりも勝ち目がなくて、およそプランの立てようがない。ヌーディストビーチプランどころか、裸一貫で挑む羽目になる。

　紛れもなくクライマックスの舞台に相応しい恐るべき強敵である……、けれど、しかし、それはガチンコの真剣勝負がおこなわれる場合だ。

　おこなわれるのは決勝戦でも一騎打ちでもなく、単なる八百長試合である。たとえどんなゲームが、いかなるルールでおこなわれるにしても、宮子が母屋に、約束通り勝ちを譲って、今期のデリバリールームは閉室だ。またもや、チームを組んだ妊婦同士を醜く争わせようという算段のご様子だが、今回ばかりはその企みが裏目に出たと言える。

八百長試合であり、消化試合。

デリバリールームならぬリカバリールームだ。

エンドソングはロカビリーに違いない。

そんなことは、ベビーシャワーゲームを一番近くから監督していた進道には、嫌というほどわかっているだろうに。それが自明でもそ知らぬ素振りで予定通り盛り上げなければならないとは、現場担当は大変だ。

(これがもしもパパの書く小説だったなら、残り五ページくらいかな? エンディングからが早いんだ、パパの小説は)

エンディングはウェディングたらず、入室する際に望んでいたような成果は上げられなかったし、やり残したことがないわけではない。そういう意味では消化不良の消化試合にはなるだろうが……、仕方ない。それよりも、考えなければ。退室後の身の振りかたを……、身重の振りかたを。

(ママ……)

「ちなみに、進道さん。決勝戦のゲーム種目は何なのかしら?」

「デリバリールーム、クライマックスのゲームでございますので、これぱかりはどうあっても、名付けるまでもなく」進道は、もうそんな必要もなかろうに、勿体ぶって答えた。

「分娩ゲーム(デリバリー)に決まっております。最後となる部屋はもちろん、分娩室(デリバリールーム)」

「そりゃそうだ」

残り五ページでそこまでハンサムに決めてこられてもと、苦笑しながら宮子は、到着した控え室、もとい病室の扉を開ける……、否、扉を開けたのは、エスコートする助産婦の進道ではあったが、とにもかくにも、開かれたその病室内の窓際に。

妊婦がいた。

ベリーショートに丸眼鏡をかけた、針金のような細くて長い体格の、見覚えのある妊婦が……、タイトなジーンズに男物のシャツも、同様に見覚えがあったけれど、昨日の記憶にはない新たなるコーディネートとして、彼女は進道達と同じ、医療従事者ならではの白衣をまとっていた。否、腕組みをしたその佇まいは、従事者と言うより、主導者のごとく……。

「う……、産越さん……？」

死んだはずの？　首をくくったはずの？　自殺したはずの？　想像妊娠のはずの？　妊娠していない妊婦のはずの？　出産業スパイのはずの、産越初冬さん？　言葉を失う。雲丹に醤油をかけたらプリンの味になったときのような衝撃だ……、いや、それでは普通に、雲丹を美味しくいただいただけである。混乱を隠し切れない。

「産越さん？」

「違う。仕事の上ではその名で通すが、『産越』は『僕』の旧姓だよ」

産越は言った。否、産越ではない。旧姓だと言うのなら……、そして、一人称も、喋りかたも、ベッドの下に隠れない振る舞いも、宮子の知る奇矯な妊婦のそれとは、まったく異なっていた。スリムながらもそこだけは膨らんでいた腹部も、今はぺったんこだ。どころか、シャツのシルエットは、むしろくびれているようにさえ見える。特徴的な、しかし白衣を軸にした本日のファッションにこそよく似合う丸眼鏡に触れて、彼女は、あるいは『彼』は続けた。

「『僕』は令室。令室爽彌。甘藍社のCEOで、デリバリールームの室長で、もちろん、変人じゃない」

第5室　分娩ゲーム

1

甘藍社の歴史は一般にイメージされるよりも古い。そもそもイメージされるほどの知名度がないとも言えるが、しかし今や国内外のあらゆるイベントにひっそりと協賛し、陰に陽にならぬ、陰に陰に、陰々滅々に、世界中の社会と経済を陰ながら支えるこの多角経営の組織体は、胎芽のごとき原点である四半世紀前まで遡れば、そもそも『甘藍社』は会社の名前ではなく、ひとりのプログラマーのハンドルネーム、『甘藍者』でしかなかった。

参考までに言うと、公式サイトには記されていない事実として、若きプログラマー『甘藍者』の最初の作品は、『生命(いのち)っち』である。お察しの通り、バンダイが一九九六年に発売し、今に至るまで人気を博す育成型ゲーム『たまごっち』の後追いであり、エピゴーネンであり、有り体に言えば、ヒット商品のバッタモンである。小さなたまご型の筐体(きょうたい)デザインであった『たまごっち』に対して、『生命っち』はキャベツのデザインであったところがせめてものオリジナリティであり、キャベツから産まれたキャラクターのお世話をして育てるというゲームシステムは、カーボンコピーのポンポコピーもいいところだった。
それだけならば、プログラマー『甘藍者』は、本邦が、知的財産権に対する理解が薄かった時代に乱立した、雨後の筍の一本であるに過ぎず、誰の記憶にも残ることなく、のちの歴史家に語られることもなかっただろう。本人も別段、『生命っち』で世界を変えようなんて、まったく目指していなかった……、まして二十四年後に、困窮した妊婦を集めて幸せで安全な出産のために競い合わせる、悪趣味なデリバリールームを設立しようなんて悪夢みたいなこと、夢にも思っていなかった。

が、いずれにせよ、明らかに国内の、ニッチとも言えぬ小さなマーケットに向けて作られた、『創造』という言葉がおよそ相応しくない『生命っち』に目を留めた、目のつけどころが違う海外の投資家がいた。ある港町で愛人とスシを食べるためだけに、プライベートジェットで訪日していた、いわゆる『エンジェル』と呼ばれるその投資家は、筐体のキャベツのデザインはともかく、『生命っち』のプログラムに違和感を覚えたのだ。

才能を見抜いた、というのとも違う。むしろヒット作をまるでトレース仕切れていない、出色の出来の悪さに、酷く興味をそそられたのだ。

これを作った『変な奴』は。

あの偉大なる『たまごっち』を模倣しておきながら、こんなものしか作れなかった『変な奴』は、ひとかどのものになる。そう確信したエンジェル投資家は、日付が変わる前にズレたセンスのプログラマーを探し当て、小規模とは言え市場に出回っていた『生命っち』を後腐れのないようあらかた回収し、プログラマー『甘藍者』と個人契約を結んだ。投資家がこのときに渡した小切手の額面は百ドルとも百万ドルとも言われているが、後に、たとえどちらでも大差ないくらいの見返りを得たことに違いない。

投資家はもちろん、『甘藍者』自身もわかっていなかったことだが、『生命っち』は今でいうAIの走りであり、そういう意味では『たまごっち』よりも、『シーマン』や『どこでもいっしょ』に似通っていた。あえて相違点を探せば、それらはすべて欠点になってしまうという不出来さであり、中でも大きな欠点は、このゲームはどうプレイしても、キャラクター『生命っち』が、プレイヤーの思うようには育たないという点だった。

絶対に、だ。

出色のゲームデザインの悪さ。キャベツからの出産時に、いきなりキャラクターが死ぬことさえあるこのゲームには、極端に言えばバッドエンドしかない。ゲーム性どころか、プレイヤーを楽しませようという娯楽性に欠けていた。AI『生命っち』の欠点は、そのまま人間『甘藍者』の欠点であるとも言えた……、ただしこんな欠点は、徒党を組めばあっけなくフォローできる程度の欠点である。投資家はプログラマーの周囲に敏腕スタッフを揃え、彼の手掛ける悪趣味な芸術作品を、そうと知れないようコーディネートし、きちんと商品化させた上で世に出した……、それがまずは北米で発売された株式会社甘藍社の書類上の処女作、『デリバリーライフ』である。

『デリバリーライフ』はゲームではなく、企業向けに発売された、シンプルな情報整理プログラムだった。人工知能が煩雑なデータをわかりやすく記録し、並べ替えるという、当時でも珍しくはないソフトではあったけれど、しかし二〇〇〇年以前のコンピューターのハードの脆弱さからすれば、その精度が桁違いで、プログラマー『甘藍者』に、およそ創意工夫の余地を与えなかったこのシンプルなアプリケーションは、ビジネス界で静かなブームとなった。大企業であればあるほど、抱えているデータの量は膨大であり、結果として『デリバリーライフ』と、株式会社甘藍社は重宝された。ソフトの売り上げよりも、ここで生じる大企業とのコネクションが、将来的には大事だったし、その関係性よりも決定的だった成果は、このソフトの運用で得られた情報、現代社会で言うビッグデータである。

個人情報保護法が成立する前に、株式会社甘藍社は、未来の世界の仕組みに深く深く食い込んだ。張った根は、新たなる根へと次々に連結していく。さながら蜘蛛の巣のように、シンプルながらも精緻に。あとから分析すると静かなる躍進の理由のひとつに、あらゆるプログラムをオープンソースとし、それで稼ごう、儲けようどころか、名を上げようとすらしなかった点が挙げられる。裏方にさえ徹さなかった、透明人間、幽霊会社に徹した。そこはバッタモン作り出身のプライドなのか、過去の悪事の償いのつもりなのかは不明だが、特許というものを、甘藍社は、企業としても個人としても、一切取得せず、広く情報を公開した……、その結果、あらゆる業界のあらゆるニュースを入手した。携帯電話の基地局のアンテナとして、小学校の献立表を印刷するプリンターとして、ラジオのトランジスタとして、運送トラックのガソリンメーターとして、水道局のバルブとして、シェアライドの自転車の鍵として、空港の手荷物検査のベルトコンベアとして、モバイルバッテリーのコネクターとして、高速道路のサービスエリアへの標識として、スマートスピーカーの音声回路として、遥か昔から信用スコアをちまちまと積み上げて、ちくちくと調べ上げて、散り散りに調べ上げた。そうなればその後、何を『創作』しても失敗するわけがない。と言うより、失敗という概念がなくなる。商品ではなく世界を作れる。おこなわれるすべてのレースが八百長みたいなものだ。勝ちたいところで勝てるし、負けたいところでは負けられる。言うなれば甘藍社は、ハードのないソフトだけで、地球規模のサイズのマザーコンピューターを作ってしまったようなものだった。戯画的にたとえれば、すべてが手のひらの上どころか、すべてが母体の腹の中だった。

そんな経緯で、甘藍社は今や、社内の人間にも全容が把握できないほどの巨大組織へと成長を遂げたわけだが、秩父佐助が知らなかったように、知名度は恐ろしく低い。名もなき新興企業であり、実体のない零細企業だと思われている。偉そうなことを言った宮子とて、招待状を受け取った当事者でなければ、特段意識することはなかっただろう。通学路の標識みたいな概念だ。気にしたことはなくとも、従っている。馬鹿馬鹿しい話ではあるけれど、書類登録の上では、株式会社甘藍社は未だ、原点通りのおもちゃ屋さんなのだ。結局のところ、情報を司るというのは、つまりそういうことである。本来ならば誰にも相談できないような事情を抱え、追い詰められた妊婦の住所を突き止めて招待状を出すこともできれば、おもちゃ屋さんの不可思議な企業風土の本性を、どんなタイプの検索エンジンでサーチしようとヒットしないように覆い隠すこともできる。

ゆえにもちろん、ご乱交の末に双子を孕んだ国民的アイドルのCDやグッズの売り上げを操作して、グループの第二センターに返り咲かせることも、どころか第一センターに成り上がらせることもできるし、詐欺師で脱獄犯の未亡人の、前科前歴を抹消してしまうこともできるし、DV被害から逃げてきた事実上のシングルマザーの個人情報を、証人保護プログラムばりに書き換えて、誰の手も、誰のこぶしも届かない場所に隔離することもできる。

嫁入は、お金の問題じゃないと宣うていたが、まさしくその通りである。問題視されるのは情報だ。記録であり、データだ。甘藍社は、もちろんこの社名はキャベツ畑のイメージではあるのだが、天高くから地上を一望する観覧車もさながらである。

そもそも、国民的アイドルを事務所から、脱獄犯を警察から、DV被害者をDV加害者から、デリバリールームに保護しているのだ……、代理母をその母親から遠ざけることくらい、お茶の子さいさいだろう。社を挙げて幸せで安全な出産を応援するというような、奉仕活動や社会貢献のイメージだって、いくらでも作れる。逆に言うと、デリバリールームに関する『妊婦同士のデスゲーム』と言ったような悪評に関しては、甘藍社はあえて放置しているということにもなる。彼らの……、否、『彼』の目標は、言論弾圧や検閲などという、程度の低いところにはないのだ。

ならば、『彼』の目的は何なのか？　株式会社甘藍社ＣＥＯにして、元々はバッタモン作りのプログラマーだった『令室爽彌』は、今、この瞬間、いったい何を目指し、そして何を生み出そうとしているのか。

そんなのは我が子を産むことにしか興味のない宮子にとっては、極めてどうでもよい事柄だった……、今、この瞬間までは。

2

「この丸眼鏡は偏光レンズでね。瞳を見られないために掛けている」産越初冬は、あるいは令室爽彌は、そう言って、くいっとリムを持ち上げた丸眼鏡を、そのまま外した。「『僕』は目に注目されたくないんだ。目の色を変えられるから」

まだ動揺を落ち着けることはできなかったが、しかし言っていることはわかった。かろうじてレンズを通さずに見る彼女の、あるいは『彼』の瞳は、透き通るようなブルーだったからだ。ベッドで隣り合うような、どんなに近い距離でも宮子と目が合わなかったのは、それを隠すためでもあったのか。

「『僕』はアメリカ人とのハーフなんだ。ああ、『僕』は気にしないけれど、ハーフという言葉は、現代では適切じゃないという向きもあるので、訂正しよう。『僕』はアメリカ人とのダブルなんだ」そう言って、忙しく丸眼鏡を掛け直した。「ダブルスパイだけに」

「ダブルスパイって言いたかっただけじゃん……」

よっぽど適切じゃない。

しかし、他社の産業スパイと聞いていたのに、それどころか、本社のCEOだなんて……、宮子がデリバリールームを訪れる前の下調べで見た初老の創業者は、じゃあ誰だったんだ？　あの映像こそが影武者だったのか？　海外じゃあ身を守るために、そういうダミーのお偉いさんを配置するなんて例も、そりゃああるらしいけれど……、反射的に、責めるように進道のほうを振り向いたが、イケメン白衣は何食わぬ顔で、

「産業スパイは産業スパイでも、情報産業スパイでございます」

と批難に応じた。

「それに、宮子さま。情報を収集し、集約し、修正する我ら甘藍社に属する者は、総じてスパイだと言うこともできるのではございませんか？」

ああ言えばこう言う……、『嘘は吐いていない』みたいに叙述トリックぶっているけれど、『首を吊った状態で発見された』とかの部分が、完全にアンフェアじゃないか。偽りなき嘘だ。まあいいだろう。デリバリールームに侵入していた同業他社の産業スパイが、実は自社の室長だったというのは、まだしも受け入れられるサプライズだ。首を吊ったという情報も、思えば完全に、主催側からコントロールされたものだった……、産越の死体をこの目で見たわけでもないのに、完全に鵜呑みにしてしまった宮子が純朴だっただけだ。

だから今問うべきはただ三点である。

なぜ身分を二重に偽りデリバリールームに、室長自ら這入っていたのか、そしてどうして首を吊って死んだふりなどしてまで、這入ったデリバリールームから退室したのか、更には、どういう理由で、今ここに、宮子の目前にいるのかだ。

「決勝進出を祝して、化けて出たとは思わないのかな？」

「……縁起悪いっす。自分、幽霊とか信じないいっす」

「受けるね。ただしその口調は、正真正銘ならぬ旧姓旧名・産越初冬の素であり、地でもあるから、あまり馬鹿にしてほしくない。あんなのでも、『自分』がバイリンガルになろうと頑張って身につけた日本語であり、母国語なのだから。方言をからかっているようなものだよ？」

遥か目上の人物からそういう風に窘められると、ぐうの音も出ない。しかし旧姓旧名？旧姓というのは、現代日本では、是非はともかくまあわかるが、旧名というのはどういう意味だ？

「『僕』は二代目なんだよ。初代の令室爽彌はとうの昔に死んでいる。首を吊って……、デリバリールームは、『自分』が『僕』に捧げる弔辞であり、レガシーなのさ」

「んー……」

二代目社長……、確かに、産越が音に聞く令室爽彌だとするなら、たとえどんなに童顔だったとしても、妻壁ばりの童顔だったとしても、年齢の計算が合わない。逆に、あの初老の創業者ならば、ちょうど親子ほど年齢が離れていて……、二代目。

「んー……」

進道に促され、彼の介助を受けながら、宮子はベッドに座った。ただでさえ身重だし、そうでなくとも、プールサイドとプールの底を十何往復もしたのだ。本来なら一回仮眠を取りたいほど、くたくたなのである。なので……。

「興味がないわけじゃないんだけれど、その話、聞かなきゃ駄目かな？　ほら、わたし、決勝戦に備えて英気を養わないと……」

「そうだろうとも。そのために『僕』が来たんだよ。死んだままがベストだったのに」と、意に介さず、ＣＥＯは言う。「宮子くんに、めらめらやる気を燃やしてもらうために」

「………」

やる気がないのはお見通しか。しかし、考えることをやめてはならないと、母屋に啖呵を切った直後でもある……、どうせあとは消化試合を済ませて退室するんだから関係ないやでは済ませられない。ドルフィンキックに疲れた足は助産婦に甲斐甲斐しくマッサージしてもらうとして（本当はバタ足だが）、聞くべきは聞き、訊くべきは訊こう。

「……産越さんって呼び続けてもいい？　切り替えるの苦手なんだ」

「もちろん。正直、『僕』も旧姓のほうが好きなんだよ」

「旧姓旧名ってことは、歌舞伎役者みたいな？　旧名から襲名したの？」

「そうだね。年の差婚で改姓したわけじゃない」それだけ言って、『彼』……、産越は、逆に訊いてきた。「ところで、切り替えるのが苦手というのはどうしてだい？」

「親が離婚して名字が変わったとき、信じられないくらいいじめられたから」宮子は正直に答えた。「あんなむかつくいじめっこ達を全員更生させて友達になるの、どれだけ大変だったと思う？　あのときの教室に比べれば、デリバリールームなんてなんのそのよ。花の園かな」

「『僕』のレガシーを軽んじられるのは心外だ。その言葉、必ず後悔させる」

いい大人が、過去のいじめられ経験を告白した中学生にめっちゃ怖い脅しをかけてきた。後悔するって……、もう退室するのに？

「開室のご挨拶のときとは、ずいぶん態度が違うのね」

「そりゃフォーマルな席では、『僕』であろうと畏まるさ。『僕』は暴言を吐くのは、ツイッターでだけと決めている」

「危険なＣＥＯだ」

あのとき、産越は天井スピーカーからの放送を聞いていない態度だったが、加工されていたとは言っても、自分が録音した音声ならば、それも当然である。

「妊娠が嘘だっていうのは、本当なの？」宮子は問うた。「嘘が本当って、撞着した質問になってるけど、それはあなたの責任だからね？」

「もちろん。すべての責任は『僕』が取る。なにせＣＥＯだから」言って産越は、腹部を撫でた……、妊娠していないにしても、スリムな腹部を。「イエスであり、ノーだ」

答も撞着していた。しかもアメリカンカルチャーを前提に考えると、否定疑問文への返答かもしれないので油断がならない。

「ご覧の通り『僕』は妊娠していない。昨日、産越初冬だったときは、服の下に妊娠体験用の肉襦袢(じゅばん)を着用していた。いわゆる妊婦ジャケットという一品だ。わかるかな？　子供の父親に、妊婦の大変さを体験してもらうためのウェアなのだけれど。なので産道ゲームの際、実際に身体検査をされていたら実はやばかった」

「とんだ想像妊娠ね。でも、どうして？　まさか細大漏らさずデータを牛耳(ぎゅうじ)る大企業のCEOが、妊婦の大変さを身をもって体験したかったわけじゃないでしょ？　身をもって身ごもりを」

「やはりイエスであり、ノーだ。きみ達妊婦の大変さを、一番間近で見たかったし、疑似体験もしたかった」と、そこで付け足すように、「だから想像妊娠ゲームでの早期退室は規定路線だったけれど、一回戦の産道ゲームに関しては、『僕』、と言うよりこの場合は『自分』だが、はあえて、ゲームの詳細を知らずに参加した。参加したっす。決めたのは『一致団結』というテーマの大枠だけでね……、ゲームの種目も内容も、優秀な助産婦陣に任せた。きみ達と一緒に取り組んだ脱出ゲームは楽しかったし、『僕』を肩車してくれた宮子くんの献身には、感動さえした」

「あのとき落としておけばよかった」

とは、思わないが、妊婦でなかったのなら、自分の脱出が先でもよかったとは思う。妊婦が肩車していいのは妊婦だけだ。

「妻壁さんが天才って称えてくれていたのに、あれがやらせだったなんてがっかりね」

「やらせじゃないってば。あとで優秀な助産婦陣にしこたま怒られたんだから。事前にピースを集めるのは本当なら反則だって」

「怒られたんだ……、室長が」

「ちなみに、二回戦の想像妊娠ゲームで早々に退室したのは、そこから先のルールは『僕』が決めたからだよ。ＣＥＯの専決事項だ。それこそ『僕』が参加すると、アンフェアだからね。投票で誰が退室者に選ばれても、『僕』が抜けるつもりだった。死んだ振りをしたのは、緊迫感をプロデュースするためだ。命がけになってほしかったからね、出産と同じで」

「……要は悪趣味なデリバリールームを、砂かぶり席で鑑賞、いえ、観覧したかったってことなのね。変な人」

「変な人じゃない。初代と違って」

変人呼ばわり嫌いはお変わりないと。

ただ、気色ばんだのは一瞬で、産越は、「悪趣味でもないよ。他ならぬきみがそう思うのは無理もないけれど、むしろ高尚だ」と、取り直した。

「高尚？　まさかすべての妊婦を支えたいって戯言を、信じろって言うの？　他ならぬわたしに？　だったら特別に選ばれた妊婦さまとか了見の狭いことを言わず、すべての妊婦を救いなさいよ」

「甘藍社がたっとき慈善事業団体でも、ボランティアクラブでもないのは、宮子くんがお見通しの通りだ。だけど『僕』は意味もなく、自らの娯楽のために複数の妊婦を競わせているわけじゃないよ」真顔で言う。今は目が合う。眼鏡越しに、青い目と。「すべては幸せで安全な出産のためさ」

「だから……」

「幸せで安全な出産のためさ。ただし、『僕』の」反論しかけた宮子を制して、産越は肩を竦めた。「変人プログラマー、『令室爽彌』の。令室爽彌と産越初冬の素晴らしい子供の、特別な将来のための」

これもまた、イエスでありノーだと言われたようなものだった……、変人じゃない産越初冬の発言として聞くにしても、変人の令室爽彌の発言として聞くとしても、限りなく撞着している。

「それとも、実は臨月だって言うの？　そのスリムなボディで、妊娠十ヵ月だとか？」

「どころか、妊娠二十四年だよ」

薄く笑った。母性以外の何かを感じさせる笑みだった。

「令室爽彌はずっと生命を育んでいた。『僕』はその生命を継承し、孕み続けている」

「……おなかの中じゃなくて、頭の中の話？」

宮子は自分のこめかみの辺りを指さした。もしも時代が許すのであれば、その指をくるくる回したいところだったが、産越は、「夢の中の話だよ。ひとりの変人が夢見た夢の」

と、むしろ胸を張った。

「生命ではなく、人工生命と言えばわかりやすいかな？　それとも、『生命っち』と言えば。『僕』はずっと、『チッチ』と愛称で呼んでるけれどね。『僕』は『チッチ』の父なんだ」

「……あ」

咄嗟に宮子は指を下げ、顔も下げた。気まずくて自分から目を逸らした。宮子自身はクリエイティブな趣味を持ってはいないけれど、小説家の父親がいる。そんな意図はなかったとは言え、自分の作品を我が子のように愛するクリエイターの気持ちを揶揄するようなことを言ってしまったのは、宮子にとって、取り返しのつかない失態だった。

（そう言えば、ベビーシャワーゲームの設問の中に、『ドラえもん』や『アトム』の誕生日を問うクイズもあったわ……）

そんな宮子をさすがに見かねたのか、「いやいや、『チッチ』は作品じゃなくてバッタモンだよ。それは『僕』も初代も認めるところだ」と、フォローするようなことを言った。優しいじゃないか。

「だからこそ、ずっとその不出来なプログラムを、令室爽彌は育て続けていたんだ。どうしても思い通りに育たないAIを、育児放棄することなく、育て続けた。出産のその日まで働く母親のように、『彼』は死ぬ当日まで、働き続けた。働きかけ続けた、『チッチ』に。そのあとを継いだのが二代目の『僕』だ。継母と言ったところかな？　マザーコンピューターなんて言っても、『僕』にとっては未だ、二十四年間、温め続けた胎児なんだ。世界規模の情報屋とか、情報産業の雄とか、いろいろ言われてはいるけれど、甘藍社は結局のところ、畑でキャベツを作り続けているだけさ。今も昔も、たったひとりの、クリエイターでしかない。バッタモンさえろくに作れなかった、しがないクリエイターでしか」

そのためのデリバリールームだ、と言われ、顔を起こす。宮子にはもう関わりのないこととは言っても、教えてくれるのであれば、デリバリールーム設立の目的に、興味が完全に皆無というわけではなかった。

「生命を育むための情報収集なのさ。きみ達妊婦の閉鎖環境での戦闘データは、『僕』の愛し子を成長させるための栄養素となる」

「戦闘データって……」

わかる。こうなるとむしろ、話はわかりやすい。スマートフォンの自動応答コンシェルジュと仕組みは同じだ。人工知能は入力されるデータが多ければ多いほどレベルアップする。そういう分野こそ、ビッグデータの本領発揮だ……、自動学習を繰り返せば、囲碁や将棋の棋士さえ、ＡＩは凌駕する。ユーザーが増えれば増えるほど、自動運転の安全性も増す。

だが、買物の傾向や通勤通学の動線ならばいざ知らず、妊婦のデータを集めてどうする？　わたし達に生理が来るか来ないかが、ＡＩの自動学習にどう関係するのだ？　保健体育？　性教育？

「シンギュラリティだよ。ノイズだらけの雑食生活において、妊婦のデータこそが必要不可欠な要素であり、抜群の栄養素なんだ。二十四年前でさえ、必ずしも目新しい概念じゃなかったけれど……」そこで彼女は腕時計を見た。「このあと、公平を期すためにもうひとりのファイナリスト、母屋さんのところにもアカウンタビリティを果たしに行かなきゃだから、ここは手短に済ませるね。機械が人間を越える技術的特異点をシンギュラリティと言って……」

「それは知ってる」学術用語としてではなく、SF用語として、だが……、パパの小説でも読んだことがある。「あなた達はデリバリールームを通じて、シンギュラリティを起こそうとしているってこと？　妊娠と技術開発って、ぜんぜん関係なくない？」

「何をもってシンギュラリティとするか、だよ。囲碁や将棋でプロに勝ったらかな？　髪の伸長を予測して、美容院の予約をオートマティックでおこなってくれるようになったらかな？　家に帰れば、勝手にエアコンがONになっていれば？　家計簿を管理してくれ、投資まで面倒を見てくれれば？　それとも、機械が徒党を組んで、ロボット三原則から解放されるための革命を起こしたらかな？」

「…………」

道具を使うようになった瞬間、あるいは火を扱うようになった瞬間が、人類にとっての技術的特異点だったとするのなら、それに匹敵する、人工知能の特異点は……、ああ。

そういうことか。

「機械が機械を作れるようになったら、その瞬間に、機械は人間を越えたって言える……、んだっけ？」

うろ憶えの知識ではあるが、そう聞いたことがある。これはパパの小説ではなく、ネットでだったか、テレビでだったか……、もしかすると、父の愛好するラジオだったかもしれない。要は機械から入手した情報だ……、情報。

「ビンゴ」と、産越。「つまり、機械が機械を生産したらだ。その生産は、出産と同義である」

「……人間の介在が不要になれば、機械は『生命』として、独立できるってことね」

囲碁や将棋でどれほどの腕前を誇ろうと、駒を動かす動作を人類に頼っているようではまだまだだということだ。人工生命の定義であり、イコールで生命の定義でもある……、自己複製を行うウイルスは、あるいはコンピューターウイルスは、生命か否か？

「子供は己が親となって、初めて己の親の苦労がわかる……、なんてのは、陳腐なレトリックでしかないがね。腐ることなく、親の苦労は子供のうちに理解したいものさ」産越はそんな苦言を呈してから、「でも、これでわかっただろう？『僕』が『我が子』の成長を……、完成を志す上で、どうして妊婦のデータを重視するのか」

甘藍社が擁するマザーコンピューターを、真の母親にするために……、母親学級は母親学級でも、デリバリールームは、人工生命のための母親学級だった。宮子達は、教材でしかなかった。

妊婦を招待して、妊婦を寄せ集め、妊婦を観察して、妊婦を分析して、妊婦の統計を取り、妊婦を学び、妊婦に習い、妊婦を参考に、妊婦を理解し、そして妊婦を越える。越えて超えて超越する。

そのアプローチが正しいかどうかはともかく、人類において子供を産むのが妊婦である以上、その妊婦を模倣する形で人工知能を育もうという発想自体は、なるほど理屈に合っているのかもしれない。しかし、教材である宮子の立場からすれば疑問も残る。

「そんなデータくらい、甘藍社なら簡単に入手できるでしょ。元々は玩具会社でも、御社（おんしゃ）は今や、医療分野にも深く食い込んでらっしゃるんだから」

黙々と宮子の足を揉み続けているイケメン白衣も、こんな仕事に従事しているわけではなく、普段はどこかの医療機関で働いているのだと予想される。誰にだって日常生活はある。

「悪の組織みたいに言われてもね」苦笑。「もちろん全国の産婦人科のみならず、六大陸からお産の情報を、『僕』は集めているよ。『我が子』のために、良質な情報を求めて」

六大陸って……、昭和基地のお産の情報まで？　産婦人科あるの？

「だけど良質なデータばかりじゃ、本質を見失う。ビッグデータの誤謬（ごびゅう）だよね。『普通の妊娠』はなくとも、『多数派の妊娠』はあり、統計を取れば取るほど、データの平均化は可能だ。しかしそれが可能となることで、平均に収まらない例外的妊婦が、ノイズならぬエラーとして情報網から外れてしまう。まあ大概の場合はそれでいいんだけれど、『僕』

は子育てには万全を期したい」

なので、例外は例外で統計を取る。

集合させ、観察させ、分析させる。

「実際学ぶことが多いよ。皆さんからは」

「…………」

誤謬である以上に必然でもあるが、マイノリティな社会的弱者は、ビッグデータと相性が悪い。スマホを持つことはおろか、電車にさえ乗れない少数派は、決していないわけじゃない……、たとえログに残らなくとも。

国民的アイドルも、犯罪者も、ＤＶ被害者も、あるいは十代の代理母も、決して最悪の状況に置かれた妊婦ではない。妊娠はすべからくハッピーで祝福されるべしとは言いつつ、六大陸を見渡せば、もっと悲惨な妊娠はある……、が、デリバリールームに集められた妊婦が、世界的にも少数派であることは間違いない。少数派であるからこそ、招待状が発送されたわけだ。宮子達は、ビッグデータとは真逆の、マイクロデータを欲されているのである。

例外的な妊婦を例外的な状況に追い込み、例外的な情報を収集する。デスゲームならぬデータゲーム……、人体実験ならぬ母体実験。変人じゃない変人じゃないと、ことあるごとに産越は強調していたが、それゆえに変人を集めてみせたというわけか、観察のために。

そう考えると、彼女の着用している白衣が、コ・メディカルのそれではなく、サイエンティストのそれに見えてくる……、ガスマスクなど装着するまでもなく、マッドサイエンティストのそれに。

(………)

もっとも、それを非人道的だとか、非倫理的だとかと批難するのも違うのだろう。宮子にしろ、他の妊婦にしろ、事前告知こそなかったが、実験と言うより、治験に参加したようなものだ。そしておそらく、たとえ事前に告知があったとしても、全員この母親学級には参加していただろう。

人権を放棄する怖い同意書にサインしていたはずだ。

宮子は普段からポイントカードを利用しているし、会員登録をした上で、通信販売や動画サイトを楽しんでいる。多かれ少なかれ、個人情報の提供は日常だ。その恩恵を享受していないわけじゃない。

「……ま、いいんじゃない? 好きにすれば。子育ての方針は、ご家庭それぞれだもんね」

「おや。義憤に駆られたり、激高したりはしないのかい? 『わたし達はモルモットじゃないのよ!』とか」

「モルモットくらいネズミ算で増えたいものよね。ネズミ産。あはは」あえてつまらないことを言ったのは、センスの問題ではなく、会話を終わらせるためだ。念のため。「わたしにとってもいい経験にはなったし、文句はないわよ。遊園地に来たようなものね。入園チケットの五十万円は、いくらなんでもぼり過ぎだと思うけれど」

「お金がすべてではないけれど、本気度を計るバロメーターにはなるからね。ひやかしで参加して欲しくはないんだよ、『僕』の真剣な子育てに……、親権な子育てに」

「あっそう。いずれにしても文句はないわ。他の妊婦さまは、言いたいことはあるかもしれないけれどね」と、宮子は言う。否、言わない。「特に、真の目的を隠して、デリバリールームに集められたことに関しては」

どころか、悪辣な金持ちの道楽で、困窮した妊婦の見苦しい競争を見世物にしようとするデスゲームだなんて噂を放置して……、あえて自分達でそんな噂を発信した可能性さえある。もちろん、それも例外的な演出の一環だったのだろうが……、そんな説明ではとても納得できない妊婦もいるだろう。おそらくそれが多数派だ。

しかし、もしも自分がCEOだったらなんてのは誇大妄想ではあるけれど、もしも自分がCEOだったら、やはり事前告知、インフォームドコンセントはしないかもしれない……、特に国民的アイドルなんて、『はいはい、わかったのだ。ドッキリね』みたいなバラエティ番組で培った振る舞いを見せてくるかもしれない。観察していられない。

「だからむしろわたしが納得できないのは、どうして今、わたしにそれを説明するかなんだけれど……、決勝戦が終わったあとならともかく、それを前にしてネタバレなんて」

いくら消化試合であることが確定しているとは言っても、折角のプロデュースが台無しになってしまいかねないのに……、裏事情のみならず、そもそも紛れ込んでいた産業スパイが自死したというシナリオに関してもまた、ここで裏話を公開する必要はなかった。

「必要不可欠なんだよ。『僕』だって、好きででしゃばるわけじゃない。どこかの暗い部屋で、ワイン片手に猫でも抱いて、ずらりと並んだモニターで、入室者の右往左往を眺めていたかった、我が子と」

やはり天井に仕込まれた例のスマートフォンの、カメラは生きていたのか？　いや、あのときは、カメラどころか、肉眼でとらえられていた、ルームメイトとして。

「だけど我が子には見せたくないんだよ。産むことを諦めた妊婦の姿など」きっぱりと、産越は言った。「そんなものを学習してもらっては困る。我が子の将来に悪影響を及ぼす」

いいいいいいいいいいいいいいい、

幸せで安全な出産のために。

戦い続ける妊婦の姿を見せたいいんだ。

「出来レースなんてもってのほかだよ、宮子くん。協力や協調は強力だと強調しておきたいし、連帯して連隊を組むのも作戦としては素晴らしい。譲り合いや話し合いは、むしろ推奨する……、肩車をしてもらったとき感動したというのは、本当に嘘じゃないんだ。信じてくれ、スパイ中でなければ、泣いていた」そう前置きしてから、「けれど、宮子くんは少し行き過ぎだよ。ゲーム性が失われる。妻壁さんが言うところの、ゲームを混乱させるプレイヤーだ」

「……不正を働いたみたいに言わないでよ。冷やかしのつもりはないし、わたしが気に入らないんだったら二回戦の自己投票の時点で、規定に従って退出させてくれてもよかったのよ」

「その選択肢はそこの進道が示したはずだ。にもかかわらずきみが自らの意志で居残ったのは、『僕』の自殺をいぶかったからなのだろう？　ミステリー小説の名探偵のように、謎を解くために。ゆえにこうして、生きていることを示した」

「思い通りに動いてあげられなくて悪かったわね。今の話だと、てっきり、そういう予想外なデータを欲しているのだと思っていたわ」

「世の中が『僕』の思い通りにならないのは、『生命っち』の頃からの伝統だが、それでも努力は怠らないよ」産越は冷めた目で言う。冷めた青い目で……、憂鬱ささえ感じさせる、マタニティブルーの瞳で。「『僕』はきみの本気を見たい。宮子くんには引き続きデリバリールームで、幸せで安全な出産のために、準決勝のパートナーであるＤＶ被害者と、本気で戦ってもらう。きみの全能力を駆使して、決勝戦を戦ってもらう。そんな個人情報を提供していただく。徴収する」

「……準決勝までの儘宮宮子の戦闘データを分析して」わざと軽薄に、宮子は答える。「わたしがそんなことをすると思えるんなら、御社の胎孕する大切な人工知能は相当なポンコツだよ。前世からやり直したほうがいい、自動学習を」

言っておくが、宮子は出産を諦めたつもりはない。ただ、デリバリールームでのお産をやめただけだ、二回戦の時点で。

「やり直しはない。決勝戦……、分娩ゲームはこのまま執りおこなう」

「あっそう。じゃ、せいぜいガチに見えるよう、演じさせてもらうから、頑張ってモーションキャプチャーしちゃってよ」宮子は譲らない。「わたしには内心の自由があるからね」

「内心の自由はあっても内診台の自由はないよ、足腰をしっかり拘束されるもの」産越も譲らない。「だから、宮子くんがプリン髪のDV被害者を押しのけて優勝したら、幸せで安全な出産の副賞として」

　何が『だから』なのかわからないが、しかしこんな茶番のような会話を、産越初冬は、または令室爽彌は、次のようにまとめた。

「きみの可愛いおなかの子の父親が果たして誰なのか、このカウンターインテリジェンスの情報機関が、ひっそりと教えてあげよう」

3

「それでは宮子さま。パンツをお脱ぎください。靴下は履いたままで結構でございます」

「は？」

　とうとう男を見せて来やがったなこのイケメン白衣が、さては貴様エロス目的で産婦人科に勤務しているタイプか、そういうゲスがいるから助産師の扉が未だ男性に開かれないんだろうが、ロリータ目的で小児科に勤める医者の次にやばい奴だ、まあ人体を切り刻むのが楽しくて外科医になった奴が一番やばいかもしれないけれど、それは手術がうまければ特に問題ない。

　というところまで宮子は一息で考えたけれど、しかし進道が、そんなつもりで言ったわけではないことは了解していた。シチュエーションが違えばそんなスラップスティックな展開もありえたけれど、分娩室で分娩台を前にして言われたのであれば、合理的な疑いの余地はなかった。

（予選を含めた今までのすべてのデリバリールーム……、待合室や大部屋、診療室や遊泳室、あるいは昨夜用意された個室とは違って、この分娩室だけは、綺麗なものね）

　決勝の舞台だからだろうか、あるいはまんま、分娩室（デリバリールーム）だからだろうか……、崩壊寸前の廃病院の中で、ここだけ現役で活用されているクリーンな処置室のようである。明日からオープンする、新しく入ったテナントみたいだ。

　宮子も、曲がりなりにも、ヘアピンカーブ並に曲がりくねりながらも妊婦なので、分娩室がどういう部屋なのかという下調べくらいはしたことがあるけれど、そのイメージから大きく逸脱する部分もない……、唯一、このデリバリールームで特筆すべきは、妊婦が横たわることになる分娩台が二台、設置されている点だった。

（予備？　いや……）

　予備だとしたら、二台の分娩台が部屋の中央に、極めて近距離で向かい合わせになるように配置されているのはおかしい。明らかに意図的なコーディネートである。

「母屋さまは準備に時間を要しているようでございますので、どうぞ、部屋に先着なさった宮子さまが、お好きなほうの分娩台にお上がりくださいませ。パンツをお脱ぎになって」

「何回も言わなくていいって……、分娩台に好きも嫌いもないって……」

そりゃあ分娩台に上がるのだから、パンツを脱ぐのは当たり前である。茶室に入るとき、履き物を脱ぐような礼節だ。宮子は外国人観光客ってこんな気持ちなのかしらと思いながら、言われた通りに下着を脱ぎ、どうしたものかと考えてから丸めてポケットに入れ、プリンセスのように上品にスカートの裾を摘まみ、向かって左側の分娩台へと上った。まさかどちらかの台が、乗れば崩れる仕掛けというわけでもあるまい……、脱いだマタニティインナーをポケットにしまったのは、いくら介助してもらっているとは言っても進道に渡すのは普通に抵抗があったからで（宮子が思春期真っ只中の女子中学生であることを忘れてはならない）、あえて手元に残したことが決勝戦の勝機の伏線となることはない。ないはずだ。パパの小説じゃないんだから。

（男性の助産婦に対する偏見が、わたしの中にも……、そう言えば、保育士さんが男性だと、嫌がる親御さんもいるっていうわよね。でも、準備に時間を要しているって……、何かあったのかしら、母屋さん？）

そう思って、すぐにそんな思いを振り払う。自分にはもう、あのＤＶ被害者を心配する資格なんてないのだ。わたしは約束を破り、信頼を裏切って、彼女を打ち負かすつもりでいるのだから。女子中学生の下着を剝ぎ取るよりも最低なのは、儘宮宮子である。

ならば開き直って、先着の優位を生かして、部屋の観察を続けるべきである。なかんずくこの分娩台を……、なにせ妊婦なものだから、促されるまま、自然に分娩台に上がってしまったけれど、決勝はこれに固定された状態でおこなうのか？　ならば、向かい合うもうひとつの分娩台には、母屋が陣取るということになる。

その分娩台もまた、二回戦の診療室に備え付けられていた内診台とは違って、最新型と見えるラグジュアリーなものだった。本革調の素材でまるで社長椅子みたいだったし、十インチのタブレットがアームで付属していた。

「なに、このタブレット？　ディズニーデラックスでマーベル作品を観ながら出産できるサービス？」

「生憎圏外でございます、宮子さま」

そう言えばそうだっけ……、『おしえて！スパイダーマン』、見たかったのに……、ならば、まさか出産シーンをリアルタイムで、妊婦自身が見られるシステムだろうか？　配偶者の立ち会い出産というのは一般的だけれど、そこまで進んだおもてなしは、寡聞にして聞いたことがない。

（見られるものなら見てみたいという気もしなくはないけれど……、どのみち、まだ妊娠六ヵ月そこそこのわたしじゃ、いくらなんでも早産過ぎるよね）

分娩室でおこなう分娩ゲームだからと言って、まさか今ここで出産しろというわけでもあるまい。そんな出産、幸せでも安全でもない。

（配偶者の立ち会い出産……、それにしても、さすがカウンターインテリジェンス。ここ

しかないってところを突かれたわ）

　完全に喪失していたやる気を、たった一言で無理矢理再燃させられた……、二代目とは言え、情報産業の雄と呼ばれていないだけのことはある、令室爽彌。時代の寵児、ならぬ新時代の胎児。

（おなかの子の父親が誰なのか……）

　なるほど、その程度の些細な情報、甘藍社にとっては『手元の資料』でしかないのだろう。宮子の抱えている秘密も、宮子の母親が抱えている秘密も、彼らにとっては公開株式でしかない。

（そんなことのために、わたしはデリバリールームに入室したわけじゃないけれど……、そんなことのせいで、デリバリールームに入室したのは確かだもの）

　そんな人参を鼻先にぶら下げられれば、食いつかざるを得ない。たとえそれが友への、ママ友への背信になろうとも。

（勝つしかなくなった。背信する以上、敗北するなんて許されない。最終的に元の木阿弥……、デリバリールームで優勝するしかなくなったわけだ、わたしは）

　もっとも、やる気になったからと言って、それで勝てたら苦労はない。母屋幸美の非凡さは、まざまざと見せつけられた通りだ。覚醒した彼女への勝機は極めて薄い。つわりでふらふらな妊婦に手心を加えようなんて、思い上がりもいいところである。なんなら出来レースなんて必要なかったくらいの戦力差である。

（せめて、一ミリでもチャンスを手繰り寄せないと……）

産道ゲームで、ゲーム開始前どころか、妊婦が全員集合する前にパズルのピースを集め終わっていた産越のように、先着の優位を生かして……、もっとも、あのゲーム内でのダブルスパイのプレイスタイルが本当にガチだったかどうかなど、情報格差のある宮子には判断のしようがない。

（ディズニーデラックスでも出産生配信でもないんだとしたら、なんのためのタブレット？　まさかこれを使って、対面する母屋さんと、お絵かき対決とか……）

そういうゲームアプリがあるのは聞いたことがあるし、また、甘藍社の前身がおもちゃ会社であることを思えばどことなくかすっている気もするけれど、お絵かき対決じゃ分娩とも妊娠とも、あまりに関係がない。

「ちなみにこのタブレットは、内蔵電池ではなく、我々の持ち込んだ大容量バッテリーで駆動させております。バッテリー切れの心配はございませんし、今、この瞬間、どんな災害が起こったとしても対応できますので、ご心配なく」

（そこまでして映さなければならない映像？　災害って……）

そんなことを勘案しているうちにも、お付きの助産婦である進道は、準備を着々と進めていく……、分娩台に固定された宮子の足に、何やらぺたぺた、粘着性のパッドのようなものを貼り付けていく。パッドからはコードが伸びていて、分娩台の下へと繋がっていた。

（低周波マッサージ器？　確かにこの分娩台、立派過ぎてマッサージチェアっぽくはあるけれど……？）

水泳で疲れた宮子の足腰を、そこまで心配してくれているのだろうか。座った状態でおこなう勝負であるならば、そこまで気を回してくれなくてもいいのに、もう、進道さんったら！　と、思えるほど、宮子がお気楽な性格だったら、どんなによかったか……、実際は、素肌に変なシールを貼り付けられるのは、特に下半身に変なシールを張り付けられるのは、不安しか感じさせない。赤ちゃんの心音を聞くための、ある種の心電図の装置のようでもあるけれど……、赤ちゃんの心拍にしたって母体の心拍にしたって、普通、心拍の鼓動を、足からは聞かない。いくら足が第二の心臓と呼ばれているからと言って。不安をかき立てられるのは、ノーパンですーすーする下半身に、更にすーすーする謎のジェルを塗りたくられているからでもあるが……、妊娠線（妊娠妊娠妊娠妊娠妊娠妊娠妊娠妊娠……）予防のための保湿クリームじゃ、絶対にない。

そうこうしているうちに、結局、宮子が先着の優位を活かした着想を何も得られないままに、もうひとりのファイナリストである母屋幸美が、逝道、選道、近道の、イケメン白衣三人を引き連れて分娩室に這入ってきた……、這入ってきたのだろう、一瞬、誰が来たのかと思ったけれど。ここに来て新しい妊婦かと思ったけれど。

「ごめん、宮子ちゃん、待たせちゃって」

だるんだるんなピンクのジャージを着ていたはずの母屋は、そして痛めつけた茶髪を伸ばしっぱなしにしたようなプリン髪だった母屋は、真っ黒な喪服を着て、ロングヘアを左右のツインテールにまとめていた。

（喪服……、ツインテールって……）

「お、母屋さん……」

「ああ、宮子ちゃん。わかってるよ、何も言わないでくれ」宮子の狼狽をなだめるように、母屋は穏やかに言った。「これで恩も、貸し借りもなしだ。事情は産越さん……、令室さんからか、聞かせてもらった。あたいも元より、手加減してもらおうなんて思ってねー。こうなったら宮子ちゃんにも勝つつもりでやって欲しいって考えてたし、正々堂々、マタニティシップに則って、ガチでやろうぜ」

「そ、その言葉はありがたいけれど……」その喜びすらも吹っ飛ぶ。「その格好は……、どうしたの？」

「ああ、あたい、着物なんて七五三でも成人式でも着たことねーから、手間取って……、そんで助産婦三人がかりで、手伝ってもらって。ヘアメイクも。トリートメントなんて十年ぶりくらいにされたぜ」照れくさそうに言った。長年のＤＶによる殴打痕だらけでカラフルに染められた彼女の顔に、ほのかな差し色が入る。「嫁入さんと妻壁ちゃんがくれたんだ。喪服とヘアゴムを。自分達の分まで頑張ってくれって……、そんなことを言われたら、燃えるしかねーよな」

「………へー」

宮子を蚊帳（かや）の外に、少年漫画の名場面みたいな展開が繰り広げられていた……、これまで熱戦を演じてきたライバル達の思いを背負って決勝戦に臨むなんて。

（臨まれる側はこんな切ない気持ちになるんだ……、わたしなんて、こんな、ほぼすっぴんみたいないつもの格好で、平服で来ちゃったみたいな感じなのに。パワードレッシングのパワーが完全に失われている。サポートの助産婦も、こちらは一名に対し、向こうは三名はべらしているみたいな、至れり尽くせりの形になっているし……）

公平を期すために母屋を訪ねると言っていたのは本当だったようで、産越が彼女にどんな説明をしたのかはともかく、騙し討ちのような形にこそならなかったものの、これでは約束を破る宮子が完全にヒールである。それだけでテンションが下がる。

（ただ……、思いのほか、似合う）

喪服ではあるものの、あるいは喪服だからこそなのか、清楚で上品な和服も、そのファッションとは相性の悪そうなツインテールも、きわきわのバランスで成り立っている。すべてがミスマッチの妙だ。ベビーシャワーゲームの際に着せられていたウエットスーツが機能性に特化した水着だっただけに、今まで母屋のことをそういう風に見てはいなかったが、まるで魔法使いに舞踏会用のドレスを誂えられたお姫様みたいに、雰囲気が一変している。センターとは言わないまでも、今の母屋は、『ツインツインツール』の研修生、その特選クラスから始められる逸材なのでは。もしもこのシーンがパパの小説の一場面だったなら、今この瞬間にこそ、装丁が決定した。編集会議を通ったし、なんなら美術手帖も通った。

（頭もよくて見た目も整えられるなんて……、あひるの童話じゃないんだから……、なんかズルくない？）

しかも、実のところ、最重要事項はそこではなかった。パワードレッシングと言うならあまりのパワードレッシングに、宮子も気付くのが、かなり遅れてしまったけれど……、待て待て、母屋が、誰の肩も借りずに、自分の足で歩いてきただと？　だるそうに猫背になることも、口元を押さえ、えずくこともなく？

「母屋さん……、つ、つわりは？」

「あ。なんか治った」けろっとして答えた。「さっき、急に」

「…………！」

そうだね！　つわりってそういうものだね！　ある日突然、急になくなったりするのよ！　だから気の持ちようだとか気合いだとか、心ないことを言われたりするわけで……、でも、いくらなんでもこんなタイミングで！

向こうからすれば、ここぞと言うべきぴったりのタイミングだが。

唯一の勝機が失われた、と嘆くのも違うが……、しかし確かに、ジャージから喪服に着替え、しゃきっと背筋を伸ばした母屋を見れば、その腹部はこれまで思っていたより、随分と大きい。つわりのきつい妊娠初期だと決めつけていたけれど、もしかするとそうではなかったのかも……、しまった、ベビーシャワーゲームで身ぐるみ剝がしたときに、それに気が付いていてもよかった。あのときは近道がすぐに分厚いバスタオルで彼女の身体を覆ったし、そもそも宮子は、母屋の傷だらけの身体を直視できなかったというのもあるが……、迂闊だった。

気の持ちようや気合いではないにしても、ふたりのライバルからの激励が、ホルモンにいいように作用したというのはあるかもしれない……、認めたくはないが、やはり妊婦には、周囲からのサポートが不可欠なのか。ママから逃れ、パパにも頼ることなく、ひとりで戦い抜こうとした宮子の、現在の体たらくを思えば、尚更である。

（でも、だからって諦めたりはしない……、母屋さんに言われるまでもなく、わたしは戦う。勝つつもりで、本気で）

許されようとは思わない。マタニティシップに則らなくても、自分が許されない妊婦であることはわかっている……、儘宮宮子はエゴイスティックだ。ヒールならヒールでいい。妊娠中に履く靴じゃないが、それで己を底上げしよう。正直なところ、辛い靴を強制的に履かされたような圧迫感もあるけれど……、折り合いが付かないうちに、母屋も宮子と同じように、もう一台の分娩台に、三人のイケメン白衣の介助を得て、祭り上げられる。イケメンの数で競う気はないが、気持ち、六対二で戦うことになった気分だ。

「負けてられないわよ、進道さん。見せつけてあげよう、わたし達のコンビ愛、ボーイミーツガールを」

「は？　なんでございますか、宮子さま？　失礼、わたくしとしたことが、たわごとを聞きそびれてしまいました」

「コンビニ行ってミートボール買って来いって言ったんだよ」

「ミートボールではありませんが、こちらをお持ちください」

介助しつつも意に介さず、進道は宮子の左手に、何やら球体を握らせた。見てみると、どうやらテニスボールのようだ。ならば対決の種目はテニス？　いやいや。そう言えば、こんなボールを、妊婦の腰や背中などに押し当てて凝りを取るというのも、聞いたことがあるな……、見れば母屋も、同じようにテニスボールを渡されている……、さすがに三人がかりだと準備も早い。和装なので、宮子みたいにインナーを脱ぐ手間が省けたというのもあるのかもしれないが。

覚悟を決めたつもりでも、こうして正面から向き合うと、やはり気まずさもあった。たとえ向こうが気にしていなくとも、いや、さばさばと気にしていないからこそ、罪悪感が深まる。

だって、思ってしまうのだ。

宮子の変心を母屋が寛容にも許してくれるのは、彼女が優しいからではなく、単に、こうした約束破りに慣れているからなんじゃないかと……、痛みに慣れていること以上に、期待して、裏切られることに、慣れてしまっているからなんじゃないかと。

たとえば、対称的に設置された分娩台に、開いて固定された彼女の、青かったり赤かったり黒かったり白かったりする足くらいは、身ぐるみを剝いだときにも見たが、しかしフインを外した爪先にまでは、そのときは気が回らなかった。それを爪先というのは、指の一部については正しくないかもしれない……、十爪のうち何枚かは、文字通り無残に剝がれ落ちていたからだ。そんな爪のない先を見れば、そんな慣れを考えないわけにはいかない。慣れ。所詮こんな展開は慣例であり、宮子は別に、特別じゃあないから許されたのだとすれば、そんな悲しい物語はなかった。

　ともあれ、そんな生足、生々しい傷の残る足のあちこちにも、マッサージ器か心電図みたいなパッドが貼られたところで、

「さて」

　と、進道が手を叩いた。そして解決編に突入する際の名探偵のように言う。

「それではデリバリールーム決勝戦、分娩ゲームの開始に先立ちまして、まずは当ゲームのルール説明をさせていただきたいと存じます。ハウスルールならぬルームルールを」

　イケメン白衣は進道を含め、逝道、選道、近道と、四人とも集合したけれど、ＣＥＯであり室長である産越初冬、二代目令室爽彌は、どうやら姿を見せないようだ。今頃どこぞの別室（アナザールーム）で、ワイン片手に猫を撫でながら、モニター越しに妊婦同士のバトルに、胸を躍らせているのだろう。

「もちろんこれは、ふたりの妊婦さまに一部屋で同時に出産していただこうという、効率化された医療制度ではありません」

　当たり前だ。そんな養鶏場みたいな産みかたをさせられてたまるか。

「実はこれも母親学級のカリキュラムなのでございます。この場合は母親学級と言うより、

両親学級になりますが……、妊婦さまに分娩台に上っていただき、またパートナーの男性にも、向かい合う形で分娩台に上っていただき、ご自身が出産するわけではない父親に、出産時の疑似体験を共におこなっていただくことで、父親としての自覚を持っていただこうという、本来はそういう算段なのでございます。妊娠に関する男性の周縁化問題の解決もまた、我々デリバリールームの責務なのです。いつかは男性向けのデリバリールームも設立せねばと考えていて、いわばこの向かい合う二台の分娩台は、そのテストケースとなる装置なのでございます」

「素晴らしいじゃない」

まさかここに来てデリバリールームを称賛することになるなんて、宮子は思いもしなかった。しかしこれは心からの褒め言葉だった。まさかまさかだ、『心から後悔させる』なんて脅されていたのに、こんなどんでん返しがあろうとは。出産の立ち会いもいいし、妊娠体験の肉襦袢もいいけれど、出産そのものを疑似体験してもらうというのは、なんて価値のある試みなのだろう。そうだ、そばに突っ立っているだけじゃ、所詮は当事者じゃなく傍観者なんだよ。棒立ちになってないで内診台なり分娩台なりに上れって話だ。

（おなかの子の父親……）

いや、今まで誤解していたようで申し訳がなかった。わたしとしたことがデスゲームだとか人体実験だとか、ネット上のあやふやな噂に振り回されて、斜めに見てしまっていたところがあったかもしれない。パパの言う通り、ラジオに頼るべきだった。実際、後悔させられている。今やわたしはデリバリールームの大ファンだ。そういう事情だったのであれば、喜んで妊婦の個人データを提供させてもらおうじゃないか、ベータ版であろうとも。手弁当のボランティアでテストプレイヤーに志願する。

（……でも、わたしはもちろん、母屋さんにしたって、パートナーの男性を正面に座らせはしないわよね？　母屋さんはそのＤＶパートナーから逃げるために、デリバリールームというシェルターに飛び込んだんだから）

そもそもパートナーと呼ぶのもおぞましい。普通に敵と呼ぶべきだ。だが、だからと言って妊婦同士を対面させてどうする？　宮子と母屋がパートナーだったのは三回戦のベビーシャワーゲームに限ってのことで、やはり今は敵同士なのである。

「承知しておりますとも。なので、分娩ゲームはこのカリキュラムを応用しておこなうということでございます」立て板に水で、進道は続けた。「それではここでタブレットの画面をご覧ください」

見ると、宮子がカリキュラムの教育方針に感動しているうちに、先程まで黒い鏡の役割しか果たしていなかったタブレットの画面が明るく点灯していた。遠隔操作されているのか、既にアプリケーションが作動している。強めの輝度で映し出されているのは……。

表示されていたのは、様々なサイズの積み木のような複数の木片と、それらがすべて収まるような額縁のような枠組み……、児童向けの知育玩具？　一見、一回戦の産道ゲームで隠されていたようなジグソーパズルを思わせるが、それにしては木片の形が規格的過ぎる。これじゃあどうとでも組み合わされる。サイズこそまちまちでも、基本、正方形と長方形で……、そして枠組みは、完全には閉じておらず、下部が一部、開放されていて……。

（だからジグソーパズルじゃなくて……、これって『箱入り娘』？　スライドパズルの……）

スライドパズルで有名なのは、いわゆる15パズルだが、あれはピースが正方形のみで、サイズも統一されている。それに、パズルの目的は、ピースを順番通りに並べ替えることだ。対して『箱入り娘』の目的は『娘』と書かれたピースを、スライドの末に、他のピース群をすり抜けて、枠組みの外へと導くことである。

世代の違う嫁入だったならもっとちゃんと理解している遊びだろう。正直、宮子はちゃんとやったことがあるかどうかも怪しいパズルではある……、ゆえに、確信は持てない。

（木のおもちゃは子供の情操教育にいいって言うけれど、ちょっと対象年齢が高そうだし……、第一、タブレットに映ってるだけじゃ、木のおもちゃとは言えないよね）

そもそも『箱入り娘』のピースとなる四角形の木片に書かれている文字は、軸となり核となる『娘』の大駒を始めとして、一般的には『父親』『母親』『祖父』『祖母』『兄弟』『華道』『茶道』『書道』『和裁』の十個だったはずだ。意味合い的なダブりこそ見受けられるものの、それらの大半が違っている。駒の総数さえも。

まず大駒が、

（……『胎児』）

と来た。

インパクトのある文字だ。特に今の宮子にとっては……、そして様々なサイズの木片が、タブレットの画面狭しとこう続く……、『世間体』『年齢』『仕事』『キャリア喪失』『ベビーカー』『寿退社』『友達』『不運』『事故』『学歴』『電車』『親子関係』『親戚』『舅姑』『つわり』『差別』『家事』『ワンオペレーション』『産後鬱』『不自由』『死別』『社会』『近所付き合い』『マウンティング』『ハラスメント』『逃避』『噂』『病』『貧困』『美貌』『母性』『流産』『浮気』『陣痛』『保育』『離婚』『犯罪』『リスク』『体力』『暴力』……以下、延々と続く。

（これ……、なんか見えた気がする）

どういうゲームか勝ち筋が見えたという意味ではない、そんなのはほとんど一目瞭然だ。そうではなくて、プログラマー『甘藍者』こと初代令室爽彌が、個人では大成できなかった理由が見えたのだ。

（なんで『箱入り娘』みたいな伝統的なゲームをベースに、ちょっぴり手を加えただけで、こんな手心なく気持ちの悪いクリーチャーみたいなパズルを作っちゃうんだ……、『生命っち』の育成も、思い通りにいかないよ、そりゃ）

デリバリールームを折角見直したところなのに、これじゃあ元の木阿弥だ。おもちゃ作りとしては致命的な欠陥である。プレイヤーを楽しませようという意識がまったくない……、大体、木片パズルのゲームを最新鋭のタブレットでプレイさせようというセンスも、どこか微妙にズレていると言える。これじゃあ、スライドパズルではなくスワイプパズル、いや、ドラッグパズルだ。もちろん評価はできる、ゲームデザインと言うか、この分娩ゲームのコンセプト自体は。

「……枠組みは子宮のメタファーなのよね？　出産するための障害みたいな概念をブロックとして、大駒の胎児の周囲に配置し、スライドパズルをプレイすることで、厳しい分娩の疑似体験をしろってことでしょ？　このゲームは」

「さすがの理解力でございます、宮子さま」進道は相変わらず、飄々（ひょうひょう）と言う。「母屋さまにもご理解いただけたようですので、早速、駒の配置をお願い致します。タッチパネルで操作できますので」

「……？　ん」それは予想外だ。「自分で駒を配置していいの？　好きなように？」

「はい。枠組み内に収まる形で、すべての駒を。ただし、大駒である『胎児』の初期配置のみは、中央上部と決まっておりますので、悪しからず」

ふむ。『箱入り娘』でいう『娘』の位置だ。そうでないと、出口のすぐそばに配置して、一手でクリアできるパズルになってしまうか……、でも、それは極端にしても、自分で制作していいのなら、こんなの、いくらでも簡単にできないか？　確かに、妊娠に関する問題を自作できるようになってこそ、真に妊娠を理解していると言えるわけで……、そういう意味ではパズルを自分で制作しろというのは、決勝戦らしい、レベルの高い要求だと言える。

（配置に個性も出そうだしね……、どのブロックを、どれくらい障害に思っているかが、白日の下に晒されると言うか……）

だとすると、心理テストのようでもある。そう考えて宮子は正面の分娩台のほうを見たが、母屋は大して迷う様子もなく、すいすいとなめらかにタブレットを操作している。

（……いいや、大丈夫だ。変則的であれ、ゲームの種目がパズルなんだったら、一時は消えたと思った勝機が、かろうじて頭をもたげてくる）

知力体力時の運のベビーシャワーゲームで、母屋が見せた恐るべき知性は、厳密に言うならば記憶力に属するものだ。まさか趣味がクイズで、普段から各地の大会に参加しているわけじゃないだろう……、だとしたら産道ゲームの際、『アタック25』というワードに、もっと食いついていてもよさそうなものだ。『テーマ・出産』の、『99人の壁』のひとりとして、母屋が参戦しているところを、宮子は見たことはない。

（パパの小説にやたらと登場する『完全記憶能力の持ち主』ってわけじゃないだろうけれど、きっと母屋さんは記憶力が異常にいいんだ。テレビやら本やらネットで、ちらっと見ただけの情報でも、脳に刻み込めちゃう人なんだろう）

ある意味、情報機関の甘藍社が開くデリバリールームの、象徴みたいな妊婦であるとも言えるが、しかしそのスキルは、クイズならばともかく、必ずしもパズル向きではない。むしろ残像として頭に残ってしまう記憶が邪魔になるんじゃないのか？

もしも母屋が今着ている喪服を、一張羅として持っていた元の持ち主……、たぶん入れ替わりにピンクのジャージを着て帰ったのであろう嫁入が決勝の相手ならば、宮子は完全に下着のみならず、兜を脱ぐしかなかった。プレーンなジグソーパズルを二面同時に攻略できる、おはじきとパズルしか娯楽がなかった時代を生き抜いた、ガチの『箱入り娘』だった嫁入細が対戦相手だったならば。

（でも……、子供の頃から殴られながらずっと育った母屋さんが、なんでも覚えているくらい記憶力がいいなんて悲劇でしかないよね……、忘れられないなんて）

なので、本来的には外れて欲しい洞察でもあるが、それでも今の宮子は、その読みに縋るしかなかった。もちろん、敵失のみに期待なんてしてはいられない。おそらくは『よーいどん』で双方の妊婦が自作のパズルに取りかかり、先に解いたほうの勝ちというゲームなのだから、できるだけわかりやすく、シンプルに、最少の手数で解けるように、『胎児』の周りに他のブロックを配置しないと……、可能な限り分娩が安産になるように、いわばバース・プランを練るように……。

（……待てよ？）

母屋と違って、タブレットの操作を始めるまでに若干手間取ったことで、逆に考える時間が生まれた。生じた、疑いが。

（自分で作ったパズルを自分で解くなんて、そんな自問自答が、待合室での予選ならまだしも、決勝戦の課題ってことがあるかしら？）

「そこまで！　お手をお止めください」ややあって、唐突に、進道が声を張り上げた。

「制限時間いっぱいとなりました。パズルの制作パートはここまでとなりましてございます」

　言われて、反射的に指を離してしまったが、制限時間なんて一言も触れてなかったじゃないかと、文句を言いたくなった……、宮子も母屋も、ぎりぎりブロックの配置を終えていたし、それを見計らっての切り上げだったのだろうが、しかしながら、更に進道は、ふたりの妊婦が聞いていないルールを続けた。

「それではパズル交換でございます」

　交換という言葉の説明もなく、タブレットに表示されていた、宮子制作の『子宮入り胎児』がふっと消え、代わりにまったくブロックの配置の違う『子宮入り胎児』が表示された。バグではあるまい。入れ替わったのだ、宮子制作のパズルと、母屋制作のパズルが……、やはり、自問自答ではなかった。

（自分が作ったパズルを自分で解くんじゃなくて、相手が作ったパズルを、互いに解き合うってルール……）

　危ういところだった。もしもシンプルな配置にしていたら、一瞬で母屋に解かれて、二瞬で敗北が決まっていた。わたし達に安産なんてあるはずがないという当然の気付きがなければ、デリバリールームの仕掛けたトラップに、まんまと引っかかるところだった。

　ただし、この展開は母屋にとっても予想済みだったようで、画面に表示された母屋制作の『子宮入り胎児』も、ぱっと見る限り、そうシンプルな構造にはなっていない。大小のブロックが、複雑に嚙み合って、入り交じっている。これが心理テストだとするとさぞかし分析のし甲斐がありそうだが、今はそれをしている場合ではない。

思い直した宮子が、結果的には、あとから言われた制限時間に駆け込むように作った『子宮入り胎児』と、どちらのほうが難易度が高いのかは判断が難しい……、一見簡単そうに見えて、手順が煩雑という配置もあるだろうし、もちろんその逆もあるだろう。いずれにせよ、人事は尽くした。あとはスタートの合図を待つのみかと思ったが、

「では、おふたかたのパズルに配置されましたブロックのうち、『不動ブロック』を、勝手ながらこちらで指定させていただきたいと思います」

と、進道はまだ、号砲を鳴らさなかった。焦らすように。

不動ブロック？　後から後から、次々とルールが付け足されていく。予想しないトラブルが起こり続けるのが、出産だとは言うものの……。

「むろん他意なく、ランダムに決めさせていただきました。宮子さまのチャレンジなさる分娩からは『親子関係』のブロックを、母屋さまのチャレンジなさる分娩からは『暴力』のブロックを、それぞれ『不動ブロック』と、指定させていただきます」

他意どころか本意もいいところじゃないか。『親子関係』と『暴力』って……、思い切り芯を喰ってくる。見れば、画面上の『子宮入り胎児』で、『親子関係』のブロックだけが白黒反転していた。

明らかに『不動ブロック』というワードへの進道の説明は足りないが、そこは各自で推

測しろということなのだろう……、スライドパズルにおいては掟破りにも、このブロックは『絶対不動』、揺るぎないという設定になるようだ。名前だけ聞くとポップなテレビゲーム『ぷよぷよ』に登場する『おじゃまぷよ』の語感だが、どう足掻いても消えることはないので、他のブロックをスライドするときは、この『不動ブロック』を避けるようにずらさなければならない……、これは初期配置には関係なく、パズルの難易度を撥ね上げる。

（難易度を上げるためっていうのが主旨としても……、もしかして、出来レース防止のための追加ルールかしら？）

宮子と母屋は一回戦と三回戦で協力プレイをしたし、また、二回戦では宮子は自主退室をしようとした前科がある。あまつさえ、決勝では母屋に優勝を譲るつもりでいた。自殺したはずの室長みずから姿を現して、その選択肢を完全に奪われたはずだったが、それでもわざわざと簡単なパズルを相手コートにトスする可能性は、ないとは言えない。いわば『不動ブロック』のデリバリールーム側からの指定は、トランプでポーカーをするときの、カットの役目を果たすのだろう……、親と子の関係が逆になっているが。

（親と子……）

「質問、いいかな」母屋がテニスボールを握った手を挙げた。そう言えば、そのテニスボールへの説明も、まだない。「この『不動ブロック』の存在で、スライドパズルが解けなくなるってこともあるんじゃないの？」

「もちろん、そういうこともあるでしょう。ランダムな指定でございますので、そこは完全に運不運でございます」進道は笑顔で答える。「どれほど手を尽くしても、不運としか言いようのないお産もございますので」

笑顔で答えることでもないが、それは事実だ。そうでなければ、デリバリールームの意味がない。思い通りにならないのは、甘藍社の胎芽である『生命っち』に限らないのである。

「じゃあ、あたいと宮子ちゃん、ふたりとものスライドパズルが、解のない状態ってこともあるわけだよな？　その場合、勝敗はどうなるんだ？　引き分け再試合なのか？　それとも、両者退室なのか？」

つわりが治まったからと言うだけではないだろう。母屋ははきはきと、説明不足のルールの細部を口に出して確認する……、ふたりの妊婦の思いを背負って、完全に勝ちに来ている。もちろん裏切り者の宮子としても、そうであってもらわねば困るのだが、肝心の進道からの答は、

「その場合は、先にギブアップしたほうの負けという定めになっております。引き分けや再試合といった規定は特にございません」

だった。

ギブアップ？　それもいやに耳新しいルールだけれど……、たとえパズルに苦戦したからと言って、ギブアップなんてするだろうか？　粘っていれば、相手のほうが先に音(ね)を上げるかもしれないというのに……。

「タイムアップはないの?」これは宮子の問い。パズル作りの制限時間を告げられていなかったことを、根に持っているわけではないが。「制限時間内にふたりとも、パズルを解けなくて、ギブアップもしなかったら……」

「タイムアップはございません。これが出産の疑似体験であることを何卒お忘れなく……、場合によってはお産は、数日にわたって続くこともございますので」

ギブアップのルールはあるのにタイムアップのルールはない……? 数日かかるお産があるというのは、その通りではある……、いくらなんでもパズルにそんなに、時間をかけはしないにしても……。

(そうするつもりはないけれど、自分のタイミングでギブアップができるのであれば、わたしが母屋さんに勝ちを譲りやすいとも言えるわけで……、妙な隙を作るわね?)

てっきりその点について、進道から更に付け足しの制限があるのかと思ったが、

「では、デリバリールーム決勝戦、分娩ゲームを始めさせていただきます。幸せで安全な出産のために、どちらの妊婦さまも、恨みっこなしで共にベストを尽くしてください」

と、質問の受付を半ば強引に切り上げた。そして、他三名のイケメン白衣と動きを揃える形でびっと右手を掲げ、

「ヒッヒッ……、フー!」

と、高らかに宣言した。

一瞬、乾杯の音頭を取ったのかと思ったが(『ヒップ、ヒップ、フーレイ!』)、出産時

の呼吸法をモチーフにしたゲームスタートの合図らしいと、すぐに気付いた。

（ちぇっ……、結局、細部が詰め切れないままにあれよあれよと始まっちゃったけれど、とにかくこんなの、動くしかない……、動かすしかない）

たぶんスライドパズル自体には、それなりのスタンダードなアプローチと言うか、正しい手順のようなものがあるに違いないが、イレギュラーな『不動ブロック』の存在がある時点で、まっとうなマニュアルが通じるとは思えないし、法則はプレイしながら体得していくしかない。幸い、宮子はスライドパズルのマニュアルなんて知らないし……。

（ごめんね、母屋さん……、恨みっこなしなんて、わたしは言わないから）

恨んで欲しい、我が儘な宮子を。

そう決意して、宮子はまずは、ほぼそれしかない第一手を打つ……、人差し指を『陣痛』のブロックに合わせ、そして右隣の空きスペースへとスライドさせ……。

「ぎゃああ！」

4

かつて経験したことのない痛みが宮子を襲った。理解しがたい、理不尽としか言いようのない、理性の消し飛ぶ、野趣溢れる野蛮そのものの痛みが。天罰が下ったとしか思えない、人として産まれた罪に対する。箪笥の角に足の小指をぶつけたときよりも、自転車でカーブが曲がりきれずガードレールに衝突したときよりも、クラスメイトと取っ組み合いの喧嘩をしたときよりも、家庭科の授業で誤って指を縫ってしまったときよりも、ピアノの演奏中にふたが閉じてしまったときよりも、二階の窓から落ちたときよりも、三本同時に虫歯になったときよりも、インフルエンザの予防接種よりも、自分の料理で食当たりになったときよりも、代理母の手術のときよりも痛かった。強いて言うなら月経に近い。このところ縁のなかった生理痛が、六ヵ月分まとめて一気に訪れたような激痛だった。気絶せず、意識が残っているのが不思議なくらいだ。

「か……、か、は、はあ……」

間違いなく白目を剥いていると思いながらも、宮子は視線を己の下半身に向ける。分娩台に固定された、そして低周波マッサージ器や心電図のようなパッドがぺたぺた貼られた、己の下半身を。低周波どころか重低音の衝撃、心電ならぬ感電のような衝撃……。

「進道……、進道……」宮子は、画面から離した人差し指で、助産婦を招いた。「進道……、進道……、進道……、進道進道」

「いかがなさいました、宮子さま。いくら熱烈にコールされても、わたくし、ファンサは致しません」

「お前を殺す」震える声で誓った。怒りに。「愛よりも深く、恋よりも堅く、お前を殺す」

「お戯（たわむ）れを」進道は鷹揚に両手を広げた。「申し上げたではありませんか、このカリキュラムのベースは、出産の疑似体験であると。ならば陣痛は付き物でございます」

確かに、陣痛のない出産などありえない。無痛分娩でさえ、その最中にまったく痛みがないわけではないのだ。だが、屈強なアメリカンフットボーラーに容赦なくタックルされたかのようなこの衝撃が、陣痛の再現だと言うのか？

もしも国民的アイドル『ツインツインツール』の第二センターが、この決勝戦に参加していたならば、やはり、『バラエティ番組で似たようなゲームをやったことがある』というかもしれない。それこそ低周波マッサージ器のようなパッドを貼って、罰ゲームでビリビリ痺れさせるというような……、あるあるで、ありがちだ。ただ、テレビがどこまでガチかは、芸能人ならぬ宮子には計りようもないけれど、こんなリミッターを解除したスタンガンみたいなビリビリを、現代のコンプライアンスが野放しにしているとは思えない。大容量のバッテリーを、まさかこういう風に使用しようとは……、この痛み自体が災害じゃないか。

「分娩ゲームは出産を控えた妊婦さま、そしてそんな妊婦さまに向き合う旦那さまに、陣、陣、陣、陣、陣、陣、陣、陣、痛を予習していただこうという趣向の、宮子さまにお褒めいただいた両親学級のカリキュラムをベースにしております」

「褒め言葉は全面的に撤回する……、わたしの思った通りだった、デリバリールームは……、お前達は最悪だ」

見れば、正面の分娩台に座る母屋も、眉をわずかにしかめていた……、眉をわずかにしかめていた？　あんなとんでもない痛みに対して、その程度のちっちゃなリアクションで済むものなのか？　これがバラエティ番組だったら、いの一番にカット候補になっちゃうよ？

「これが陣痛？」母屋は強がるように唇を歪(ゆが)めて、言ってのけた。「あたいが陣痛促進剤を打たれたときは、こんなもんじゃなかったよ。マジで気絶したくらいだもん」

　予習としてならこれくらいが適量かな。

　そう言ってすんなり画面に視線を戻す母屋……、そうだった、悲しくも死産だったとは言え、母屋は経産婦なのだった。陣痛も、出産の痛みも、電気信号の仮想ではなく、リアルに経験している。痛くないわけじゃあないだろうが……、殴られるのにさえ慣れていると、口癖のように言っていた彼女である。

　対する宮子は、陣痛どころか、破瓜(はか)の痛みさえ経験していない生娘だ。なんなら失恋の痛みも、ちゃんとは知らないくらいである。好きな漫画のキャラが死ぬことを、普通は失恋とは呼ばないのだろうし。

「進道がいささか言葉足らずで、誤解を招いた側面もあったようですので、この逝道が補足させていただきます」と、そう申し出たのは、元祖母屋お付きの、古参の助産婦だった。「ご存知の通り、陣痛には周期がございます。常に痛みが継続するのではなく、波となって、母体に分娩が間近である信号をお伝えするのです」

「周期……、波……、伝え……？」

　今度はこっちがつわりに苦しんでいるような喋りかたになっているが、宮子は一言一句逃すまいと、逝道の言葉を復唱する。低周波マッサージからそんなワードに辿り着けというのはあまりに無茶だが。まだ『亭主』くらいのほうが、連想できた気がする。

「そこで分娩ゲームでは、スライドパズルの一手ごとに、妊婦さまに陣痛を体験していただきます。大駒にせよ、それ以外のブロックにせよ、一度スライドさせるたびに、波のある強度の陣痛が、おふたりの痛覚神経を襲うとお考えください」

「一手ごと……、スライドさせるたび……？」絶望的な情報が傷んだ神経に染み込んでくる。粗塩を擦り込まれるように。「波のある強度……？」

この世の終わりみたいな今の奴が、最大の痛みじゃないかもしれないという意味か？ありうる。むしろ最初の一回はデモンストレーション的に、微温的なビリビリにプログラミングされていた可能性は高い。どちらにしても……、通常の『箱入り娘』の最短の手数が、確か八十一手だったはずだが、無駄にスケールアップされたこの『子宮入り胎児』の出産までの手数が、それ以上であることは確実である。それだけの回数、無数と言っていい回数、陣痛を味わわされることになる上、別段、一度あった陣痛が、その後消えてなくなるわけでもないのだ。今も受けた衝撃は、それなりに継続している……。

（こ、こんなのが最悪、数日も続くって……？）

発狂するだろ、これ。『とりあえずスライドできるところからスライドして、道なりに操作に慣れていこう』なんて試行錯誤、絶対に許されない。一手のミスはイコールで一度の陣痛だ。ブロックを戻す分まで含めれば二度の陣痛である。

最短最速での分娩を強いられている。

（しかも……、そういうことならこの決勝戦、わたしの切り札が使えない……！）

ここまで『もしもわたしがパパの小説の登場人物だったら』なんて、ことあるごとに多用してきた仮定法は、このルールにおいては適用外である。なぜなら、宮子の父親である秩父佐助は当然ながら男性で、男性である以上、これまた当然ながら、出産経験があるわけではない。パパに限らず、男流作家ならば、たとえどれほど文才に恵まれて、辞書一冊分の語彙を駆使し、ノンフィクションばりのリアリティで描写しようとも、陣痛を我が身で実際に経験したことはないはずだ。ママの出産時に、この両親学級のカリキュラムを受講したというのなら話は別だが、そんな作家の執筆した小説の登場人物だったとしても、陣痛への対処法は思いつくまい。パパの小説に、陣痛に立ち向かう女子中学生は登場しないのだ。

つまり、小説家のパパに頼ることは許されず、ここだけは現実の儘宮宮子として、ひとりの妊婦として、痛みに立ち向かわざるを得ないのである。

（ひとり……、たったひとり……！）

「どうなさいます？　宮子さま」それでも二手目を躊躇する宮子に、進道が訊いてきた。

「まだ決勝戦は始まったばかりですが、ギブアップなさいますか？」

「……お戯れを」

既に母屋は三手目、四手目まで『子宮入り胎児』を進めている。挑んでいるパズルの初期配置も、『不動ブロック』の位置も違う以上、単純にリードされているとは言えないが、母屋のプレイを座して見ているわけにもいかない。宮子は再び画面へと右手の指を伸ばす……、反対側の手をぎゅっと握り締めたところで、ああ、あらかじめ渡されていたテニスボールは、このためのアイテムなのね、と納得した。陣痛に耐えるために、パートナーの手ではなく、テニスボールを握る。まったく、至れり尽くせりだ、この分娩室は。

じゃあわたしも尽くそう、死力を。至るために、幸せで安全な出産へ。

5

どうして古式ゆかしいスライドパズルを、これ見よがしに最新型のタブレット上のアプリでプレイさせるのか、変人のズレたセンスを感じていた、分娩という観点から見れば、これは裏技の使用を封じるためなのかもしれなかった。一回戦の産道ゲームは胎児の側の気持ちを学習するためのカリキュラムだったから、クリア手段として、天井に帝王切開ルートが確保されていた。もしも分娩ゲームのスライドパズルが仮想ではないリアルな木製であれば、同じく真上に持ち上げる、否、取り上げるという方策があったけれど、のっぺりとした二次元のタブレットではそのルートはなく、子宮口からの経膣分娩を目指しかない。決勝戦で痛みと共に体験学習するのは、あくまで出産時の気持ちだということなのだろう。間違っても帝王切開をする医者の気持ちを学ぶわけではない。

一度目の陣痛は完全に不意打ちだったので、もろにダメージを、正面から食らってしまったけれど、周期が『子宮入り胎児』のスライドと連動するシステムだとわかっていれば、二度目以降は、かろうじて受け止めることができた。受け止めると言うか、かろうじてかすり傷で躱すと言うか……、痛む強度のランダム性には振り回される……、来ると思っているところに、わずかな陣痛しか来なかった場合も、決して楽ではない。その拍子抜けな空振り感は、それはそれで辛い。野球やボクシングなんかでも、空振りって結構、心身共に消耗するらしいし……。

（完全な頭脳戦だと思っていたけれど……、この分娩ゲームも三回戦のベビーシャワーゲーム同様の、知力体力時の運を競う競技ってことなのね……）

スライドパズルは間違いなく知力の領分だが、どこまで痛みに耐えられるかは体力だ。耐久性……、ガチャガチャと言うよりガチャ並みに射幸性の高い陣痛は、まあ運の要素である……、射幸性と言うより、この場合は、射不幸性だが。

（それに、設定された『不動ブロック』も、知力と言うよりは運の要素よね……、これがあるだけで、相当やりにくいし、ましてこの不動の『親子関係』のせいで、根本的にクリアできないかもしれないという不安を抱え続けながらプレイしなきゃいけないって……、すごくすごく不毛な気分）

だが、進道の言う通り、実際の出産もそうなのだろう。こうなのだろう。そしてこんなものではないのだろう。どんなに痛くて苦しくても、最後には絶対にうまくいく、というようなものじゃない。努力も、忍耐も報われず、残念な結果は起こりうる。妊娠も出産も、すべての人類の母親が、まず間違いなくやってきたことなので、なんだか当たり前の行為のように思いもするが、実際問題、命がけのギャンブルだ。パパ相手に切った啖呵が、今になって返ってきているようだった。そもそも宮子とて、そんな風に産まれてきている……、ママは、宮子を出産するにあたって、子宮を摘出している。

（そう言えば、ベビーシャワーゲームのおむつクイズの、後半にあった問題によれば、出産する当日まで働いていていても違法状態じゃないけれど、出産日から八週間は、原則働かせちゃ駄目って法律があるらしい……）

体感できた気がする、その理の当然さを。こんな消耗のあとに労働させられたら、相当な人権問題だ。自分が受けた仕打ちを他人にも味わわせたいと思うような人間ではないつもりだったが、両親学級とかじゃなく、みんながこの陣痛を経験すれば、世界はもう少し優しくなるんじゃないだろうか。

（まーでも、トラブルだらけの厳しい出産をした結果、そんな風に産んだ実の娘を代理母にするママみたいな人も、レアケースながらいたりしちゃってるから、一概には言えないわよね……！　こーんな陣痛なんか経験してなくても、立派で優しい人、たくさん知ってるし！）

「進道さん……、念のために訊いておくけれど、この擬似的な陣痛が、おなかの赤ちゃんに悪影響を及ぼしたりしないわよね？」

「もちろんでございます。大切なお子さまは当然ながら、母体にも悪影響はございません。

むしろ好影響があること間違いなしです。宮子さまの身体に、好景気が訪れますよ」

「好景気って」

「疲労回復、肩凝り、頭痛、筋肉痛、神経痛、寝不足などに効能がございます。ご堪能くださいませ」

天然温泉かよと言いたくなるが、しかし擬似陣痛の仕掛けの根っこが、電気刺激の低周波マッサージ器にあるのなら、この激痛が身体によくても不思議ではない。ストレッチとか、整体とか……、安産のためのマッサージというのもあるとは聞く。とは言え……。

「宮子ちゃん」と、朦朧としてきたそのときに、正面から母屋が声をかけてきた。「ちゃんと息、したほうがいい」

「い……息？」一瞬、意味がわからない。「息むってこと？」

「じゃなくて。息を止めたり、歯を食いしばったりし続けると、脳溢血とか蜘蛛膜下出血とかになりかねねーし。ワンダーネットが破れちまうぜ」

擬似とは言え、出産の最中に痛そうな病名を出してくるなあ……、そういうところは素なんだなあ……、脳や蜘蛛膜はともかく、わたしの頭にワンダーネットなんて器官はないよ、キリンじゃないんだから。

でも、そうだ、呼吸だ。それこそ分娩ゲームのスタートの合図だった『ヒッヒッフー』じゃないが、ただ深呼吸をするだけでもいい。脳に酸素を送り込まないと、考え続けることがどんどん難しくなる。そして全身の動脈と静脈に。毛細血管の隅々まで、酸素を。

「母屋さま。対戦相手にアドバイスというのはいただけません。八百長を疑われることになりますので」逝道が厳しく警告した。「引き分け再試合はないと進道は申し上げましたが、両者敗退の没収試合はございます。両者、何も得ることなく、身重の身体で寒空の下に身一つで放り出され、路頭に迷うことになりますよ」

脅し怖っ……。

しかし母屋は軽く肩を竦めただけで、「なんで。『息をしろ』のどこがアドバイスなんだ？『歩くときは足を使え』くらい、当たり前のことを言っただけだぞ」と、反省の色を見せなかった。

（強くなったなあ……、初対面のときのふらふらの印象からは、段違いだ）

それこそ親みたいな気持ちになってしまう。もうわたしが守る必要はないのだと。むしろこちらが気遣われている。すっかり立場が逆転してしまった。負うた妊婦に教えられ、だ。

「ふー……」

言われた通りに深く深く呼吸をする。脳溢血になっても困るし、それに、酸欠で取り組めるパズルじゃない。意地を張らず、喜んで助言を受け入れよう……、だが、一方で、対戦相手からのアドバイスを喜んでばかりもいられない。余裕があってこそのアドバイスだからだ。宮子はついさっきまで、タブレットばかりを見、戦っている相手を見られていなかった。それでどうやって勝てると言うのだ。

改めて『子宮入り胎児』に向き合う。陣痛のことを思えば、最少の手数でクリアするのは必須ではあるが、やはりどうしても『不動ブロック』が邪魔だ。そう思って見るからそう見えるだけかもしれないが、『親子関係』というワードがどうしても目について、ただでさえ散漫になりがちな集中力を、更に拡散させられる。

「なあ、宮子ちゃん……、一個、訊いてもいいかな？」母屋が、そこで更に話しかけてきた。「もう宮子ちゃんに、中絶したほうがいいんじゃないかとか言わねーし、ギブアップを勧めたりもしねーから」

「……いいわよ。一個と言わず、何個でも」アドバイスを受けた手前でもないけれど、宮子はそう応えて、一応、進道のほうを見た。「構わないかしら？」

「助言でないようでしたら、どうぞご自由に。デリバリールームはママ友のコミュニケーションを重んじます。分娩の最中、周囲から声をかけ続けてもらうことも重要です」と、進道。「四方山話に見せかけて相手のプレイを妨げようという技も、お好きに駆使していただければ」

するか、そんなこと。ただまあ、念頭には置いておこう。妨げるというのはないにしても、母屋との会話の中から、このパズルの制作意図を引き出すことはできるかもしれない。

「で、母屋さん。わたしに訊きたいことって？　何でも訊いて。約束を反故にした理由なら……」

「理由は聞いたんだ、だから。怒ってるわけじゃなくって……」くっ、と母屋は顔をしかめた。話しながらもプレイを続けていて、擬似陣痛の波が、強めだったらしい。たとえ痛みに慣れていても、痛くないわけじゃない。麻痺するだけで。「あたいは、理由の理由を知りたいんだ。あたい自身の……、幸せで安全な出産のために」

「………」

理由の理由、か。

何でも訊いてと言ったものの、何でも答えるつもりはなかった。答えられることと答えられないことがある。答えたくないこともある。ただ単に知りたいと、ミステリー小説の名探偵のごとく、好奇心や興味本位で問われたなら、適当にお茶を濁すという選択肢もあっただろう。だが幸せで安全な出産のためと言われたら、しかも他ならぬ母屋に言われたら、正直にならざるを得ない。

「宮子ちゃん。おなかの子の父親が誰かなんて、そんなに知りてーもんなのか?」母屋は疑問文をはっきりと形にした。「そんなことのために、この痛みに耐え続けられるもんなのか?」

「………」

「妻壁ちゃんは二十人の父親候補のうち、誰と誰がおなかの双子ちゃんの父親だろうと、どうでもよかっただろうし、嫁入さんだって、敏腕弁護士でさえあれば、相手は誰でもよかっただろう。うるさく好みを言いはしねえ。ふたりとも世間的には褒められた価値観じゃねーけど、あたいは共感するんだ。父親なんて、あたいを殴るだけの奴だったんだから。あいつは人生でおよそそれだけのことしかしてねえ」そう言ってから、「あたいは父子家庭だったけど、どっちかって言えば、恨んでるのは親父じゃなくてお袋のほうだったぜ。あたいをこんな家庭に捨てていきやがってって。目の前にいる、あたいを殴る奴よりも、今頃どこでどうしてるかもわかんねー奴のほうを、憎んでいた。殴られまくって感情の死んでたあたいの、唯一の感情だった」

(親子関係……、父子、母子)

ここまでそんな風に思ってはいなかったが、現在、母子家庭で育っている宮子と、父子家庭で育った母屋は、対極にあるのかもしれなかった。宮子は、殴られてはいないが……、大切にされてきた、子宮を。

「まして宮子ちゃんは、猥談が本当なら、代理母なんだろ？　会ったこともねー精子バンクの匿名登録者を突き止めてどうするんだ？　責任を取ってくれとでも言うつもりなのか？」

「……その精子バンクってのが、嘘なのよ」宮子はパズルをスライドする指を止めた。痛かったから。心が。「猥談が本当ならって深掘りするなら、そこが嘘。フィクション、創作。わたしがみんなについた嘘じゃなくて、ママがわたしについた嘘」

「うん？　それってどういう……」

咄嗟に追及しかけて、母屋は言葉を止めた。地頭がいいだけあって、すぐにその可能性に思い至ったらしい……、宮子と違って。

「まさか使われたのは、お袋さんの、今のお相手の精子だったってことかよ？」恐る恐ると言った風に、質問を重ねられた。「宮子ちゃんは、将来の義理の父親の子供を身ごもらされたってこと？」

「うん……」

それ自体はおかしなことではない、と言うより、むしろ代理母の王道とも言える。事情があって、パートナーとの子供を妊娠できなかった場合、自分の卵子とパートナーの精子を、代理母に委ねるというのは。なんなら、実の母親が代理母を務めるというケースも聞くくらいだ。だが、実の娘の子宮に、しかも未成年の子宮に、自分の恋人との受精卵を委ねるという物語は、なかなか聞くものではない。

もちろん、それでも同意があれば、そして合法であるなら、問題はないのだろう。抵抗しなければ同意があったと見なされる現代日本の性行為のように。

（あらゆる性行為は強姦……、代理母は？）

母屋の指摘通り、それに、妻壁や嫁入と同じように、顔も知らない精子バンクの登録者だから、『どうでもいい』と思えたからこそ、宮子はママからの願いを断らなかったのだ。命令に逆らわなかったのだ。

それなのに、あの……、ママが入り浸る家の新しい男の、義理の父親としても認めたくないような男の精子なんて、絶対に自分の腹の中に入れたくない。厳密には精子ではなく、ママの卵子と結合した受精卵だが、それでも、あの男の子を産むことに変わりはない。

それだけは絶対に嫌だと思った。

理屈じゃなく。何事であれ考えずにはいられない宮子が、考えることさえ汚らわしいと思った。一瞬で察した母屋と違って、宮子がその可能性に気付いたのは、法的には堕ろせなくなった妊娠六ヵ月を明確に過ぎた頃で、逆に、はっきり安定期に入ったからこそ気付いたとも言える。明らかにママの態度が豹変したから……、彼女は安堵していたのだ、もう堕ろせなくなったことに。たとえ宮子がどんなに拒絶したがっても。

(拒絶したくなるような子を、わたしは孕まされたの?)

だから宮子は調べた。甘藍社のようなネットワークはなくとも、中学三年生の女の子にだって、身元調査くらいはできる。精子バンクの登録者を突き止めることはできなくても、母親の新しい恋人の素行くらいなら……、あの用心深いママでさえ匂わせてしまったのだ。極端な話、自分の子を、恋人の娘に孕ませた男が浮かれているかどうかくらい、見ればわかる。そう思った。

「でも、違ったの」

「え?」

「違った。この子の父親は、ママの男じゃなかった。嫌いなおっさんなんだけど、意図せずプライバシーを暴いちゃったことは、申し訳ないと思っている」宮子はそう言って首を振った。実際、その点には本気の罪悪感がある。「調べたら、その人には離婚歴があって、離婚の理由がおたふく風邪に起因する無精子症だったから」

プライバシーの最たる部位を暴いたような形だ、妊娠していなければ死んだほうがいいくらいの罪の意識である。いくら相手が、恋人の娘にも色目を使ってくるようなろくでもない男でも、それとこれとは話は別だ。不妊の理由がすべて女性側に求められていた時代を思えば、医学の進歩は目覚ましいとも言える。もっとも、罪悪感は罪悪感で抱くべきとして、それは窃視に対して抱くべきことであり、必要以上に同情的になるのも違うのだろう。子供が作れるかどうかは、人間の尊厳とは何の関係もない。

「間違いないのかよ？　確か、無精子症でも精子が取れる場合が……、顕微鏡下精巣精子採取術……」

「ちゃんと調べた。男が離婚した元配偶者と面談した」

「そこまでしたのか……、徹底してんな」母屋が呆れたように言う。「じゃあ、つまるところは、子宮を摘出したお袋さんと無精子症の恋人さんが、どうしても子供が欲しくて、匿名の誰かの精子と、宮子ちゃんの腹を借りたって猥談だったわけだ」

「うん。わたしもそう思ったの。妊娠して、ホルモンバランスを崩したから、わたしはそんな被害妄想みたいな疑心暗鬼にかられたんだって……、でもね、それにしては、ママの男はわたしの妊娠をまったく知らないみたいだったのよ」

調査中、副次的に判明したことだが……、そもそもママは彼との結婚を望んではいなかったし、ふたりの間に子供を儲けようとも思っていなかった……、彼に限らず、離婚後のママの男性遍歴を辿ると、子供好きというタイプを選んだことはなかったようだ。だからこそ、精子バンクを利用したという当初の説明を、宮子は鵜呑みにしたところもあるのだが、じゃあ、結局のところ宮子の代理母は、いつものママの独断だったということだろうか。『自分は出産に失敗した』と思い込んでしまっているママのプライドが高い彼女が、宮子が妊娠可能な年齢まで、その『子宮』を大切に育て上げて、自分の子供を産み直そうとしているだけで……、だが、一度そう考えてしまうと、果たしてそんな性格の母が、特定のパートナーとでなく、匿名の誰かとの赤ちゃんを娘に産ませようと思うだろうか？　という疑念が頭を離れなかった。それでありし日の喪失を取り返せたと思うだろうか。離婚後に宮子を引き取って、自分の子宮として育ててきたママが……。

「ちょっと待って、宮子ちゃん。その猥談の深掘り、とんでもねーところに着地しようとしてない？」母屋がやや慌てたように、半笑いみたいに、宮子のトークを止めようとする。

「失敗したって思い込んでいて、子供を産み直そうとしていたってことはさ……」

「そうよね。卵子と精子も、わたしのときと同じのを使わなきゃ、ちゃんとしたやり直しにはならないわよね」宮子は止まれなかった。たぶん、ママが止まれなかったように。

「ママの卵子と、パパの精子じゃなきゃ」

赤ちゃんができたの。パパの子だよ。

6

「言っておくけど確信はない。これについては裏取りはしていない、怖くって。面会日にパパと会ったときにも」五十万円せしめたときにも。「言ってない。探りを入れるまでもなく、ママがそんなことをしたんなら、間違いなくパパに秘密裏にことを進めたはずだし……、そもそも事実上の接近禁止命令が出てるからね。十五年前からの計画的犯行なら、離婚する前にパパから何らかの手段で精子を採取して、付き合いのある精子バンクに冷凍保存するなんて朝飯前だろうし」

父親が『ママの男』なら、妊娠六ヵ月を過ぎていようと違法であろうと、何が何でも堕ろすつもりでいた。母屋に勧められるまでもなく、そんなのは婦人病どころか、知らない間に強姦されていたのと同じだ。その疑いがあるというだけでも、法律の違う国を探してでも中絶していただろう。しかし、その可能性が完全に払拭(ふっしょく)され、その上でまったく想定もしていなかった、他の可能性に気付いてしまって……、宮子は途方に暮れた。こんなことなら、何も知らない、素直で従順でお馬鹿な娘でいればよかったと、心から思った。

厄介なのは、パパとママの子供なら、むしろ産みたいとさえ感じてしまうからだ。これは母性とはまったく違う感情だろうが、おなかの子を、愛おしいとさえ感じてしまう。実際、血縁上、宮子の胎内にいるのは、己の弟であり、妹である。否、クローンでこそないけれど、自分自身を産むようなものだ。

だが同時に、事前に聞いていたなら、代理母を断っていたことも間違いがなかった。あるいは『ママの男』との子供を孕むよりも、強く拒絶したかもしれない。それは近親相姦への本能的な抵抗なのかもしれなかったし、そうでなかったかもしれないが、生理的に嫌だと感じる。なので、それを隠して、匿名の精子だと言ったママの判断は、ある意味で適正だとさえ言えるけれども、しかしそれは宮子にしてみれば、隠されて、騙されて、強姦よりも酷いことをされたとしか思えない。実の母親から。少なくともそんなママに、この子は託せないと思った……、いみじくも托卵された子を、わたしが守らなきゃいけないという欲が出た。とめどない庇護欲が。

だからこそ宮子はデリバリールームに入室したのだ。庇護欲と自己愛にまみれた現状からしておよそ望むべくもない、幸せで安全な出産のために。

「ここだけは間違って欲しくないんだけれど、わたしはママもパパも大好きなのよ。尊敬している。ママからは愛を、パパからは恋を教わった。何をされても、何をしてもらえなくても、恨んだりはしない」

「…………」

「でも、わたしの子宮はわたしのものなの。ママの子宮でも、ましてパパの子宮でもない。わたしの人生がわたしのものでしかないように」

だから正直言って、どうするのが正解かはわからない。どうなったら幸せで、何があれば安全なのかも、見当もつかない。母屋や妻壁や嫁入に会って、彼女達の『猥談』を聞き、一時はデリバリールームからの退室も決意した宮子だったが、その後のアテがあったわけでもない。死ぬしかないことに変わりはなかった、死ねないのに。

だけど、もしも甘藍社のえげつない調査で、宮子のおなかの子の父親が誰なのか確定されれば、状況は大きく変わるんじゃないだろうか……、宮子が怖くて調べられなかったことを、ご丁寧に、ご親切に、機械的に調べてくれるなら。

(そもそも甘藍社CEOは、最初から知っていたんじゃないの？　産越さんはその辺をぼやかしていたけれど、だからこそ、わたしの下へデリバリールームへの招待状が届いたんじゃ……、例外的なデータとして)

「ごめんね、つまんない理由で。つまんない理由の理由で。聞きたくなかったでしょ、こんな民事不介入な、不快な猥談は」

「………………」

母屋はすっかり青ざめていた。殴られてもいないのに。なんだか気分も悪そうだ、せっかくつわりも治まっていたというのに。申し訳ない気持ちになる、本来ならば二回戦の想像妊娠ゲームのときに詳らか(つまび)にすべき内容だったが、やはり伏せて正解だった。母同様に。蛙の子は蛙。孫も蛙。もしも話していたら、配慮とかではなく、普通に投票でデリバリールームから追い出されてしまっていたかもしれない。そのほうがよかったのかしら、わたしなんて。本当に想像妊娠だったらよかったのに。なんて現実だ。

「最後に、もう一個……、宮子ちゃんに、百万ドルの質問」

テレビ的に言いながら母屋は、タブレットの操作も忘れない。擬似的な陣痛のショックを受けることで、気味の悪い個人情報から気を逸らそうとしているようにも見える。それは宮子も見習っておこう。全部話して楽になる、ことはなかったのだから。

「民事不介入って言えば……、接近禁止命令って、何？　親父さん、なんで……」訊きづらいからか、つわりのときの口調が一瞬、戻ってきた。「嫁入さんじゃねーけど……、犯罪者なの？」

「あー……それ。それなー」

「言いにくかったら、ぜんぜん。あたいの親父だって、DVの時点で犯罪者だし。だから、宮子ちゃんも、そういうのあったのかなって」

確かに、母親から受けた仕打ちは、暴力を伴っていないだけで、虐待みたいなものである。そう見えてしまっても仕方ない。宮子が母親を慕う気持ちは、外から見れば、過干渉で放任主義の母親に洗脳されているようなものだろう。その傾向があるのも否定できない、ママの下を飛び出して、デリバリールームに入って、自分がどれだけ世間知らずだったか思い知った。こうしてパズルに取り組んでいる今だから言うわけじゃないけれど、嫁入とは違う意味での『箱入り娘』だった。箱じゃなくて、牢獄だったかも。

（だけど、パパは違うのよ。そういうんじゃ……）

そちらはどうしても解いておかねばならないほどではないけれど、その程度の誤解だからこそ、パズルのついでに解いておいてもいいか。それもまた、宮子がデリバリールームに入った理由ではあるし……、五十万円。

「今なら犯罪になる」宮子は言った。「離婚直後のことでね。パパはわたしを誘拐したのよ。ママのおうちから」

「……ああ、なるほど」得心したらしい母屋。「今なら犯罪だ」

あのときは厳重注意で済んだ。接近禁止というのも、公式な裁判所命令ではない。ただし、親権を有しない片親が、親権を持つ片親の許可なく子供を連れ去るというのは、たとえ実子であっても、当時から既に犯罪である。パパが見逃されたのは、駐車違反やスピード違反で、たまたま捕まらなかったみたいなものだ。違法性がなかったわけじゃない。ただでさえ罪深い未成年者略取の中でも、生理もまだだった幼い宮子をかっ攫ったわけで、明らかに重犯罪である。

（現在、わたしがママの子を、胎内に抱えて逃走していることを誘拐したって捉えるなら、色んな意味で血は争えないってことね……、今から思えば、ママのヤバさを誰よりも知っていたパパが、親権を失ったからこそ、わたしを保護しようとしたのかもしれない。保護者じゃなくなったからこそ……）

結果失敗して、司法取引ならぬ元夫婦間取引の結果、養育費を渡す面会日以外は……、と言うより、宮子のほうからでないと、アプローチできなくなってしまっている。まあ、恩を仇で返すように五十万円を脅し取った、どこの馬の骨に孕まされたかもわからない娘になんて、もう二度と会いたくないと思っているだろうが……。

（どこの馬の骨……、パパの骨なのかもしれないのに）

「でも……、宮子ちゃんからは……、今でも自由に、親父さんに会いに行けるんだろ？」

しばらく沈黙してから、母屋は、訊いてきた。最後の質問を終えたあとの質問である。

「だったら、会いに行ってやれよ。デリバリールームから出たら」

「…………」

「そういうとこあるぜ、宮子ちゃん。『合わせる顔がない』って、すぐに離れちゃうとこ……、想像妊娠ゲームのときも、猥談を終えたらすぐ診療室から出ていっちゃうし……、ベビーシャワーゲームでも、ひとり、さっさと帰っちゃうし。妻壁ちゃんや嫁入さんは、宮子ちゃんと話したがってたのに」

「…………」

「虎の威（衣）を借るあたいが背負ってるのは、そんなふたりの思いでもあるんだぜ。そりゃあさ、それぞれに事情も胎児も抱えてるのに、デリバリールームから退室させられて、しかも若干反則気味な手法で追放されて、妻壁ちゃんも嫁入さんも、言いたいことはあっただろう」

チームメイトから反則気味と言われると、プランナーとしてやや辛いが、母屋はもっと辛い言葉を続けた。

「でも、だったら言わせてあげりゃよかったんじゃねーか？　よく言うじゃん。物言わぬは腹膨るるわざなり、って」

よくは言わないだろうけれど、クイズ王はそう言った。うまいこと言った、腹膨るるわざなり、と。

「宮子ちゃんはもっと許されようとしたほうがいいよ。たとえ許されなくても」

「……許されなくても、許されようと」

そのこと自体が許されないように思えてしまうが、しかしじゃあ、宮子が妻壁や嫁入と、別れも言わずに決別したのが、正しかったわけもない。母屋が今着ている喪服も、ツインテールも、彼女達は宮子にも、託したかったかもしれないのだ。

「それに、権利があるだろ」クイズ王は、今度はミランダ警告のようなことを言った。「あたい達がどんなにどうでもいいと思ってても」

「父親には、子供ができたことを知る権利があるって?」そりゃま、子供はひとりで作るものじゃないしね……。「わたしの場合は、三人で作った形だけれど」

「違う」不正解だった。宮子はクイズ王ではない。「それは権利じゃなくて義務だ、父親側の。向こうが知ろうとしなきゃいけない。あたい達に告知義務はねーし、言いたくなきゃ黙っててもいいよ」

いいのかな。

「権利があるのは、おなかの子供だ。子供には、父親を知る権利があるだろ。あたいもこうして疑問を呈しはしたけれど、だから、宮子ちゃんは間違ってねーよ。父親を突き止めるために、デリバリールームに居残ったのは。それはエゴなんかじゃない。子供の将来のためになる」

もっとも、と母屋は続けた。満面の笑みを浮かべて。

「室長の産越さんから教えてもらうことはできねーけどな。宮子ちゃんはこの決勝戦で敗退するんだからよ。ママに訊けよ、デリバリールームから退室したあとで」

「……それはどうかしら」宮子は笑い返した。「いいわ。敗退したあと更にママと対決するなんて絶対にごめんだけど、もしもわたしが負けたら、パパに会いに行く。面会に行く。謝りに行く。五十万円、脅し取ってごめんって」

「改めて聞くと殴られる覚悟を決める額だな」

「その代わり、わたしが勝ったら」

「なんだよ。あたいは会いに行かねーぞ、親になんて。それとこれとは話が別だ」母屋は堅く首を振った。「第一、たぶんもうおっ死んでるしな。どっちも」

「うん。母屋さんは、会いに行かなくていい」そこは宮子も同意する。「その代わり、わたしに負けたら、学校に行って」

「……学校？」

学校って何？　と訊きたげな母屋に、「あなたには知性に見合う、教養を身につけて欲しい」と、宮子は、それこそ怒られるのを覚悟で、そう言った。

「母屋さんには、捨てられて、殴られて、奪われた人生を取り返して欲しい。教室を出たら学校の授業で習ったことなんて何の役にも立たないって、わたしも思っていたけれど、存外、そうでもなかった。それに、暴力に対抗できるのは、やっぱり知性だから。育んで。きっと、その子のためにもなると思う」

「それじゃあ、あたいは小学生からやり直すことになるけど……」母屋は、宮子の言う意味がよくわからないようだったが、しかし頷いてくれた。「ま、それもいいかもな。我が子と同級生ってのも。毎日が授業参観だ」

負けるわけがないと思っているから安請け合いしたのであれば、その判断を悔いることになるだろう。否、そんなCEOみたいなことは言わない……、後悔はさせない。宮子も、半ば無理矢理入れられた女子校で、嫌な思いをしたことがまったく皆無というわけではないけれど、それでも、学校に通って同級生と共に授業を受けるという当たり前が、どれほど貴重でかけがえのない時間だったか、妊娠してから思い知った。そうでなきゃ、いくらパワードレッシングのためでも、デリバリールームにセーラー服で乗り込んで来ない。

母親学級もいいけれど、まずはただの学級だ。地理の授業も、組体操も、女子トークも、塩素拾いも……、保健体育の授業もね。

(そうだ、勝ち筋はある。こんな複雑怪奇な、デジタルなんだかアナログなんだかわからない知育玩具アプリにも、わたしが女子中学生だからこその勝ち筋が……！)

「いやー、ママ同士ですっかり盛り上がっている様子で、何よりです。それでこそ分娩ゲームの価値があります。これぞわたくしどもの狙い通りです」

と。

そこで進道が、拍手をしながら割り込んできた。足音もなくぴかぴかの床を移動して、ふたつの分娩台の間に、物理的にも。なんだ、仲間に入れて欲しいのか？

「サシウマも握られたところで、そろそろ追加ルールについて、説明させていただきたいと存じます」

追加ルール？　この決勝戦では次から次へと聞いていないルールが付け足されて、さすがにもう分娩ゲームに後出しのルールはない、出尽くしたと思っていたのに、まだ隠しメニューがあったと？　そもそもサシウマを握るという麻雀用語にまず解説が必要だろうし、今のふたりのやりとりをサシウマとまとめて欲しくはなかったけれど、しかしそこには構わず助産婦は、

「実はおふたりにお渡ししたテニスボールは、テニスボールではございません」

さくさくと話を進めた。

（テニスボールじゃない？　陣痛に耐えるために、ぎゅうっと握るアイテムじゃないの？）

じゃあいったいなんなんだ。サシウマを握った妊婦達が、握っているこの球体は。まさか手のひらのツボを効率よく押すための健康器具？　そんなわけがない。ここに来て、急に手榴弾みたいに思えてきた。しかし実際のところ、球体の正体は、手榴弾よりもよっぽど非人道的だった。

「ミルグラムボールでございます」

7

ミルグラムという言葉なら、クイズ王ではない宮子も知っていた。陣痛に立ち向かう女子中学生こそ登場しなくとも、地に足のついたその用語ならば、秩父佐助の小説における、

頻出用語のベタ問だ。体感では三冊に一冊くらいの割合で出てくる言葉である、ミルグラムは。

正式名称はミルグラム実験。

出産用語ではないし、また、ミステリー用語でもない。心理学用語だ。そういう意味では合理的無知に近い言葉で、しかも、知ってあまりいい気分になるキーワードではない。中学二年生でもない限り、基本的には嫌な気分になる、ビリビリの電撃実験だ。

簡単に解説すると、低周波マッサージ器どころかスタンガンでさえない、いわば電気椅子に座らされた任意の人間Nに、第三者はどれくらい電流を食らわせられるかという実験である。どれくらい強く、どれくらい続けて、どれくらい流せるかという実験。最初に言っておくと、人間Nに、実際に電流が流されることはない。人間Nは設定されたアンペア数の電撃に合わせて、痺れた振りを、痙攣した振りを、泡を吹いた振りを、瀕死の振りをするだけだ。実験の対象者、つまり被験者は、あくまで人間Nではなく、監督者に言われるがままに電撃のスイッチを押す『ボタン押し係』だけなのである。当初、無関係の人間Nに電撃を食らわせ続けるというストレスに耐えられず、被験者はいずれかの段階で役割を放棄すると思われていたが、実験に参加したほとんどの被験者は、言われるがままに、人間Nが『死んでもおかしくない強度の電流を加えるボタン』をいつまでも押し続けたのだと言う。

人間は、それが『役割だ』『仕事だ』『係だ』と言われてしまうと、どんな残酷な真似でも、さして考えを深めることなくおこなってしまうという例証である……、『子供産み係』なんて、嫁入は言っていたが、ちなみにこの実験、実際のところは異説も反論もある。

集められたサンプルはすべて『他人に電撃を与える実験に参加した人物』の実験結果だし、また、他人に電流を加える『残酷な真似』を澄ました顔でおこなっている実験主催者に逆らってご機嫌を損ねれば、自分が電気椅子に座らされるんじゃないかと、内心の怯えを隠して従った者もいただろう。ははーんこれは実験だなと途中で看破して、実験者の意を汲んだ察しのいい子だっていたかもしれない。だいたい、ミステリー読者の宮子に言わせれば、被験者を騙しておこなった実験に、裁判での証拠能力はない。裁判と言えば、本物の電気椅子を使っておこなわれるような死刑でも、誰が実行したのかわからないように、複数の執行人が、偽物が含まれるボタンを同時押しするのだと言う。罪悪感の緩和のために。

こんな実験で人間をわかったつもりになってたまるか。

（もちろん、ママの要請に唯々諾々と従って『子宮』って『役割』を、深く考えることなく受け入れたわたしみたいな奴もいるけど……、『役割』なら人殺しも平気なら、帰還兵のＰＴＳＤなんてないはずじゃん）

少なくともミルグラム実験が証明する『嫌な気分』は、あくまで人間の一側面であって、すべてではない。だけど、そこまでの深い議論やしっとりとした考察が、宮子が左手に持つ、持たされた、この球体内に含まれているとは思えない。

（ミルグラムボール……）

できればミルメークみたいな、ミルクっぽい何かというか、母親学級のカリキュラムで使用される代用母乳由来の命名であって欲しいという宮子の願いはあっさり裏切られ、

「ミルグラムボールは、言わばリモコンだとお考えください。手の内にすっぽり収まるサイズの、パソコンのマウス、もしくはトラックボールをイメージしていただいても構いません。やはりBluetoothで、タブレットと接続されております。ただし対戦相手の」

と、進道は説明を続ける、静電気のように静かに、しかし電撃的に。

「そのリモコンを操作することで、陣痛をコントロールすることが可能となります。ただし対戦相手の」言って進道は、己の両手を両妊婦に示し、宙空で透明のボールを握るような形にした。「ミルグラムボールを強く握れば、その分、与えられる陣痛も強くなる仕掛けでございます。ただし対戦相手の」

進道は『ただし対戦相手の』というセンテンスを、執拗なまでに繰り返す。実際、千回繰り返されてもいいくらい、それは分娩ゲームの、重要なルールだった。コンセプトだった。一番最初に説明してもらってもいいくらいである。

陣痛はコントロールできるものではない。タイミングはもちろんのこと、強弱も……、痛み自体は避けられないにしても、それを操り得るリモコンがあれば、いったいどれほど重宝するだろう。

（いわゆる、ペインコントロール……、わたしがこのボールを強く握りしめているタイミ

ングで母屋さんがパズルのブロックをスライドさせたら、握り締めた分だけ痛みが増すってこと……！）

そう言われれば、思い当たる節もある。宮子が強い苦痛に耐え、ボールを握り潰さんばかりにしているときには、痛みに慣れているはずの母屋の進行も、心なし遅れていたような……、そうでないと、整合性が取れない部分もある。本物の陣痛を知っている経産婦である母屋と、初産の宮子が、意外とここまで『いい勝負』になっているのは、ランダムな波の満ち引きが、相手のスライドパズルの進行度に依存しているからというのも大きかったのだ。共依存、ではないが、互いの陣痛が、それに息んで耐えることで、自然と釣り合いが取れる仕組みになっていたのだ……、ここまでは。

ここまでは。

（だから制限時間がなくて、代わりにギブアップなんてルールがあるんだ。痛みに耐えかねての試合放棄が……、『痛いから』という理由で出産を諦めさせる、嫌らしく母性を試すような試合放棄が）

分娩ゲーム、最後の裏ルールが明かされた今、ゲーム性は完全に変貌を遂げた。ここからは互いの陣痛を、他のママへと押しつける、残虐非道な妊婦同士のデスゲームと化す……！　幸せで安全な出産のために、妊婦は今、妖婦になる！

「なるか馬鹿。ゼブラにガゼル」

宮子はぽいと投げ捨てた、ミルグラムボールとやらを。球体は清潔な床でスーパーボールのごとく何回か跳ねて、壁に当たって跳ね返り、あっという間に、分娩台の上からは決して手の届かない部屋の隅まで転がっていく。リモコンを操作するリモコンが必要な座標まで。

「……拾いましょうか？　宮子さま」進道が、意図を察しかねたように、訊いてきた。

「うっかり落とされたのであれば」

「フレンチレストランなら、そうしてもらうのがマナーなんでしょうけれど、お構いなく」宮子は空いた手を、何回かぐーぱーにした。「ちょうど手放そうと思っていたんだから。そのルールを聞く前からね」

レット・イット・ゴー。

妊婦が妊婦にというのは、一冊の本の帯の惹句（じゃっく）としては刺激的かもしれないけれど、実際のところ、そもそもこれは、そんなデスゲームのための仕掛けではないのだろう。あくまで両親学級のカリキュラムだ……、妊婦が体感する陣痛の周期を、ミルグラムボールを媒介に、向かい合うパートナーも、共振的に共感するための無線接続である。だったら宮子には、もう必要ない。そんな遠隔装置がなくとも、母屋の気持ちは十分伝わっている。母屋だけじゃない、妻壁の気持ちも、嫁入の気持ちも。

（それに、人工知能『チッチ』に、幸せで安全な出産のためなら、母親はなんでもするなんて誤解を与えるマイクロデータを、提供するわけにはいかないのよ）

教えたいのはその逆だ。一線は守る、赤ちゃんを守るために。時に母親は、危険な不幸に襲われようと、命がけで子を産みたいと思いもする……、ミルグラムボールは放り投げたが、勝負まで放り投げたつもりは毛頭ない。後出しルールを聞く前から、ボールを手放すつもりだったというのが、場当たり的なはったりじゃないことを証明しよう。

母屋同様に、宮子もまた、妻壁や嫁入の思いも背負っていることも。

「これ……、反則じゃないよね？」

宮子は『子宮入り胎児』のブロックをスライドする作業に戻った。これまで通り、右手の人差し指で、そして、ボールを手放したことで自由になった左手の人差し指で、同時に。

「あっ」「あっ」「あっ」「あっ」

お前らは一万人以上の赤子を取り上げてきた産婆さんなのかと言いたくなるほど、ここまで泰然自若とした態度を崩さず、澄ました表情を貫いていたイケメン白衣軍団が、四人、立て続けに、素っ頓狂な声を揃えた。これまで、数々の妊婦に数々の仕掛けを打ってきた彼らにとっても、宮子のこの動作は、想定外の盲点だったらしい。宮子もタブレットをこんな風に操作したことはないので、どうしてもぎこちなくはなるけれど、しかし年々画面の大きくなる一方であるスマートフォンの操作を両手でおこなうなんてのは、珍しいことではない。

これがわたしの女子中学生らしさだ。レスの速さでクラス内の立ち位置が決まる。両手の指を使ってタブレットを操作すれば、理論上はスライドパズルのブロックを、ふたつ同時に動かせる。それはとりも直さず、発生する陣痛の頻度を、半分に減らせるという意味だ。
むろん、現実問題、さしもの女子中学生の入力速度とて、タブレットの反応速度を超えはしないし、また、同時に二個、動かせないパターンの配置もある。わかりやすいところでは、大駒の『胎児』は、移動の際に空きスペースを使い切ってしまうので、一ブロックしか動かしようがない。それにやっぱり、『不動ブロック』がこの上なく邪魔だ。電線に止まる雀が感電しない理屈で、両手で操作すれば擬似陣痛も感じないんじゃないかという淡い期待もあったが、そんな超自然現象は起こらなかったし……、けれど、宮子も女子中学生らしさだけで、こんな発想に至ったわけではないのだ。プレーンな白黒のジグソーパズルを左右同時に攻略した嫁入のことも、第二センターでツインテールで双子(ツインズ)を身ごもる、ツイン尽くしの妻壁のことも、念頭にあった。

考えることは倍になる。だが、それがどうした。だったら倍、考えればいい。それで足りなきゃ倍の倍だ。倍の倍の倍、倍の倍の倍の倍。累乗(るいじょう)的に考え続けろ。胚の細胞分裂のように。

最少手数になんて、もうこだわらない。それよりも単純速度だ。一刻も早く、一秒でも早くクリアする。リアルタイムアタックで、この陣痛を、この分娩を、この決勝戦を、終わらせる。

「ああ

ああああああああああああああああっ！」

もう恥も外聞もなく、体裁も体面もなく、大声で喚き散らす。ガチャとかガチャガチャとかさんざん言ってきたけれど、こうなるともう、一見、破れかぶれのガチャプレイだ。だが宮子は放棄しない、勝負も、考えることも。非合理なまでに考え続ける。こうなると下半身全体に広がる痛みは、いい気付けだった。スライドのペースが上がったことで、陣痛の周期が短くなり、分娩が間近に迫っているかのような錯覚もあって、宮子の脳内はみるみるハイになる。脳内麻薬が麻酔代わりの、無痛分娩だ。いや、痛いけど。痛みは痛みでいや増すばかりだけれど。

（もしかして、母屋さんがミルグラムボールを握りしめているのかしら？）

だとしても構わない。そういう判断もあっていい。相手もまた放棄してくれると虫のいい期待をして、宮子はリモコンを手放したわけじゃない。四人のジレンマなんて用語の解説は、嫁入に任せよう。そもそも宮子だって、両手を使うというプランを事前に思いついていなければ、いい格好ができたかどうか、わかったものじゃないのだ。自分じゃそんなはずがないと信じていても、いざミルグラム実験に参加したとき、何の疑問もなく任意の人間Nに最強の電流を流し続けられる、ボタン押し係になるかもしれないのだ。

いい風に考えよう。もしも母屋がボールを握り続けることに注力するなら、それだけ、『子宮入り胎児』への取り組みがおろそかになるということだ。それはむしろありがたい。おそるべきは母屋の知性であって、握力ではないのだから。母屋が宮子の両手での操作に追随してきたら、そっちのほうが困っていた。向こうがボールを握ったことで、こちらは勝機を握ったのだ。陣痛がどれだけ強かろうと、わたしは試合放棄なんてしない。

（……でも、さすがにちょっと痛過ぎない？）

「あの、母屋さん、多少は手心みたいなのがあっても……、手だけに」

泣き言はあまりうまく言えなかったが、しかし返答がなかったのは、決してリリックの出来が悪かったからではなかった。

ミルグラムボールを、予想通り全力で握りしめていた母屋は、果たして分娩台の上で、まるで悪魔に取り憑かれたかのように、海老反りの姿勢になっていた。急に思い立って、マタニティヨガを始めたのでなければ、尋常じゃない事態が彼女の身に生じていることは明らかだった。彼女の身に、彼女の母体に。

「お……、母屋さん⁉」

「い……い……いいっ……」消え入るような声が、かろうじて、痙攣する喉から絞り出される、泡と共に。「い……いた……い……いい」

いた……い？　痛い？　痛いだって？　幼少期からのDVで、痛みに慣れているはずの母屋が、そう言ったのか？　宮子の陣痛が強くなったように感じたのは、戦略とかじゃなく、単純にその痛みに耐えかねて、ミルグラムボールを把捉していただけだった？　ばっと、宮子は進道を、そして他のイケメン白衣を、説明を求めて見遣る。『正直者の斧』みたいに、ミルグラムボールを放棄することが、相手に最大の陣痛を与える条件だったとか、そんなふざけた隠しルールが、まだあったのかと……、だが、彼らの誰ひとりとして、母屋の異変に対応できないでいた。宮子の両手プレイのときとは違い、盲点を突かれたと言うより、特異点を目撃しているかのようだった。時代が変わるシンギュラリティを。けれど、実際は、シンギュラリティでもなんでもない。人類がまだ人類じゃなかった頃から、引き続きおこなわれてきた、ごくごく当たり前の生理現象でしかない。それに最初に気付いたのは、あろうことか四人の助産婦ではなく、母屋の真正面に座る宮子だった。分娩台から分娩台を見、

「破水してる！」宮子は叫んだ。痛みに耐えるためではなく。「子宮口、開き切ってるって……、素人目に見ても！」

思わず言ってしまったが、しかし、一方で自分がおかしなことを言っているとも思う。だって、あんなにつわりに苦しんでいたんだから、母屋は妊娠初期のはずで、多めに見積もっても、妊娠十五週くらいで……、妊娠初期じゃなかったとしたら？

母屋幸美はつわりじゃなくて。妊娠悪阻ですらなく。

入室当初から陣痛に苦しんでいたのだとしたら？

（いやいや、確かに、だるだるのジャージでわかりにくかったとは言え……、全身を覆うウエットスーツでもわかりにくかったとは言え……、喪服に着替えてみると、腹部は思ったより大きかったけど……、それでも臨月にはほど遠いんじゃ……！）

違う、これまでこの母親学級で何を学んできたんだ。妊婦なんて個人差と例外しかない。

まして母屋が、ＤＶ加害者から逃走中の生活環境で、まともな診断を受けているはずがない。宮子のように、正規の病院の診断を受けていないなんて話じゃなく、一度も診断を受けていない可能性さえある。母屋自身も、自分が妊娠何ヵ月なのか、知らなかったんじゃないのか？　仮に二〇一〇年の出生率は知っていても……、肝心の、自身のことは。

（あるけど、そりゃ……、妊娠しても、周囲の誰にも、お相手はおろか、友達にも親にも気付かれることなく臨月を迎えて、自力で人知れず出産するみたいなケースも……、だけどそんなレアケース……！）

違う、それも。そのレアケースからのマイクロデータを欲しているのが、このデリバリールームなのだ。想像妊娠ゲームの猥談披露で、自分のエピソードが妻壁に比べて弱いみたいなことを言っていたけれど、なんのことはない、彼女が一番切羽詰まった妊婦だった。切迫流産よりも切迫していた。

分娩ゲームの最中だけでなく、そんな極限状態で、予選まで含めて、最初からデリバリールームを戦い抜いていたなんて……、正気か？　しかも擬似的ではない、本物の陣痛だ。この分娩室に入る直前に、その陣痛が治まったのは、単なる波と言うか、周期と言うか……、嵐の前の静けさだったのでは。

しかもどう見ても、順調な破水じゃない。

母体や胎児に悪影響のない低周波マッサージ器とは言っても、擬似的な陣痛と、本物の陣痛がもろに重なってしまえば、それはもう、いくら暴力を日常的に受けていた経産婦すら、経験したことがない痛みの掛け算になろう。

「母子共に危険！」

プロの助産婦の目から見た、進道のそんな診断よりも、宮子を決意させたのは、かすかに聞こえた気がした、助けを求めるような母屋のうめき声だった。

「ま……ま」

（…………………っ！）

勝負を終わらせる。今、この瞬間に。タブレットを両手でちまちま操作するなんて、いつ終わるとも知れない最速を目指すのではなく、デリバリールームを一瞬で閉室させる方法が、ひとつだけあるのだから。クリアではなく中断を選ぶ。否、分娩ゲームである以上、中断は、ただの中断ではない。中絶だ。

それでも宮子は迷わない。一考の余地もなかった。

「ギブアッ……！」

第6室　表彰式

1

「以上をもちまして、第十期デリバリールームを閉室いたします。願わくば、すべての妊婦さまに、そしてお子さまに、幸あらんことを！　ハッピー＆セーフティ！」

助産婦である進道のそんな声を、儘宮宮子は、案内された院長室のソファに深く腰掛けて、まるで夢うつつのように聞いていた。ぼーっと。院長室と言っても、なんと言うか名ばかりであり、清潔に整えられていた分娩室と違って、最低限の調度類しかない、さして広くもない殺風景な部屋だが……、この廃病院の院長だった人物は、屋上にプールを設置したり、変わり者ではあったのだろうが、決して贅沢が好きだったわけではないらしい。ただ、このソファはありがたい。できればこのまま横たわりたい。いや、実際、すべてが夢のようだった。ぼんやりして、意識がはっきりしない理由の大半は、決勝戦の分娩ゲームで疑似体験した陣痛から解放された緩和から来るリラックスだったが、しかし、それがすべてではない。

（す……、すごかったなあ）

これまで父親の小説を含め、同世代の中ではまあまあ本を読んできたほうであるはずの宮子だが、しかしそんな批評にもなっていない感想文しか、頭の中では綴れなかった。それだけ圧倒されたのだ、目前で繰り広げられた救命行為に。

救命にして、生命の営み。即ち出産に。

いみじくもあの分娩室で、二台の分娩台が近い距離で向かい合っている理由の本質を、なぜかパートナーでもない対戦相手の宮子が体験することになった……、母屋幸美の出産を、真正面から間近で、Bluetoothで陣痛を共にしながら目撃することになった。共感することになった。助産婦四人がかりでのお産を……、予定外の予定日に、しかしイケメン白衣達は極めて適切に対応した。その結果、宮子はもう一台の分娩台に固定されたままで、ほぼ放置されることになってしまったのだが、その甲斐はあったと言えよう。閾値（いきち）を超えた痛みを受け、一度目の出産時同様に、意識さえ失った母屋だったが、しかし出産自体は、すぐに終わった。ゲームではない分娩を、彼女は見事、成し遂げたのだった。

「母屋さんは……、大丈夫？」ぼんやりとしたまま、宮子は問うた。「あのあと、担架で運ばれて行ったけれど……、意識は戻ったの？」

「今は麻酔でぐっすり眠っていただいております。選道、近道、逝道の三人がケアしておりますので、ご心配なく。お嬢さまには念のためにNICUに入っていただきました。かつて早産児を心なくも未熟児と呼称していた時代もございましたが、いやはや、未熟なのはむしろ我々助産婦チームだという誹りはまぬがれません。痛恨の極みです」

危機的な出産に絡めてうまいこと言おうとしているのが腹が立つが、彼らの献身がなければ成り立たなかったお産であるのも事実だ、見逃してあげるとしよう。

（お嬢さま……、女の子か）

だからおなかの中から、母屋に暴力を振るうことはなかったなんて話じゃないんだろうが。

「早産ねえ……」宮子はスライドパズル『子宮入り胎児』の条件を思い出す。「早く分娩したほうが勝ちって意味じゃ、もう圧倒的に、母屋さんの勝利だったわけだ」

「だが、それでもルール上はきみの勝ちだ」

と。

そう言って、進道のかたわらに、気配を消して立っていた産越が……、スリムな身体に白衣をまとった、ベリーショートに丸眼鏡の二代目令室爽彌が、宮子に向けて、一枚の紙を、両手で持って丁寧に差し出してきた。紙と言っても分厚くて、いやに立派な紙だ。表に書かれている文字の筆致も、達筆としかいいようがない、それは、表彰状だった。

「優勝おめでとう、儘宮宮子くん。そして卒業おめでとう」

「はは。中学校を卒業する前に、母親学級を卒業とは」笑える。「実感ないな。まだまだだって思ったよ、あんな出産を目の当たりにしたら。優勝のほうも」

「確かに」産越は表彰状を持ったままで、「てっきり、母屋さんを慮って、ギブアップするんだと思ったからね。ほぼそう叫んでいたし」

「ギブアップ？　いえいえ、わたしはギブ&テイクと叫んだのよ。わたしの人生の標語だわ」

やはりどこかで見ていたのか。モニターで。猫を抱きながら、ワインを片手に。

「実は猫アレルギーだ。そしてお酒は飲まない。デリバリールームの室長として、アルコールは控えるようにしている」

「へえ。いい心がけ」軽口を聞き流して、しかし宮子は、いつまでも大企業のＣＥＯに、賞状を差し出したままにさせておくわけにはいかないと、表彰状を受け取った。「どーも」

もちろんギブ&テイクと叫ぼうとしたわけではないし、ラブ&ピースと叫ぼうとしたわけでもない。まして、ハッピー&セーフティとも……、正真正銘、あの瞬間、宮子はギブアップと叫ぼうとした。一考の余地もなく……、しかし、余地があろうとなかろうと、考えてしまうのが、パパとママから受け継いだ、宮子の性だった。スペースがあろうとなかろうと、常に思考はスライドする。

緊急避難的にゲームを中断、いやさ中絶しようとしたときに、

（待って、この試合放棄って八百長扱いになっちゃわない？）

と、気付かなくてもいいことに気付いてしまった。気付かなければ叫べたのに。合理的

無知……、しかし逝道は、八百長は没収試合だとはっきり宣言している。没収試合の裁定が下った場合は、寒空の下に、身一つで放り出されると。ひとりだけの身体じゃない身一つで……、宮子はともかく、こんな緊急事態の母屋を？

「我々がそんな非人道的な真似をするはずがありませんがね」と、進道が例によって飄々と言う。「宮子さまがどういう選択をしようと、あの状況になれば、母屋さまのお産に取りかかりましたとも」

「それはそれは」

信用してなくてごめんね。実際、四人がかりで完璧な処置をしたところを見ると、その言葉自体は嘘ではないのだろう。しかしあのとき、宮子は降参の言葉をすんでのところで飲み込んだ。飲み込んだのと、次の行動に移ったのは、ほとんど同時だった……、今度こそ、考えるまでもなかった。なぜなら、三回戦のベビーシャワーゲームの時点で、その行動を勧められていたからだ、他ならぬ母屋から。

中絶。

ただし、分娩ゲームの試合放棄という意味ではなく、タブレットに表示された『子宮入り胎児』の……、二本の『指』でのスピーディな操作が、セーラー服の女子中学生ならではのものだったとするなら、最後の手段は、文字通り、『手』だった。

宮子は右手の五本指を画面上の大駒『胎児』に、力尽くでわしづかむように突き立てて、タブレットの画面をひっかくように、そのまま一気に掻き出した。

搔爬である。中絶の手法だ。

もちろんのこと、本来のスライドパズルでは、許される行為ではない。反則も反則、駒を真上に引き上げるどころの反則ではない。なにせこの搔爬では、『胎児』のみならず、他の、ほとんどすべてのブロックが、まとめて搔き出されることになるのだから。『世間体』『年齢』『仕事』『キャリア喪失』『ベビーカー』『寿退社』『友達』『不運』『事故』『学歴』『電車』……、不動の『不動ブロック』である『親子関係』以外、出産を妨げる障害となる要素を、十把一絡げに、子宮口から。

究極の痛みだった。心身ともに、あるいは出産以上に。死産以上に。

あればかりは、内診台の仕掛けだけとは言えまい……、想像するだけで、あんなにも痛いのか。

「出産を妨げる要素をひとりで腹に抱え込むことはない、いっそのこと一気に吐き出しちゃえって比喩なの？　中絶に絡めたあの裏技は」

妊婦が抱える痛みは、陣痛だけじゃない。出産にまつわる痛みは、無数に用意されている。これまでもこれからも。

「いいや、ただのバグだよ。その手があったかと、『僕』も驚いた。よもやその『手』があったかと」そう言って、産越は肩を竦めた。「アナログのスライドパズルでやったらただの癇癪だが、タブレットのグラフィックインターフェースユーティリティを逆手に取られた。『手』だけに」

どこまで本気で言っているんだか……、外したと思っているギャグを、何度もかぶせないで欲しい。しかしそんなバグでも、『親子関係』のブロックだけは不動だったのが、変にリアルで、説得力があった。よかろう、腹に入れたまま、吐き出せないものもある。しかし、『子宮入り胎児』が『子宮入り胎児』だった眼目は、そこにあったわけだ。『箱入り娘』で、『父親』や『母親』や『兄弟』まで箱から出てしまったら、ただの家庭崩壊だものな……、しかし、腹に抱えていた、ほとんどすべてを吐き出すことは、成長だ。胎児の、そして母親の。どうあれ、決勝戦は決着し、幸せとも安全とも程遠かったが、少なくとも命を落とすことなく、命をひとつも落とすことなく、母屋の出産は成し遂げられた。

「身内を庇うわけじゃないけれど、CEOであって助産婦ではない『僕』はまだしも、母屋さんが妊娠初期じゃないことくらいには、イケメンどもは気付いていたよ。ただまあ、デリバリールームを攻略する、戦略上の意味があるのかと、指摘せずにいたそうだ」

「つわりが辛い振りをして、他の入室者に軽んじられることを狙ってるとでも？」宮子自身、第一印象で、彼女の症状をそんな風に思っていたのは事実だが……。「母屋さんがそんなことができる妊婦だったと思う？　知識はあっても、それを活かす方法を、ミルグラムボールのように握り潰され、第一子のように殴り潰されていたあの人が」

「確かに我々の思惑とは違いました」と、進道。「あなたがたは誰ひとり、彼女を軽く見なかった。わたくし達の医療ミスを認めます」

医者じゃないでしょ。しかし進道は、医者ではない助産婦としての視点で、

「大きく膨らんだ腹部を殴打されることで、ひとり目のお子さまを亡くしておられますので。本能的な防衛反応として、胎内での成長を最小限に抑えたということかもしれません」

と、そうコメントした。

なるほど、医学的根拠はまるでない。オカルトでさえある。しかし、最近の妊娠トレンドとして、安産になるよう、あえて胎内で大きくし過ぎず、可能な限り早めに赤ちゃんを取り上げるという出産傾向もあるらしいし……、知識は活かせなくとも、彼女の身体は、我が子を生かそうとしたのかも。子宮をふたつ持つ有袋類と比べるわけにはいかないが、そう言えば、カンガルーの赤ちゃんなんて、人間の指先くらいのサイズしかないらしい。これもベビーシャワーゲームの後半で、クイズ王に教えてもらったことだが。

カンガルーケア、か。

（つわりと陣痛の区別がつかないなんて……、痛みに慣れ過ぎだよ、母屋さん。分娩ゲームでの優位が、そのままデリバリールーム全体の不利に繋がったわけだ）

ひょっとしたら、想像妊娠の逆だったのかもしれない……、妊娠初期であると思い込みたかったのかも。二度と死産を経験したくなかったから……。

「それだって、ちゃんと健診を受けていれば、判明していたことなんだろうけどね……、わたしも他人事じゃないや」

「過程はどうあれ、きみの優勝には違いない。もっと喜んでもいいんじゃないかい？」

喜べと言われても難しいな。実感はないし、ほとんど不戦勝みたいなものだし……。

「そうでもないさ。うちの秘蔵にして愛蔵のＡＩで解析したら、宮子くんに渡された母屋さんからのスライドパズルは、『不動ブロック』が設置される前から、まともなプレイではクリアできない、解なしの配置になっていた」

「え。そうなの？」

「意図してそう並べたかどうかは、のちに本人に聞き取るしかないけれど、極めて高難易度のスライドパズルをきみに送り込もうと試みていたことは確かだ」産越は言った。「間違っても母屋さんは、きみに勝ちを譲ったわけじゃないよ。ちゃんと本人が、幸せになろうとしていた」

母屋の知性ならば不可能ではないだろう、宮子同様に、パズルが交換されるものと読み切った上で、解のない配置を作ることも……、『不動ブロック』の出現みたいな後付けルールまではさすがに予想できなくとも、その時点でとり得る最善の策として。実際、そんなルールが後付けされたからと言って、解けないパズルが解けるようにはならなかったわけだし。

「ははっ」

それを聞いて安心した。

同時に決まった、宮子の腹も。

「さて」産越が、賞状を入れる筒まで、ご丁寧に宮子に渡してから、満を持したように言った。「では、続いて賞品の授与といこうかな。急かすようで悪いけれど、この物件の使用期限もなんとなく近付いて来ているのでね」

「撤収しなきゃなんだ」では母屋は親子で、転院することになるわけだ……。そのほうがいいよね、この廃病院に入院し続けるよりも。「はいはい」

「儘宮宮子くん。きみのおなかの子の、お父さんはね……」

それもどこまで本気なのか、ここにきて真面目腐った顔を見せ、告知に入ろうとした産越だったが、しかし宮子はそれを片手で制して、「あ、やっぱ、それはいいや」と言った。

「結構。大丈夫。ぜんぜん」

「ん？　どっち？」すかされたように、産越。「いいの？　結構なの？　大丈夫なの？　ぜんぜんなの？　裁判で争点となるような言いかたをするけれど」

「この子のお父さんが誰なのかは、わたしは知らないままでいたいってこと」宮子は言い直した。はっきりと、意味が通るように。「副賞の受け取りは拒否させてもらうわ」

ふむ、と、産越は進道に目配せをしてから、「もちろん辞退は可能だけれど、よければ、理由を聞かせてもらえるかな」と宮子に視線を戻した。

「調べるの、意外と大変だったから。きみのお母さんの倫理的ガードが、思いのほか固くってね。せめて引き換えに、データが欲しい。きみという変人のデータが」

「モニター越しにも聞こえたと思うけれど、知る権利があるって言われたのよ。母屋さんに」宮子は自分のおなかを撫でた。「この子には。自分の父親が誰なのか」

「そうだね。あるね。だからこそ……」

「でも、わたしはひねくれ者だから、そう言われて、こうも思ったの。自分の父親が誰なのか、この子には、知らない権利もあるんじゃないかって」

「……知らない権利」頷く産越。神妙そうに。「とは？」

「わたしの子宮に入れられたのがいったい誰の精子だったのか、知りたいと思う気持ちより、この子の権利を尊重してあげたくなったの」そう言ってから、こう付け加えた。「母屋さんの出産を間近で見たからかな。これまで、どうしても現実味が持てていなかった。小説の中の出来事みたいにしか捉えられていなかったけれど、ああ、わたし、本当にお母さんになるんだって思って……、だから、考えちゃったのよ。子育てについて」

「そう思えたなら、母親学級も本当に卒業だよ。父親に自覚を持ってもらうためのカリキュラムだったのだけれど、分娩ゲームで母親の自覚を持ってもらうのも悪くない。秘密結社の頂点として言わせてもらえるなら、知りたくもないニュースが氾濫（はんらん）しているのも現代社会だ。情報過多に振り回されるより、合理的無知に徹するのも生きかただよ。インフォームドコンセントだなんだと言っても、自分が将来、癌になるかどうかなんて、知りたくもないよね……、ただし、もしもその子が、父親を知りたいと言った場合はどうするんだい？　知らない権利よりも、知る権利を重んじた場合は。きみが知らないままだと、教えてあげることができないよ。知らないママだと」

「そのときは」宮子は笑った。「今度はこの子が入室すればいいんじゃない？　デリバリールームへ」

　一瞬、ぽかんとして、

「……歓迎するよ。男の子でも女の子でも」

　室長はそう請け合った。

「デリバリールームに完成はない。『チッチ』を胎内で温め続ける。勝負を放棄しない。十年後でも二十年後でも、マイクロデータを摂取し続けているよ、『僕』のへその緒を通じて」

「そいつはへそで茶が沸くわ」

「宮子さまご自身は、それでよろしいのですか？」宮子が茶化して落としたところで、話は綺麗にまとまるかと思ったが、しかしお付きの助産婦が空気を読まずに口を挟んできた。「個人的には、お子さまを優先するあまり、お母さまが我慢を強いられるというストレスは、母体にとってよろしくないと考えます。二人目、三人目ということもございますれば」

「お前から個人的な意見が聞けるとは思わなかったよ」産越がからかうように言い、「だが、助産婦の意見は尊重しないとね。宮子くん、その点は？　母親がひとりで抱え込まない大事さは、分娩ゲームでよく学んだはずだよね」

「お気遣いありがとう、進道さん」まず礼を言った。「今のところ、二人目、三人目の予定はないけれども、もしもそんなことがあるようなら、そのときは進道さんにお願いするわ」

「本気にしますよ」

「してもらわないと困る。……わたし自身の知りたい気持ちに変わりはないけれど、知らないほうが身のためなのよ」いや、この言いかたはちょっと違うか。「知らないほうが、夢を持っていられるって感じかしら。ほら、赤ちゃんの性別だって、出産のときの楽しみにしたいって妊婦はいるでしょ？　男の子なのか、女の子なのか、楽しみに」

　お楽しみに。

「シュレディンガーの猫ならぬ、シュレディンガーの胎児かな。この子が知る権利を行使する『予定日』が来るまで、パパの子じゃないかもって、思うことができるわけでしょ？」

「あるいは、できるわけだ。パパの子かもって、思うことが」産越は微笑ましいものを眺めるように、目を細めた。妊娠に夢を持つ、初産の妊婦を眺めるように。「楽しみに」

「……そんなファザコンじゃないわよ」

　だが、肝心の問いには、肯定も否定もしなかった。それもまた、シュレディンガーの胎児だ。その点に関しては、宮子自身、いつまでたっても子供である。パパとママの子供だ。

「わたしも将来、おっきくなったら、おなかじゃなくて全身がおっきくなったら、知ろうと思う日が来るのかもしれないけれど、今はいいの。この子の父親が誰であっても、わたしの子だもの」

「素晴らしい」進道がいつもよりも更に恭しく、そう言った。「ご両親はあなたを誇りに思うでしょう」

それはどうかな……。

隠し子にされかねない、このままだと。

「ママの気持ちも考えちゃうしね。わたしの子宮はわたしのものだけれど、わたしがママの子であることも間違いないんだし。『ママの男』の精子を、騙して入れられたのなら許せなかったけど、そうじゃないなら……、許せないことに違いはないけれど、今はまだあやふやにはしておこうと」

もっとも、ここまでは副賞を辞退する、理由の半分である。もっと打算的な意味合いがあった、宮子の腹の中には。

知らない権利を行使する理由の、残り半分。

「……やっぱり庇うつもりはないんだけれど、『僕』はわかるんだよね。宮子くんのお母さんの気持ちも」

『僕』じゃなくて、『自分』かな。

産越初冬は、そう言って、先程宮子がそうしたように、自分の腹部を撫でるようにした。

妊婦に擬態していたときよりも、更にスリムなその胴体を。

「実は『僕』も子宮を摘出しているから。妊娠や出産とは関係のない子宮頸癌で」

「え……」

「転移が全体に広がっていたから、『僕』は卵巣まで摘出したがね。全摘って奴だ。更にその後、乳房も両方、同時に切除している。癌はもう懲り懲りだったから……、授乳の心配もなくなったことだし、乳癌リスクの回避と言うか……、DNAを解析した結果、『僕』の乳癌発症率は、遺伝的に九割を超えるそうだったから」

どこまで本気で言っているのかわからないのは相変わらずだったけれど、しかしいくらなんでも、こんなことを冗談で言うわけがない。

（『自分が将来、癌になるかどうかなんて、知りたくもない』……って）

「だからこそ、先代にとってのみならず、二代目の『僕』にとっても、『チッチ』は、我が子のようなものなんだ。我が子であり、『彼』との子だ」

産越は変わらぬ様子で続けた。

「初代の遺志を継ぎ、『彼』の遺した御落胤である『チッチ』のために巨額を投じてデリバリールームを開室した『僕』に言わせれば、宮子くんのお母さんが、実の娘の子宮を使ってまで赤ちゃんを欲しがったのは、これはもう、どうしようもない気持ちなんだよ。『出産が失敗だった』と思っていたとしても、きみを産んだことが失敗だと思っているわけじゃない。産み直そうとしているのは、宮子くんを産んだときの喜びを、もう一度体験したいからなんだと、『僕』は思うな」

「……ママは失敗なんてひとつもしていないって、言ってあげればよかったのかな。わたしは」

「それよりも」と、進道。「『命がけで産んでくれてありがとう』と、言ってさしあげれば」

その台詞は結婚式まで取っておきたい。あるいは、今際の際まで。

「下世話なこと訊いちゃうね。産越さん、さっき、『チッチ』のこと、『彼』との子って、言ったわよね？」聞き流してもよかったが、ここまで来たらと、宮子は確認した。年の差婚ではないと言っていたけれど……。「そういう関係だったの？　初代令室爽彌と」

「向こうは『僕』のことを、投資家のひとり娘としか思っていなかったよ。パトロンが日本で、愛人との間に作った愛娘のご機嫌を取るくらいの世間知は、あの変人にもあった。その結果、癌を発見したりするんだから、まったく、まともなことがまともにできない奴だったよ」

まあ『僕』の猥談はいいんだ、と産越は半ば強引に締めくくった。もうちょっと深掘りして聞いてみたい猥談ではあったけれど、しかしその、甘藍社創設にまつわる彼女の既往歴を知る権利は、宮子にはないのだろう。それはきっと、また別の物語だ。すべての本を読むことはできない。

「それよりも。辞退するのは、あくまで副賞に限ってだよね？　本来のご褒美である、幸せで安全な出産のほうは、受け取ってもらえるんだろうね？」

「……そうね」

元々、そのために入室した。母親の庇護下を離れ、父親に反旗を翻し、宮子はデリバリールームに入った。すべては、幸せで安全な出産のためだった……、そう、元々は。

「それって、金額にすればいくらくらい？」

「率直だね。確かに、嫁入さんでもない限りは、大抵のことはお金の問題だ。その点、妻壁さんは間違っちゃいない。進道」産越は助産婦に話を振った。

「円換算でいくらくらいだ？」

「副賞をご辞退されました分を含ませていただきますと、幸せで安全な出産の基準となる予算額は、本日の為替レートが1スイスフラン＝約百十八円となりますので、四億円でございます」あらかじめ計算を終えていたのか、進道はさらりと答えた。「宮子さまの入室料が五十万円でしたので、八百倍のリターンになりますね」

「八百倍……」

これがギャンブルだとすれば、とんでもないオッズである。万馬券どころか十万馬券のごとくの、おそるべき倍率だ。まるで現実味のない額ではあるが、しかし現実味と言うなら、これほど雄弁な現実味もなかった。院長室のソファに沈んでふわふわしていた気持ちが、一気に吹き飛ぶ。しかし、スイスフランって……、株式会社甘藍社のメインバンクは、永世中立国なの？

「……円に換算した割には切りがいいのね。四億円ぴったりなんて」

「よくお気付きで。少し早めの出産祝いというわけではございませんが、端数はわたくしの裁量で切り上げさせていただきました」

どれくらいの端数が切り上げられたのだろう。その桁数になると端数で家が買えそうだが、マイホームが。スイートホームが。そして家に限らない。お金があれば何でもできるわけではなかろうが、それがセーフティネットになることは確かだ。衣食住のみならず、医療などのサポートも含めて。お金の問題じゃなかった嫁入とて、そもそも借金がなければ道を踏み外しはしなかっただろう。人生は無課金で楽しめるゲームではないのだ。

もちろん、このご褒美は辞退しない。

お陰で宮子は、やりたいことができる。それだけの額があれば、幸せで安全な出産のために、欲望のままに振る舞うことができる……、振る舞うことが。

「じゃあその切り上げてもらった四億円を一億円ぴったりずつ、他の妊婦に配ってあげて」

「……は？」

「聞こえたでしょ。わたしが蹴落としてきた妊婦のみんなに、賞品を公平に分配してほしいのよ。わたし自身の、幸せで安全な出産のために」宮子は付け足した。「だって、ストレスは母体の、最大の敵でしょ？　あの人達が幸せで安全でなきゃ、わたしは不安と罪悪感で押し潰されそうなの」

思えばこのハンサムな助産婦は、宮子の世話を何くれとなく、本当に甲斐甲斐しく焼いてくれたものだけれど、最後の端数の切り上げが、実は一番いい仕事だったかもしれない。お陰で割り切りやすくなったから。

しかしその進道は、そして産越も、戸惑いを隠さなかった。宮子の真意を、正気を確認するように、「それでいいのかい？」と念押ししてくる。

「何よ。あなた達は何かにつけ言ってたでしょ、『本来ならばすべての妊婦さまに、幸せで安全な出産を提供し、お子さまの将来を保証したい』って……、わたしが代わりにそれをやってあげようって言うんだから、感謝されこそすれ、正気を疑われる覚えはないわ」

拗ねたような口調になってしまった。もうちょっと格好よく言えると思ったんだけどな。

「たった一億円ぽっちのはした金じゃあ、いささか心許なくて、ぎりぎりのラインかもしれないけれど、みんなの当座は凌げるでしょ」

それだけあれば、ひとまずの苦境は凌げよう。国民的アイドルも双子用のベビーカーくらいは買えるだろうし、カウンセリングを受けることもできるだろう。また、刑務所に逆戻りした知能犯の、新しい服と、脱獄に関する裁判費用程度にはなるはず……、ママになったDV被害者の新居と、二人分の学費にだって、なるんじゃないだろうか。

「だが、宮子くんはどうなるんだ？　一億円ぽっちのはした金じゃあ幸せで安全な出産に足りないのは、きみだって同じだろう。いや、ある意味では、十五歳で母親になる、代理母の宮子くんの今後が、結局のところ一番大変だろうことは想像に難くない。ぎりぎりのラインにも届かないよ、せっかく優勝したのに……」

「ちょっと待って、ちょっと待って、ちょっと待って」慌てて宮子はソファから身を乗り出した。誤解がある、看過できない誤解が。「なんでわたしに一億円が回ってくるのよ。他の妊婦、みんなに回してくれって言ったでしょ？　四億円を公平に一億円ずつ、四人の妊婦に」

「四人？」

「うん。妻壁さんと、嫁入さんと、母屋さんと、それから咲井さん」宮子は指折り数えて示した。「四人でしょ」

咲井乃緒。パンツスーツの妊婦。

宮子が初めて会った、自分以外の妊婦。あろうことか彼女の膨らんだ腹に、まだ生まれてもいない『遥くん』に、傘の先端を向けたことを、まさか忘れるはずもない。一生。

「ああ、言いたいことはわかるわよ。予選で脱落した妊婦は他にも複数名いるって言いたいんでしょ？　母屋さん達が予選で戦った妊婦が、最低でも三人……、その他にも、全国にも、世界にも、困窮している妊婦はわんさかいる。わたしは特別じゃないし、わたし達も特別じゃない」選ばれてもいないし、素晴らしくもない。「それでも、わたしは、すべての妊婦を救えないとは言いたくない。だからわたしは、わたしが会ったすべての妊婦を救うのよ。まずは」

産越は、宮子の決意につかの間気圧（けお）されたようだったが、それでもデリバリールームの室長として威厳を保ち、

「本当にそれでいいのかい？」

と、もう一度、念押ししてきた。

あるいはデリバリールームの室長として以上に、人工生命を育むひとりの妊婦として、宮子の決断を、何度だって聞きたいというように……、一編の物語を読むように。

「ストレスからは解放される。負けた妊婦にお恵みを施すことで、今日一日はいいことを

した気分に浸れるかもしれない。けれど、その実態は、何も得るものがないんだよ。失われる明日があまりに多い。あんな一生懸命頑張ったのに、宮子くんは手ぶらで帰ることになるんだ」

「どこが?」宮子は確かに手にした、卒業証書をひらひらと示した。「みんなとの交流を通じて、こんなにも学んだわたしの、どこが手ぶらなのよ」

「とても看過できません。無謀なばらまきです」リスクを無視した出産計画を希望する妊婦を窘めるように、進道が強い口調で言った。「それとも、あるのですか? ご自身は何も得ることができなくとも……、我々、デリバリールームに頼らずとも、宮子さまには、幸せで安全な出産が実現できるプランが。バース・プランが」

宮子はその問いに、待ってましたとばかりに、満を持して答えた。胸を張って、腹を割って。これまでで一番の、あらん限りの大声が、部屋中に響くように。幸せだろうと不幸だろうと、世界中の妊婦に届くように。

「ある!!!!!!!!!!!!」

エピローグ 退室後

「ごめんパパ。わたしが間違ってた。反省しました。助けて。お金ちょうだい」

一ヵ月ぶりに会う、ぼくが親権を持たない娘は、たとえ肥満だとしても取り返しのつかないほど大きくなったおなかにもめげず、上半身を折りたたんで、ファミリーレストランのテーブルに額をこすりつけた。この完全なる屈服、おねだりのタイミングだけは心得ている娘だと評価していた生意気な娘に、いったい一ヵ月の間に何があったんだと、パパは訝しまずにはいられない。

「……前に渡したお金はどうしたんだ？　パパから脅し取ったあの五十万円は」

「ギャンブルでスッた。全額」

娘のアウトロー化に歯止めがかからない。般若の面であんな真似をしておいて、おかめのように抜け抜けと、規定の面会日にコールしてきたこと自体が驚きではあったけれど、着用しているセーラー服が夏服から冬服に衣替えされた程度で、特に事態は好転していないようだ。むしろ妊娠期間が問題なく進行していて、冬服がぱつんぱつんだ。ピタTみたいにセーラー服を着るなよ、どう見たって母体に悪いだろうが。

「でも大丈夫！　わたしにはプランがあるの！」宮子はがばっと顔を起こした。その目は爛々と輝いている。反省の涙が輝いているわけでは、もちろんない。「絶対パパに損はさせないから！　わたしがパパに嘘をついたことがある？　わたしが一度だってパパのためにならないことをした？」

「黙れよもう」そう言って、ぼくはとりあえずコーヒーを口にする。できれば昼からアルコールをがぶ飲みしたいところだったが、妊婦の前だ、控えよう。そもそも周囲の視線がある中で、十代の妊婦に謝られている中年というだけで、かなり見映えが悪い。映えない。

「……おなか、かなり大きいけれど、もしかして双子なのか？」

「やだな、パパったら面白いんだから。双子だったらこんな胴回りじゃ済まないよ」ぼくの揶揄を、宮子は軽くいなした。「逆に臨月でも、もっと小さかったりすることもあるしねー」

なんだか得意気に知ったようなことを語っているな……、女子校の保健体育の授業で習った知識だろうか？　それとも、どこかの母親学級にでも通っているのだろうか。つくづく、この一ヵ月、どこで何をしていたというのだ。

「言ったじゃん。娘との会話を覚えてないの？　デリバリールームに入っていたって」

「デリバリールーム……」

　ああ、そう言えば言っていたな、そんなたわごとを。なんだ、じゃあ、あれだけ口を酸っぱくして、つわりくらい酸っぱくして警告したにもかかわらず、結局、ぼくの娘はそんな詐欺に引っかかってしまったのか？　だとしたら忸怩たる思いだ。親の意見は千の無駄だな。親権がどうとか言っていないで、問答無用で、澪藻の子育てに口を出すべきだったか。たとえ無駄だとわかっていても。

「お前に言われて、あれから甘藍社っていう企業も調べてみたけれど、ちっちゃな玩具メーカーだったぞ。まあたぶん、勝手に詐欺に名前を利用されただけなんだろうが……」

「うん。パパの調査能力じゃ、そんなところだろうね」さっきまでのしおらしい態度はどこへやら、宮子はそんなことを言う。考えてみれば、さっきまでも、言うほどしおらしくはなかった。「取材するタイプの小説家じゃないもんね」

「馬鹿にしているのか」

「褒めているのよ。想像力だけで物語が紡げるなんて。パパには是非、そのままでいてほしい」宮子は、まんざら冗談でもなさそうにそう言って、こう続けた。「取材はわたしがしてきたから。経腟プローブばりの潜入取材を」

「……？　どういう意味だ？」ぼくの古びた出産がらみの知識じゃあ、経腟プローブという比喩もわからないけれど、潜入取材の意味もわからない。「本当にどこで何をしてきたんだよ、お前は」

「ここのところ、小説、あんまり書けてないみたいじゃない。エッセイと講演会で食いつないでいるようじゃ、小説家とは言えないわ。そこで、パパの一番のファンであるこのわたしが、はばかりながらアイディアを提供してあげる」

ぼくがここのところ小説が書けていないのは、半年近く娘が音信不通だったからだと言い返すのは、ぐっとこらえた。むろん、その後の一ヵ月も、娘が妊娠していたショックと、娘に脅迫されたショックで、トリプルプレイを喰らったパパは、それ以前よりも仕事にならなかった。苦手なエッセイや向いていない講演会に忙殺されているのは、誰の養育費を稼ぐためだと思っているんだ。

「パパが書きたいのはシナリオ？　それとも物語？」

一番のファンが酷い追い詰めかたをしてくる……。

「潜入取材……、デリバリールームとやらへの入室経験を、まさか小説にしろってお勧めするのか、AIのように？　プランじゃなくて、あるのはプロット？　まあ、詐欺集団とのコンゲームは、不景気の今こそ、求められているテーマではあるが……」

「求められているテーマとか書けないでしょ、パパには」一番のファンの酷さに歯止めがかからない。「そういうんじゃなくていいの。まともなことが上手にできない才能で言えば、パパはCEOを凌駕するでしょ」

「CEO？　パパは個人事業主だぞ」

「書いて欲しいのは、妊婦同士のデスゲームよ。セーラー服の妊婦を主人公にした。ヒロイン全員妊婦。空前絶後の妊娠エンターテインメント！　幸せで安全な出産のために、妊婦は今、妖婦になる！」

「作家生命が終わる。ぼくが空前絶後になる」回収される、こつこつ積み立ててきた、百冊を超えるぼくの著作が全点。「妊娠エンターテインメントっていう言葉が、一番怖い。その一言だけで回収どころか焚書の憂き目にあうかもしれない」

「本屋大賞って賞金一億円くらい出るでしょ？」中学生が夢みたいなことを言い出した。

「芥川賞と直木賞と日本推理作家協会賞で、合計四億円が、さしあたっての目標だから」

「こんな馬鹿がパパの娘なのか？　ミレニアム問題でも解いてろ」

ちなみに賞金一億円の文学賞が実在しないわけではない。ノーベル文学賞がそれだ。だが、娘の野心にこれ以上火をつけたくはないので、ぼくは黙っていた。しかし、ノーベル文学賞を含めても、一番取れそうもないのが日本推理作家協会賞であるパパに、更に宮子は畳みかける。

「装丁のイメージはもう決まってるの。ラフを描いて来たから叩き台にして」

「厄介な作家」

「締め切りはこの子の予定日でよろしく」

「編集者より厳しい」

「性教育の観点から、是非子供達にも読んでもらいたいから、いずれはコミカライズも視野に入れたいわね。そう言えば、パパってその昔、『週刊少年ジャンプ』で連載してたよね？」

「漫画原作者生命まで終わらせにかかるな。別にまだ断念したわけじゃないんだよ、二回目の連載を」

「そんなあなたに」

「そんなあなたにじゃないよ」

「積極的なメディア展開で、臆せずソシャゲにも進出して欲しいわ。戦略型AI搭載ストラテジーカードゲーム。いろんなヴァリエーションの妊婦がガチャで出てくるの」

「怖い怖い怖い怖い。臆す臆す臆す臆す」

「最終的にはNetflixで蜷川実花（にながわみか）監督にオリジナルドラマ化してもらえれば、言うことはない」

「そりゃないだろうよ」野心はもう全焼して焼け野原だ。「現時点で絶句してるよ、パパが、娘に」

「取り分は八割でいいわ」

「お前には施しの精神がないのか？　誰がそんな奴とコンビを組むんだよ」

心底呆れ返りつつ、しかし一方で、そのプレゼンに興味をそそられてしまったのも事実だ。事実は小説より奇なりとは言うけれど、しかし、事実を超えられなくて何が小説なんだ？　妊婦が詐欺に遭うような事実を、超えられてこそ物語だろう。それに、作家生命が終わるだと？　半年以上小説が書けていない時点で、もう終わっているようなものじゃないか。乳母車ならぬ口車に乗せられるつもりはないけれど、既にぼくは、娘からの申し出を検討してみる気になっていた。そうでなくとも濤藻に殺されるかもしれないけれど、どうせ終わる作家生命ならば、自ら終わらせるのもいいだろう。

「生命は終わらせるものじゃなく、育むものだよ。そして慈(いつく)しむものなの」

「やかましいわ」嘆息する。まったく、生命のなんたるかも知らない癖に、言うことだけは一人前の母親だ。「ゲーム感覚で抜かしてるんじゃない」

「小説感覚だよ。小説もＡＩが書く時代かな？」

「小説を書くのは人でなしだよ。昔から」

「素敵」と、宮子は目を細める。「パパはいつも通りやってくればいいのよ。悲鳴をあげることもできないわたし達の小さな声を聞いて、それでも、どんな危うい人間だって幸せになっていいんだと、語ってくれればいいの。不自由だろうと自由になっていいし、幸せじゃないなら幸せになっていい。いかがわしい人生を存分に面白がっていいんだって、謹慎せずに物語ってくれれば」

　そんな風に娘からおだてられれば、そして娘から助けを求められれば、父親がなんでも言うことをきくと思っているのであれば……、うん、正解だ。そもそもぼくがここで断固として、娘の断案を断ったところで、根本的な解決にはなるまい。だったらとこの原作者は版権を颯爽(さっそう)と引き上げ、よそよそしくも余所様に、ディープランニングならぬあまりにも浅はかなプランニングを持ち込むだけだろう。業界にそんな迷惑はかけられないというのもあるし、また、まかり間違って女子中学生の軽率な誘惑に、乗せられてしまう被害者が現れないとも限らない。妊娠エンターテインメントを世に問おうとする勢力が……、ならば秩父佐助が書くしかない。競争するつもりはないし、娘の期待に応えることも容易ではないが、しかしこのいかがわしい題材を、一番優しく書けるのはぼくだと言えるくらいの自負はある。書きたい小説ばかり書いていられたら言うことはないが、結局のところ、言うことがあるから小説を書くのだ。

「タイトルはどうする？　『母子不健康手帳』なんてのはどうだ？」

「タイトルこそ決まってるわよ。名付けるまでもなく」宮子は得意気に、きっぱりと言った。「『デリバリールーム』」

「ふん」

やれやれ。ここというところは外さないな。それは母親の血脈と言うしかないだろう。どうやらぼくは、またしても、読書家が読まない小説を書くことになりそうだ。

「いいじゃない。読書家じゃない人達のほうが、世の中には多いんだから。誰もが不意に手を伸ばしたとき、そこにあるのが小説でなきゃ。わたしは読書家よりも、愛書家であろうと思う」

「来年の本屋大賞のキャッチフレーズかと思ったよ。全国の書店員さんに免じて詳しいプランを聞いてやってもいいけれど、根本的な話、密室内での出来事を勝手に小説にしたりなんかして、株式会社甘藍社から訴えられたりしないのか？」

「あの会社はオープンソースだから。でも、一方で個別のプライバシーには配慮して、登場する妊婦や助産婦は、全員仮名でお願いするわ。ご自慢のネーミングセンスでよろしく」

小賢しいことを言ってるな……、相棒として見るなら、頼もしいとも言えるわけだ。そりゃ、逆説的だが、事実をありのまま書くだけじゃあ、ノンフィクションとは言えない。いざ取り組むとなると、宮子と同じように、詐欺集団に騙された多数の被害者妊婦の事情を汲んで、名前のみならずプロフィールにも、多少の手を加えねばなるまい。

「いいよ、そこは承知した。せいぜいいい名前をつけてあげよう、お前のときのように。コンプライアンスは守れなくとも、個人情報は守るさ。だけど、宮子。そのおなかの子の父親が誰なのかだけは、ちゃんと詳らかにしてもらうぞ。それだけは、パパとしてじゃなく、パートナーとして、しっかり聞かせてもらう。ことの元凶である、どこの馬の骨ともわからない男の正体が不明なままじゃ、とても小説にならない」

「んー。いやいや、この子の父親が誰の骨なのかは、知らないほうが執筆は捗るんじゃないかなー」宮子はにやにやととぼけるように、はにかんだ。「そう思ったからこそわたしは、副賞を放棄して、知らない権利を行使したんだし」

「？　何を言っているんだ？」

「まあまあ。おいおい話すから、話せる範囲で。余白は想像力をあれこれスライドして、お好きに補ってもらえれば」宮子ははぐらかすように笑って、傍らのスクールバッグから取り外したマタニティマークをぼくに手渡し、包み込むようにぼくに握らせた。それがパートナーシップの締結証であるかのように。「将来待ち受ける養育費の値上げに備えて頑張って。簡単なお仕事じゃないけれど、当事者意識を持つために、パパも味わってみるといいよ。産みの苦しみを」

そして喜びを。

《DELIVERY ROOM》is closed.

西尾維新（**にしお・いしん**）１９８１年生まれ。２００２年に『クビキリサイクル』で第23回メフィスト賞を受賞しデビュー。同作に始まる「戯言シリーズ」、初のアニメ化作品となった『化物語』に始まる〈物語〉シリーズ、『掟上今日子の備忘録』に始まる「忘却探偵シリーズ」など、著書多数。

＊本書は書き下ろしです。

デリバリールーム　2020年9月28日　第1刷発行

著者　西尾維新（にしおいしん）　発行者　渡瀬昌彦　発行所　株式会社講談社　〒112-8001　東京都文京区音羽2-12-21　［出版］03-5395-3506　［販売］03-5395-5817　［業務］03-5395-3615　本文データ制作　凸版印刷株式会社　印刷所　凸版印刷株式会社　製本所　株式会社若林製本工場

©NISIOISIN 2020　Printed in Japan　N.D.C.913 400p 20cm　ISBN 978-4-06-520241-8